時間衝突

バリントン・Ｊ・ベイリー

異星人との戦争により，過去の遺産がことごとく失われた地球。異星人が遺した遺跡を調査していた考古学者ヘシュケのもとに，ある日，驚くべき資料が届けられた。300年前に撮られたという一枚の写真。そこには現在のものよりもはるかに古びた遺跡の姿が写っていたのだ。これは何者かの陰謀か，それとも本当に遺跡が新しくなっているとでもいうのか？彼らは異星人が遺した技術を用いてタイムマシンを開発し，300年前の過去へと旅立つが，そこで自分たちを待ち受ける恐るべき運命を知ることに――鬼才ベイリーが贈る，驚天動地，究極の時間ＳＦ。

登場人物

ロンド・ヘシュケ……………………考古学者
ブレア・オブロモット……………ヘシュケの友人。発掘チームのチーフ
ソブリー・オブロモット…………ブレアの兄。汎人類連盟メンバー
レイラ・フローク……………………ソブリーの恋人
ブルルン………………………………タイタン少佐
ブラスク………………………………タイタン大尉、のち大佐
ガン……………………………………タイタン少尉
リアド・アスカー……………………物理学者
リムニッヒ……………………………タイタンの惑星指導者
文悟《ウエンウー》……………………………レトルト・シティ首相
赦錕辰《シュークンチエン》…………………………レトルト・シティの時間現象研究家
甫蘇夢《フースームン》…………………………レトルト・シティの青年
甫梢《フーシャオ》……………………………その父。レトルト・シティの元大臣
ヘリック………………………………アムラック居留地の住人

時間衝突

バリントン・J・ベイリー
大森　望訳

創元ＳＦ文庫

COLLISION WITH CHRONOS

(COLLISION COURSE)

by

Barrington J. Bayley

This book is published in Japan

by TOKYO SOGENSHA Co., Ltd.

by arrangement with Scott Meredith Literary Agency, Inc.,New York

through Tuttle-Mori Agency, Inc., Tokyo

序文

ブルース・スターリング

あなたはいま、とてつもないごちそうを目の前にしている。SF界広しといえども、正真正銘の楽しい奇想にかけては、バリントン・J・ベイリーの右に出る者はいない。ベイリーは、サイエンス・フィクションの真実の魂の模範であり、完全無欠のお手本なのである。

はじめてベイリーを読んだときのことは、いまでもはっきり思い出せる。当時のぼくはまだほんの子どもだったから、ベイリー作品の奔放きわまる奇妙奇天烈《きてれつ》さを前に途方に暮れたものだ。ベイリーの本の中では、ものごとが見かけどおりであることはけっしてない。じっとしていてくれるものはなにひとつない。驚天動地のできごとが、容赦のないスピードでつぎからつぎへと起こりつづけるのだ。

が、やがて、小説の好みが洗練されてくると、ぼくはしだいに、必死になってベイリーの小説をさがし求めるようになった。そしてついに、ひとりの作家として、ぼくはベイリーの弟子となり、ベイリーはぼくの師となった。ぼくの長編『スキズマトリックス』は、バリントン・J・ベイリーに多くを負っている。その本の中でぼくは、ベイリー作品の金看板《きんかんばん》である、すばらしい哲学的無鉄砲さをまねしたつもりだ。

ベイリーの小説は、超高速エレベーターのようなものだ。ドアが開き、きみがエレベーターに乗りこんだそのとたん、加速が襲いかかってくる。階数表示に目をやると、フロアが飛ぶようにすぎてゆくのがわかる。そして、そのスピードはどんどん速くなってくる。それから——ここがだいじなポイントだ——一瞬の遅滞もなく、きみは建物の屋根を突き破り、空に飛びだしてしまう！　きみはなにもない宙を舞い上がり、くるぶしに吹きつけてくる高層の空気を感じ、足元には世界が広がっている。きみは、身ひとつで空を飛んでいる。

無謀かつ風変わりでありながらも、けっして意味を見失わないのも、ベイリーの偉大な才能である。ベイリーの天才は、妙ちきりんな、しかし強烈な説得力を持つ理論にもとづいて展開されるそのヴィジョンの、ひねりの効いたパンチ力にある。たとえば本書におけるタイム・トラベルのような、使い古されたSFのプロットを採用しても、ベイリーはそくざにそれを、百パーセントオリジナルな、それまでだれも夢想だにしなかったものに変えてしまうことができる。

ベイリーはどでかいことを考える。彼には巨大な想像力と、宇宙のありとあらゆる属性のすべてを喜んで考察しようとする強い意志がある。たとえば『時間衝突』では、まったく独創的な、新しい時空物理学が考案されている。そしてベイリーは、その物理学の持つ意味を、嬉々として探究しはじめる――全面的最終戦争の身の毛もよだつようなビジョンから、時間旅行ピンポンというお茶目なアイデアにいたるまで、あらゆる範囲にわたって。

ベイリーの小説に、退屈という言葉はない。ある場面がつまらなくなりかけると、ベイリーはすぐにそれを投げ捨てて、まるで予想もつかない、奇妙なものを持ち出してくる。『時間衝突』では、未来の地球のおぞましいファシスト社会（および、そのいんちきな〝人種科学〟や〝タイタン軍団〟）から、愛想のいい中国人たちの超文明集団によって管理される巨大な星間コロニーへの、鮮やかな場面転換がそれにあたる。この思い切った切り替えには、思わずはっとさせられる。しかしベイリーは、このふたつの、まったく異なる舞台を設定したあと、奇想とアイロニーと才気のブリザードによって、両者をみごとにくっつけてしまうのである。

バリントン・ベイリーは、科学者ではない。彼の著作は、ハード・サイエンスのせせこましい教条主義的正確性とは無縁だ。講義を聞いたり、教科書を読んだりするのとはまるでちがう。ベイリーは有能な作家ではあるけれど、偉大な文学者ではない。

そのかわりベイリーは、本物の「ＳＦ作家」である。古今東西、最高のＳＦ作家のひとりである。純粋な知的冒険の達人である。ベイリーを読むことは、すなわち、華麗なる想像力の逆《さか》巻《ま》く奔流に呑みこまれ、流されてゆくことにほかならない。

ベイリー作品をいいあらわすのにぴったりの隠喩《いんゆ》を、ベイリー自身がかつて書いている。ベイリーの初期長編、『スター・ウィルス』の一節だが、ここで、ゲテモノ好きの利口な宇宙海賊、キャプテン・ロドロンは、お気に入りの麻薬に耽溺《たんでき》している。

……それは、きわめて知的な快楽だった。いま、目の前のテーブルに置いてある書物は、ふだんのロドロンにとって、まったく理解を絶するものだ。精神の集中を要する研究をなしとげるには、ロドロンの思考形態はあまりに刹那《せつな》的で、その興味もあまりに広く分散しすぎている。

そこで、このドラッグ、DPKL－59の出番となる。このドラッグは意識の拡大をもたらし、なみはずれて高度な理解力を与えてくれる。ふつうならちんぷんかんぷんの公式の意味が、手にとるように理解できる。思考の流れがすさまじく加速されるため、この種の本であれば、通常の二十倍のスピードで読むことができる。

あとになってみると、読んだものの内容をほとんど理解していない場合が多い。しかし、ドラッグの影響下にあるあいだは、すべての謎が解き明かされるのを感じ、尋常ならざる知性の王国に足を踏み入れるという体験を享受《きょうじゅ》できる。この体験の味わいは、本を閉じたあとにも消えることがない。

これはいかにもベイリーらしい文章の完璧な一例である。独創性と深いアイロニーに満ち、その意味するところは奇妙にポエティックでさえある。そしてこの引用は、ベイリーその人の作品が、考えることを知っているSF読者にあたえる経験それ自体をみごとにいいあらわしている。〝ドラッグDPKL-59〟は、サイエンス・フィクションの——あの奇妙な、とらえどころのない、謎めいた、そして尋常ならざる王国の——完璧なメタファーである。そしてぼくたちは、バリントン・ベイリーの作品によって、「その経験の感触」を、もっとも純粋なかたちで味わうことができるのである。

（一九八九年十一月、テキサス州オースティンにて）

時間衝突

1

勝利に傲慢《ごうまん》はつきものなのだろうか、とロンド・ヘシュケは思った。旗。いたるところ旗。ビュポルブロック、すなわち政治局《ビュロー・オブ・ポリティクス》世界本部の一段高い前庭に林立する旗は、高さ百フィートのマストの隊列さながら、巨大な格子をかたちづくっている。アムラックとの戦いに勝利したのを最後に、異常亜種《デヴィアント・サブスピーシーズ》との間断ない戦争がついに終結してから二十年。だが、立ち並ぶ旗の群れは、いまなお軍事的栄光をしのばせる。そしていまなお、ヴィドキャストでは、年に一度の閲兵式、声高な演説、騒々しいドキュメンタリーが放映されている。

地球を勝ちとる戦争。彼らは、あいつぐ異種戦争《デヴ・ウオーズ》をそう呼んだ。しかし、地球を勝ちとったいま——〈真人《トゥルー・マン》〉が、とりかえしのつかない勝利を手にしたいま——そろそろ勝利の歓呼を静めてもいいのではないか。心中ひそかに、ヘシュケはそう思っていた。

威嚇《いかく》するようにひるがえる赤と黒の巨大な帆布の連なりの下、訪問客すべてをアリのように飲みこむ広大な前庭を、ヘシュケは歩いていた。この政治的ビル《ビュポルブロック》は、プラドナの行政区画に集中する壮麗な建築群の中でも、ひときわ印象的な建物だ。天高くそそりたつ、鋸歯《きょし》状にデザインされたガラスのファサードは、高さ千フィート。それがかもしだす圧倒的な力の感覚の前では、ヘシュケが心に抱く反感など、冒瀆《ぼうとく》的とさえ思えてくる。

ヘシュケはビュポルブロックの広大なエントランス・ホールに足を踏み入れ、館内案内図で行き先を確認した。

二十階でエレベーターを降り、はてしなくつづくかと思える廊下を歩く。すれちがう人々はみな、背が高く、顔立ちの整った、タイタン軍の男女だった。彼ら、自称〈地球の守護者〉たちは、近年、人類の中での政治的絶対性を獲得することに成功している。黒と金のぴっちりした制服と、一点の非の打ちどころもない生物学的血統。彼らが向けてくる軽蔑の視線に、ヘシュケは気づかないふりをした。軍事エリートはだれしも、優越感にひたりたがる傾向があるという事実を、ヘシュケは事実として受け入れている。けっきょくのところヘシュケは、腹のつきでた中年の民間人にすぎない。しかも彼は、当節の人間に許されるかぎり、政治とはかかわりを持たずに過ごしている。ヘシュケの関心は、過去に向けられている。未来に、ではない。

二十階は宣伝局の管区で、ヘシュケの呼ばれたオフィスは考古学課だった。ちょうどいいタイミングで到着したらしく、十分待たされただけで、つんとすました有能そうな美人秘書が中に招き入れてくれた。

タイタン少佐ブルルンが、陽気な笑みを浮かべて立ち上がり、ヘシュケを迎えた。

「よく来てくれたな、市民ヘシュケ。まあ、すわってくれ」

ブルルンのうしろには、見覚えのない若い男が立っていた。色白の、おそろしく高慢そうな顔をした大尉で、左目のまぶたに障害がある。タイタンにはめったに見られない障害だが、そのせいで、こちらがまごつくような、謎めいた印象があった。きっと、この障害を補ってあまりある能力の持ち主なのだろう。でなければ、タイタン階級の一員にはけっしてなれなかったはずだ。

「こちらはタイタン大尉ブラスクだ、市民」ブルルンが男をそう紹介した。「きみとの会見に彼を呼んだわけは、いずれわかる」

ブルルンは腰を下ろし、椅子の背にもたれると、ごつい両手をきちんとそろえてテーブルにのせた。いかにも頼もしそうな男だ。上背のわりにはいささか横幅のある体つきで、制服の前で交差した二本のベルトが、肥満した感じを強調している。かつてはふさふさしていた褐色の頭髪は薄くなり、多くのものを見、多くのものを楽しんできた目と顔は、いま、デスクワークという新しい仕事を得て、柔和なものになりかけている。

ヘシュケにとっては、いまみたいに陽気で人好きのするブルルンよりも、単刀直入でビジネスライクな彼のほうが好ましかった。ブルルンが親しげな態度を見せるときは、必ずその裏に、なにかべつのものが隠されている。

ヘシュケの視線が、ふたりの男の背後の壁にかかった考古学チャートの上にとまった。タイタン流の歴史解釈に傾きすぎているとはいえ、それはプロの手になるすぐれた仕事だった。全人類史に共通するパターンである、文明の一時的な興隆と衰退を、明確に示している。チャートを見つめたままのヘシュケに向かって、タイタン少佐ブルルンがまた口を開き、

「さて、市民、遺跡の進行状況はどうかね?」

「とくに進展はありません、そのことをおっしゃっているのでしたら」

ヘシュケは不安げにブリーフケースをまさぐった。

タイタン少佐の声が、刺《とげ》を含んだ威圧的なものに変わり、

「つまり、前進はまったくないというわけだ」

「前進は、一歩一歩着実になされるとつねに期待できるわけではありません」ヘシュケは弁解がましい口調になった。「異星人干渉者《エイリアン・インターヴェンショニスト》について最初に知っておかねばならないのは、彼らの文明に対する破壊が完璧といってもいいくらいだということ、その痕跡がほとんどすべて消し去られていることです。ある意味で、ハザー遺跡のような現場が残されていたのは、われわれにとって幸運以外のなにものでもありません」

ブルルンはデスクから立ち上がり、行ったり来たりしはじめた。真剣な表情で、

「勝利はわれわれのものだ。しかし、その勝利を、より完全なものにしなければならんのだ」と、抑揚《よくよう》たっぷりにいう。「未来の世代に正確な歴史観を残すためには、〈崩壊〉と〈暗黒時代〉の歴史を徹底的に研究し、記録に残しておかねばならん」

タイタン大尉ブラスクは、ブルルンが話をつづけるあいだ、高見の見物を決めこむように、黙ってじっと見ている。

「われわれは異常亜種《デヴ》を打ち破った――しかし彼らはつねに、ささやかな脅威でしかなかった。より大きな脅威がなんであるか、そしてきみの研究分野がいかに重要であるかは、あらためてわたしの口からいうまでもなかろう、市民ヘシュケ。未来の戦いがどのようなものになるかは

承知のはずだ。われわれは二度と、宇宙からの攻撃にやすやすと蹂躙《じゅうりん》される事態を許してはならん」

ブルルンは足を止め、もう一度、ヘシュケの目をまっすぐのぞきこんだ。

「現在のわれわれは、異星人干渉者について知らなすぎる。この無知を放置することはできない。彼らに関する研究を進めることは、公式の命令なのだ」

ヘシュケは、どう答えていいものかわからなかった。異星人遺跡で同僚たちといっしょにおちついて仕事をしていたかった。こんなオフィスでタイタン将校たちに脅されるのではなく。

「でしたら、新しい遺跡を発掘しなければなりません」とヘシュケは口を開いた。「ハザー遺跡からは、すでに得られるものはほとんど手に入れています」

非・人類の骸骨《がいこつ》がいくつかあるのをのぞけばからっぽの石の廃墟から、いったいなにを推論しろというんだ、こいつらは？　じっさい、人工物は異常といっていいほど残っていない。

このときはじめて、若いタイタン将校が口を開いた。発音は正確で、丁寧な口調だった。

「われわれは、あなたの仕事だけに頼っているわけではないのですよ、市民。こちらでも、独自の考古学チームを抱えている。そして彼らは、いわせていただければ、あなたよりもいい結果をだしている」

ああ、そうだろうさ、とヘシュケは思った。タイタンには、最初からひとつのイデオロギーが、ひとつの信条がある。なにかちょっと掘りだして、それを、すでに確立されている教義を補強する手段として使うのは簡単だ。しかし、ヘシュケ自身は、イデオロギストではなく、科学者であり研究者であって、事実は事実としてとりあつかう。異星人干渉者に関するかぎり、ひとつの理論を組み立てるにはあまりに情報がすくなすぎる。

ああ、たしかに、おおざっぱな輪郭はじゅうぶんはっきりしている。それは認めよう。約八百年前、強力かつ成熟した古典文明が、全面的かつ大規模な崩壊をこうむった。それ以来、いわゆる〈暗黒時代〉が四世紀近くつづき、そのあとようやく、文明が再興された。

しかし、その人類文明と並行して、地球のものではない文明が、過去一千年のあいだのある時期に存在していた証拠もある。その異星文明もまた、地上から消し去られた――ただし、地球文明よりもはるかに徹底的に。ひとつの文明がこれほど完璧に根絶されうるというのは奇妙な話だ。残された遺跡の成立年代は、いまだに論議の的《まと》となっている。もっとも、タイタン軍団のイデオローグにとっては、干渉があったことは論をまたない。古代の人類文明は、侵略者から地球を守ろうとする大戦争のあげく滅び去った。敵には勝ったが、そのための犠牲が大きすぎて、疲弊のあまり生き残ることができなかった……。

この説には説得力がある。異星文明の痕跡は、激しい戦争によって破壊されたしるしをそこここにとどめているし、ふたつの種族のあいだで戦争が起きたことを疑う者はほとんどいない。しかし、第二の前提になると……。

ヘシュケの視線は、また壁の考古学チャートの上をさまよった。古典文明の崩壊は、歴史的に見て特異な現象とはいいがたい。それどころか、約二千年おきに、そうした崩壊が何度もくりかえされている。人類文明は本来的にそれ自体を支えることができず、何度も何度も自身の重みでつぶれてしまうかのようだ。タイタンの急進派には、この崩壊のパターンを、異星人の侵略が何度となくくりかえされたからだと唱える者もいるが、その説を支持する証拠はまったくない。

さらに、ヘシュケをはじめ、おおぜいの同僚たちが粉骨砕身しているにもかかわらず、古典文明の最後のものが、現実に異星人の攻撃によって滅ぼされたことを示す決定的な証拠は、いまだに見つかっていない。ヘシュケが心に描いている図は、むしろ、約一世紀にわたって急速に文明が消長し、ついに決定的な崩壊にいたったというものだ。それにくわえて、これまでに発掘された記録のほとんどが、異星人についてまったく言及していないという、説明のつかない事実もある。

にもかかわらずヘシュケは、ひとつの可能性としてではあっても、いくつかの留保条件をつけたうえで、異星人干渉者説を受け入れざるをえないと考えている。けっきょく、異星人は存在したのだし、いまだに効力が判明していない兵器を使用したのかもしれない。

ヘシュケはちょっとためらってから、ブリーフケースを開き、印画紙に焼きつけられた写真の束をとりだした。

「これをお見せすべきなのかどうかわかりませんが。ある意味で、たいへん興味深いものです……」

彼は写真をテーブルの向こうに押しやった。ブルルンとブラスクがその上にかがみこむ。それは、ヘシュケが発掘調査中の異星人遺跡をさまざまな角度から撮影したものだった。

「しばらく前、わたしの手もとにまわってきたものです」ヘシュケはおずおずと説明した。「ヘホスの古い町を研究している同僚が届けてくれました。あそこは取り壊しの予定ですから。この写真は、約三百年前に、おそらく当時のアマチュア考古学者によって撮影されたものでしょう。最初、われわれは貴重な資料が手にはいったと思いました。しかし……」

ヘシュケはもう一度ブリーフケースを探り、もう一束の写真をとりだした。

「これは、比較のためにおなじ角度から撮った、最近の写真です」

ブルルンは両方の写真の束に交互に目をやり、とまどった顔でいった。

「それで？」

ヘシュケはデスクに身を乗り出し、

「この円錐《えんすい》形の塔を見てください。ごらんのように、現在でもかなりいい状態を保っています。しかし、この、古いほうの写真では——三百年前の写真では——基底部の瓦礫《がれき》しか残っていません」

ブルルンは鼻を鳴らし、

「ありえん」

「ええ、もちろんです」ヘシュケはうなずいた。「ほかにも奇妙な点が見られます。崩れた壁、全体に老朽化した石材。じっさい、もしこの写真を信じるなら、この遺跡は、三百年前よりも現在のほうがいい状態にある——新しくなっているのです」

「で、きみはどう考えているのかね？」

ヘシュケは肩をすくめた。

「なんらかの理由で、写真に手を加え、遺跡をじっさいよりも古く見えるように修整してあることは明らかです」

「しかし、そんなことをしたがるやつがどこにいる？」

「まだ、仮説をたてるところまでいっていません。しかし、そうとしか考えられない。ほかに説明のしようがないのです」

「たしかにな」

ブルルンの言葉には侮蔑《ぶべつ》の響きがあった。そもそもこの話を持ちだしたわたしがばかだった、とヘシュケは思った。

「遺跡の歴史的価値を否定するのが目的だろうな」

写真に見入ったまま、タイタン少佐は言葉をつづけた。ようやくそれをブラスクにわたして、

「ぜんぶ複写させておけ」

写真の修整は、きわめて巧妙にほどこされている。古い黄ばんだプリントを見ていると、妙な気分になってくる。

ブルルンはひとつ咳ばらいして、ヘシュケに注意をもどし、

「みずから担っている任務に対して、はたしてきみがじゅうぶんな熱意を持っているかどうか、それが疑問でね」

その言葉で、ヘシュケの背筋に寒気が走った。

「どうやらきみは、われわれが直面している問題がいかに急を要するものであるかを理解していないようだ。われわれの研究の目的がひとつだけではないことを忘れないでほしい。もちろん、科学知識は必要だ。ご先祖たちが異星人と戦った大戦争については、できるかぎり多くのことを知る必要がある。われわれの政治姿勢に、確固たる歴史的基盤を与えてくれたわけだからな。

しかし、べつの理由もある。異星人はすでに一度、地球奪取を試みている。彼らがもう一度それを企てないとどうしてわかる？　彼らがどこからやってきたか、彼らがまだこの宇宙のどこかを徘徊《はいかい》しているのかどうかをつきとめねばならん。彼らの兵器について知る必要があるのだ」

ブラスクがふたたび会話にくわわった。氷のように青いその目に鋼鉄の輝きがともり、目の異様さがいっそう強調された。

「異常亜種がなぜ生まれたかについての最新の学説をごぞんじですか？　進化の自然なコースがまっすぐ純血の〈真人〉の方向へと向かっていたあの時代に、なぜとつぜん異常亜種が発生したのか、ずっと謎のままだった。戦争による放射線被曝《ひばく》は答えにはならない。古典時代に使用された核兵器は、放射能的にはクリーンなものだったわけだから。

さて、地球磁場に、外宇宙から降りそそぐ高エネルギー粒子を防ぐ機能があることが、最近の研究で明らかになっている。もしこの磁場に干渉が加えられ、そうした粒子が通過しうるようになれば、地球における突然変異発生率は、自然ではありえないレベルにまで上昇する。そのように考えれば、異常亜種の出現を説明できます」

ヘシュケは眉根にしわを寄せて、

「しかし、地球の磁力に干渉するなどということが可能なのですか？」

「理論的には——可能です。具体的な方法はまだわかっていないが、現在研究を進めている。なにが起きたかについては、疑いの余地はほとんどない——異常亜種は、われわれの遺伝的純粋性を汚《けが》し、自然そのものをねじ曲げようとする目的で使用された異星人兵器の産物なのです」

ブルルンがうなずいて、

「人類だけの問題ではないことは、事実としてわかっている。たとえば、現在残っている犬の血統の数種類は、一千年前には存在しなかったものだ」

ヘシュケはその眉唾ものの主張を無視して、ブラスクに向かっていた。

「もしかりに、地球の磁場を人為的に変化させることが可能であると立証できれば、その説のおおまかな裏づけにはなるでしょう。しかし、百歩ゆずって、もしそうだとしても——われわれの側の兵器によるものだという可能性も、同程度にあるのではないですか？」

タイタン大尉ブラスクは鼻を鳴らしてそれに答えた。

「〈真人〉が、子孫の血統を危険にさらすような真似をするわけがない。地球磁場への干渉などということを思いつけるのは、非・人類だけですよ。そして、それをやってのけた敵はまだどこかにいて、つぎなる攻撃を準備しているかもしれない。この地球だけでなく、われわれ自身の遺伝子を守るべく、ふたたび立ち上がる日が来るかもしれないのです」

ブラスクはそういい終えると、氷のように冷たい視線を、じっとヘシュケに注いだ。

「だからこそ、きみの協力が必要なのだよ、市民ヘシュケ」ブルルンはまた、真剣そのものの口調になって、「これで、われわれの考古学調査がなぜそれほどまでに重要であるか、わかってくれたかね？」

ヘシュケは力なくうなずいた。タイタンのはてしないイデオロギー講釈にはうんざりだが、急かされる理由は認めざるをえない。現実の行動が不愉快なものである場合もすくなくないが、しかし、彼らの力は必要なのだ。

そのとき、タイタンの遠まわしな脅迫以上に恐ろしい光景が脳裏にひらめき、ヘシュケは肝《きも》を冷やした。異星人の指が、人類の遺伝子プールをひっかきまわす――それこそ、純粋な恐怖だ。

「おっしゃるとおりです、まちがいなく」ヘシュケはへりくだった口調でいった。「それほど大きな脅威に対しては、持てるかぎりのものを投入して立ち向かわなければなりません。しかし、正直いって、すでにやっていること以外、どんな協力ができるのかわかりかねます。ハザー遺跡は、もうほとんど調査しつくされています。新しい証拠なしに新しい結論が引き出せるとは思えません」

ふたりのタイタン将校はたがいに顔を見合わせた。ブルルンがうなずき、そのとたん、はりつめていた雰囲気がなごんだ。

「困難は承知している」とタイタン少佐がいった。「しかし、新しい知らせがある。ある場所で、まだきみの知らない発見があった。そこできみに、現地調査に参加してほしいのだ」

安堵《あんど》感が全身に広がる。では、粛清《しゅくせい》されるわけじゃなかったんだ！

どんな相手でもまず疑ってかかるのが習い性のタイタンは、ヘシュケがこの任務に適任かどうかをたしかめたのだ。きっと、配下の人間を使うわけにはいかない任務なのだろう――できるものなら民間人の助力など求めずにすませたかったはずだ。だが、そうはいかなかった。タイタンの科学者は、自分たちだけで研究を進めた場合、イデオロギーへの先入観に足もとをすくわれて、およそありそうにもない推論に堕《だ》してしまう例がすくなくない。ヘシュケはこの分野で最高の権威であり、タイタンはそういう人間を必要としている。

タイタン軍から将校任命辞令を受けたらどうするだろうかと考えたことは何度もある。イエスと答えるのも、ノーと答えるのも、ある意味で自殺行為になる。

「今回の野外調査は、そもそも極端に異例のものだ」とブルルンがつづけた。「ある程度の危険があることは、最初に警告しておかねばならない」

ヘシュケは目をしばたたいた。

「肉体的な危険、ですか？」

「そのとおり。考古学者が通常出会う種類のものではまったくない。しかし……」ブルルンは肩をすくめ、無造作に手を振った。

「いや、必ずしもそうではありません」ヘシュケはしだいに興奮してきた。「職業柄、われわれはつねに――未知の領域や、それにともなう危険については覚悟ができています。どこに行くんです？　異種居留区《デヴ・リザベーション》ですか？」

「残念ながら、具体的な情報は、いまの段階では極秘事項に属している。折りを見て説明《ブリーフィング》があるはずだ」

異種居留区にちがいない、とヘシュケは思った。タイタンによる征服と支配の確立したこの惑星のどこに、生命と肉体に危険がおよぶような場所があるというのか——異種居留区——二、三の異常亜種が、研究目的で生存を許されているいくつかの特殊地域をのぞいて。居留区のどれかで、重要な発見があったにちがいない——これまで知られていなかった異星人の集落とか。

「もちろん、ある程度の情報はいただけるのでしょうね」とヘシュケは食い下がった。「前もって、心の準備をしておきたいのです」

ブルルンはいつものように、すぐには答えなかった。

「われわれの調査隊のひとつが、保存状態のいい、異星人の人工物を発見した。これまでで もっとも重大な発見だ……いまはそれ以上のことはいえない。じつのところ、わたし自身、それほど多くのことを知らされているわけではないのだ。しかし、きみがまもなく召集されることはまちがいない」

ブルルンは立ち上がり、会見を終える合図をした。

「さて、市民、きみがそれほど熱意を示してくれてうれしいよ。持てるかぎりの力をつくしてくれると信じている……人類のために……」

ヘシュケは立ち上がり、短く一礼して歩き去った。

2

立ち並ぶ、ずんぐりした円錐《えんすい》形の塔。

これは、異星人建築物のうちでももっともポピュラーなもので、世界各地に現存している。おそらく、時の力によっても、人間の力によっても、もっとも破壊されにくい形状をしているからだろう。ヘシュケのチームが研究している遺跡にも、そのあちこちに、円錐形の塔が立っている。

現場に帰りついたのは日没ごろだった。ハザー遺跡と名づけられたこの発掘現場は、外世界人の残した遺跡の中でももっとも重要なもののひとつであると同時に、もっとも状態がよいもののひとつでもある。異星人遺跡のほとんどは、かつて街や集落があった場所が核爆発によって破壊され、溶けたガラスの広がりと化している。ハザー遺跡は例外的に、核攻撃ではなく、通常兵器によって甚大な被害をこうむった。しかし、いまなお、かつてここに住んでいた種族をしのばせるものが、豊かに残っている。崩れかけた壁は、奇妙なカーブを描き、空に向かってうねっている。低い円錐形の塔は、ばらばらな高さで、いたるところに生えている。異星人たちの地球滞在が比較的短期間だったとは信じにくい——もし、現在教えられている歴史にいささかなりとも意味があるのなら、そう考えるしかないのだが。この街は、明らかに、永続することを目的に建設されている。そして、世界中に点在する、もっと大きな街については、その特徴はさらにきわだっている。

チームは、細心の注意を払って土を掘り返す、きょう一日の仕事を終えようとしているところだった。ヘシュケはなにか新しく掘りだされたもの、たとえば、いまだかつてだれも解読した者のない、異星人の謎めいた文字で書かれた原稿でも見つかっていないかと、発掘物テントへ急いだが、いつものように、待っていたのは失望だった。〈カテドラル〉と通称されている大きな建物のある北セクターで、ガラス製の人工物が見つかっていた。これまでにも数十のサンプルが発掘されており、果実をしぼるのに用いられた、ありふれた家庭用品ではないかと考えられている。

ヘシュケたちのチームが発見したのは、事実上、それですべてだといってもいい。ありふれた用途の単純な品物、初歩的な道具、家具。

発掘した骨の分析によって、異星人の肉体的外見についてはかなりはっきりしている。しかし、進歩的なテクノロジー、機械装置、記録媒体——高度に発達した文明種族が所有していたはずの品々は、ほぼすべて、異星人に関係したものをひとつ残らず抹殺《まっさつ》しようとする、過去の人類の徹底的破壊活動によって失われている。錆《さ》びた複雑な機械が二、三発見されてはいるものの、外宇宙のテクノロジーがどのようなものであったかを漠然とでも推測する手がかりにさえならないものだった。

この破壊をもたらした人間たちを責める気はないが――彼らは、自分たちの惑星を汚《けが》され、社会を破滅させられたのだ――いまから考えると、あさはかな行為だったといわざるをえない。

ブルルンが約束した、ちゃんと機能する人工物を目にするときが待ち遠しい。

若い同僚が果実しぼり器をきれいにしているのをながめていると、うしろで人の動く気配がした。ふりかえると、チーフ・アシスタントのブレア・オブロモットが立っていた。

「やあ、ロンド」と、ブレアが気さくに声をかけてくる。「タイタンはなんの用だった？」

ヘシュケは咳ばらいして、若い同僚のほうに目をやった。チームの中には、当然、タイタンのスパイがまぎれこんでいるはずだ。それを考えると、おちつかない気分になる。ヘシュケは出口のほうへあごをしゃくった。

「きみのテントで一杯やらないか？」

外に出たヘシュケは、ブレアにそう持ちかけた。ブレアのテントに向かって歩きながら、キャンプが妙に静まりかえっているのに気づいた。ブレアさえ、ちょっと神経質になっているようだ。めずらしいことだ。髪の毛をいつもくしゃくしゃにした、身なりにかまわないこの考古学者は、いつもは自信たっぷりなのに。

ブレアはテントのフラップを上げて、ヘシュケを中に通した。小さな木のテーブルの前にすわって、ふたり分のグラスにワインをつぐ。

「タイタンがきょうここに来た」とブレアが切りだした。「質問をしていった。はっきりいえば、ほとんど全員が尋問されたよ」

ヘシュケは驚いて、

「どんな質問を？」

「政治的な質問に決まってるだろう」ブレアは肩をすくめ、目をそらした。「どうやら、粛清の冷たい風が吹いてきそうな雲行きだぜ。やつら、あんたのこともえらく知りたがってた」

急に体の力が抜けたようになり、ヘシュケはワイン・グラスを置いた。これまでのところは、自分のチームに対するタイタンの影響力を最小限にとどめることにどうにか成功している。民間の発掘調査隊に、タイタンが独自のチームを送りこんできたときどうなるかは、経験からよくわかっていた。タイタンのチームはすぐにプロジェクト全体を支配してしまう。科学的客観性が、最初の犠牲者となる。そうなったとき、そこに居合わせたくはない。

それと同時に、タイタン側の冷徹な計算を感じる。タイタンは、ヘシュケ、すなわち調査責任者が不在のあいだに、プロジェクトを査察した。なぜ？

「わたしのことではなにを訊かれた？」

「どうやら連中は、あんたが――ほかにどういっていいかわからんが――自分たちの側の人間かどうかを知りたがっていたらしい。そうなのか、ロンド？　とにかく、いったいどうなってるんだ？　ここは接収されるのか？」

ゆっくりと、ヘシュケは首を振った。

「いや……べつの件だ」しばらく黙っていたが、やがて口を開き、「くそっ、なにかでかいことにちがいない」と、考えをめぐらしながらいう。

「なんだ、ロンド?」ブレアが好奇心をあらわにしてたずねた。そのくっきりした顔だちに、ランプの光が影を投げる。「まあ、おれの考えはわかってるだろう。あんただからいうけど、きょうは臆病風に吹かれたよ。このチームを抜けるしかなさそうだ」

ヘシュケは目をしばたたいた。

「ばかをいうな、ブレア。心配することはない。念のため調査にきただけだ。重要な発見があって、力を貸してほしいと……ほんとうはなにもしゃべっちゃいけないんだが、ともかく、じつをいうと、わたし自身なにも知らされてない。エイリアンの人工物が見つかって、どうやら向こうはそのことで興奮しているらしい。ひとつだけわかってるのは、調査旅行に出るということだ。どこに行くかは聞いていない、たぶん、異種居留区《デヴ・リザベーション》だろうと思うが」

ブレアは眉根にしわを寄せて、

「ほんとうか? どうして『たぶん』なんだ?」

「いや、ちょっとした危険がある、という話だったから。それ以上はなにも聞いていない」

ブレアは不満そうに、

「異種居留区は、最近じゃずいぶん平和な場所なんだぜ、タイタンどもが押し寄せてこないかぎりは。居留区に行くんじゃないかもしれん」

「ああ、たぶんちがうんだろう。粛清があるわけじゃないってことをはっきりさせたかっただけだ」

「心配してくれるのはありがたいが、ロンド……やっぱりおれはここを出たほうがいい。きょうの感じじゃ、近々なにか起こりそうだ。もうここは安全じゃない」

ヘシュケはブレアの目をのぞきこんだ。

「いったいどういうことなんだ、ブレア？」

ブレアはおちつかなげに身じろぎし、ワインをあおった。その動きで、わきのテーブルにのったランプの光が、テントのキャンバスにグロテスクな影をつくる。

「腹を割って話そう――とにかく、あんたは信用できる男だ、あんただけは。おれがシンパなのは知ってるだろう――反体制運動があることも。おれは、どうやらタイタンに目をつけられたらしい。そうだとすると、いつまでもここでぐずぐずしてたらどうなるか、あんたにだってわかるだろ」

「目をつけられてる？」ヘシュケはわけがわからず、おうむ返しにいった。「しかし、反体制運動があるのはあたりまえじゃないか――いつだってある！　それに属してるからといって、犯罪になるわけじゃない。それに、反体制運動といっても、まさか……」

ヘシュケの声が途中で消えた。ブレア・オブロモットとは、古いつきあいだ。若いし、まだ経験もすくないが、ブレアも、ヘシュケとおなじく、この分野で最高のエキスパートのひとりだった。彼がタイタンを軽蔑していることも、いささかアナーキーでリベラルな思想の持ち主であることも知っている。しかし、これまではずっと、異常なまでにつむじ曲がりな性格のせいだと思っていた。――いや、〝異常〟というのは言葉がよくない。それがちょっとした魅力になるくらいにつむじ曲がりな性格だ。まさか、タイタンに対する本格的な……。

声とおなじように、思考の糸も途中で切れてしまった。

ブレアは疲れた声で、

「反体制の立場と、よき市民であることとが両立しえなくなる境界線はつねにある。平和なときなら、是認はされないにしても非合法ではないことが、戦時では反逆罪に問われる。比喩的にいえば、戦争はまだ終わっていない。だから、つらい、ぎりぎりの決断をしなければならなくなるときが来る。しばらく前に、おれはその決断をした」

ブレアは頬をかいた。その目には疲れの色がある。ブレアもやはり、タイタンによって精神的に追いつめられているのか。

「ブレア――つまりきみは……彼らの一員だと……」

ブレアはうなずいた。

「ああ、そういうことだ。タイタンたちの手で、一歩一歩、そっちの方向へ押しやられてきたんだ。異種戦争が終わっても、やつらの締めつけは、ゆるむどころかますます厳しくなった。やつらの思想は、さらに妥協を許さないものになっている。もし思考をモニターする装置があれば、頭の中で考えるだけでも法律違反になってしまうだろう。もし、どんな手段を用いてもタイタンと戦うことを誓い、いわゆる異種《デヴ》にも生存権があると信じる秘密組織にくわわっているとすれば――」

「ブレア！　気でも狂ったのか！」

ブレアはまた肩をすくめた。

「ほらな。あんたでさえ、そういう考え方にはまるでついていけない。おれとおなじくらいタイタンを嫌ってるくせに」

ヘシュケはがっくり肩を落とした。年来の友、ブレア・オブロモットが、いまここで、人類の裏切り者であることを告白しようとしている。彼は、先の戦争でアムラックに味方した、唾《だ》棄《き》すべき地下組織に秘密裏に加わっていたのだ。ヘシュケはかつてない困惑を感じた。

ヘシュケはつとめて冷静に、つとめて穏やかに話そうとした。

「もちろん、タイタンにも非難されるべき点は多々ある。しかし、タイタンが彼らのイデオロギーを生み出したわけじゃない――彼らはたんに、そのイデオロギーの主たる下僕《しもべ》でしかない。そして、タイタンという下僕は必要な存在なんだ、ブレア。地球を守らなければならなかった。地球のみならず、正しい進化の血統も――そんなこともわからないとは驚きだよ」

「異星人侵略者から地球を守ることについていえば」とブレアは応じて、「われわれには、そんなことをする必要はなかった。われわれのいまの文明は、そんなことをしなくてもよかった。すべては何世紀も前に起こったことだ。そして、もうひとつの問題については――」

ブレアは悲しげに首を振った。

一日の議論はもうたくさんという気持ちだったが、ヘシュケとしては、こんな乱暴な主張を黙って通すわけにはいかなかった。

「しかし、どちらもおなじことじゃないか!」と反論する。「タイタン軍団の血管に流れる血は、侵略者を撃退した人間たちの血管に流れていたのとおなじ血だ。脅威もおなじなら、責務もおなじ――地球というこの星をとり返し、守ることだ！」

自分がタイタンのスローガンをおうむ返しにしているのはわかっていたが、だからといって気に病みはしなかった。それは、ヘシュケが無条件に是認している信条のひとつだった。

しかし、ブレアはばかにしたような表情を浮かべただけだった。

「異常亜種の血管に流れてる血だっておなじだよ。われわれはみんな、〈古人《クラシカル・マン》〉の子孫なんだ」

「ああ、しかし――」

「あんたがいいたいことはわかってる。われわれだけが、〈古人〉の不変の血統であり、だからこそ〈真人〉なんだ――そういうことだろう。われわれ以外の種族は、進化の『自然な』流れからはずれた異常型だ。ああ、そりゃたしかに、われわれがいちばん〈古人〉に近いというのはほんとうだ、すくなくとも肉体的特徴は。それにたぶん、精神的特徴もそうだろう。それは認める」

「ああ、そのとおりだ。いいたかったのはまさにそれだ」

「ああ、しかしそれがどうした？　われわれが古いタイプの人類に似ているからといって、そのほかの新しいタイプの人種がどこかまちがっているということにはならないぞ。おれたちは、進化に反対しているわけじゃないんだ、ロンド。それどころか、おれたちは進化を停滞から救おうとしている。進化の芽を摘《つ》みとることに反対している――タイタンがやってるのはまさにそれだからな。自然は多様性によって進化を実現する――つねに無数の新しい形態へと放散していくものなんだ。ところがタイタンは、新しい形態すべてを破壊し、窮屈な鋳型《いがた》を押しつけている。信じてくれ、われわれはみんな、最終的にはその犠牲者になるんだ」

いまはじめて耳にするその主張は、ヘシュケにとってぞっとするようなものだった。

「タイタンは、異星人兵器が人類の遺伝子に影響した結果、異常亜種が生まれたと考えている」

「ああ、その手の説なら前に聞いたことがある。たぶんそのとおりだろう。あるいは、われわれの側の兵器のせいかもしれん。しかし、だからどうした？　突然変異を誘発するその種の兵器にできることといえば、進化のスピードを上げて、ふつうなら何千万年もかかる過程を数世紀に圧縮するだけだ。われわれが責務として抹殺《まっさつ》してきた亜種は、遅かれ早かれいつかは進化してきたはずの種族なんだ」

気まずい沈黙。ヘシュケは首を振り、深いためいきをついた。

「それでも、地球を占有できる種族はひとつだけだ」ヘシュケはむっつりといった。「じゃあ聞くが、ロリーンの全面攻撃に、われわれはいったいどう対応すればよかったというんだ？」

ブレアはゆっくりとうなずき、

「あの場合に関してだけは、あんたに賛成するよ。ロリーンは、いまのわれわれ以上に攻撃的な種族だった。彼らは抹殺されねばならなかった――この惑星には許容しがたい疫病だった。しかし、われわれはそこで立ち止まらず、さらにほかの種族すべてに攻撃を加えた。ロリーンは危険分子だった、ああ、そのとおり――しかしアムラックは？」とブレアは笑みを浮かべ、

「いいや、違うよ、ロンド。それにウルキリは、戦うことなどはなから考えもしないような種

族だ。じつのところ、そもそも彼らを亜種と呼ぶこと自体、拡大解釈が過ぎるとおれには思えるね。彼らは、ネグロイドの人種的特徴が極端に強く出ているだけだし、並はずれて平和を好む気質を持っている」

「異種族混交の危険性を考えてみろ。われわれの血がウルキリやアムラックの血で汚染されることを考えてみろ」ヘシュケはわずかに身震いして、「もし、きみの娘が彼らのだれかにレイプされたら？　そういうことはじっさいにあったんだ、知らないわけじゃあるまい」

ブレアは手近のキャビネットをひっかきまわして、新しい酒瓶をさがした。まるで、ヘシュケの言葉が聞こえないふりをしているみたいに。

ブレアはようやく重い声で、

「もう一杯飲めよ、ロンド。そういう考え方をするからって、あんたを責める気はない。タイタンのプロパガンダはよくできてるし、みんながそれに感化されてるからな。あんたの心には、それが完全に合理的で、すぐれたものとさえ映るんだろう。しかし、それはまちがってる」

ヘシュケは二杯めのグラスをあおり、いらだちを含んだ口調で、

「それにしても、そんな心の重荷をどうして打ち明けるんだ？　密告されるとは思わないのか？」

「いいや、あんたのことは信じてるよ。基本的に、あんたはタイタンの側に立つタイプの人間じゃない。おれが出ていくわけを知っておいてほしかった。事態がまずくなったとき——おそらくそうなるだろう——べつの道もあるんだってこと、人類にとって、タイタンの考えが唯一

の選択肢じゃないってことをわかっていてほしいんだ」

　ブレアはヘシュケに向かって、乾杯するようにグラスをさしあげた。

「未来に」

「どこへ行くつもりだ?」ヘシュケは疲れた声でたずねた。

「しばらく身を隠す。友だちがいるからな」ブレアは自分のグラスをほした。「あんたまで『人類の裏切り者』にしちまって、すまなかったな」

「いいんだ」ヘシュケは困惑したまま手を振り、口の中でそうつぶやいた。「きみのことを密告できる人間じゃないのはわかってるだろう、ブレア」

　それ以上ブレアと議論する気力もないまま、もう二、三杯飲んでから、ヘシュケはブレアのもとを辞し、自分のテントめざして歩きだした。

　夜になっていた。満月が遺跡の上に冷たく不気味な光を投げかけている。目を上げて、夜空に輝く衛星をながめ、つかのま、そこにあるタイタンの軍事基地に思いをはせた。接近してくるものから地球を守り、侵略者がもどってきたときに備えて太陽系外縁部を見張っている、孤独な歩哨《ほしょう》。

　それから、もうこれで百万回めにもなるだろうか、ヘシュケは周囲の遺跡にじっと目をこらした。月の光の下でなくても、遺跡にはいつも、この世のものならぬ、亡霊のような感じがつきまとっている。どうしてなのか、はっきり理由をつきとめたことはないが、いつも、けっきょくこれは異星人の残したものなのだから、と自分を納得させていた。

すぐそばにある自分のテントまでの帰り道、年経《ふ》りた壁に片手を置いた。冷たい。それでも、頭の中に、「生ける岩」という言葉が浮かんだ。石はほんとに、生命の亡霊を宿しているように思える。それをつくった存在の往時をしのばせるように。

ヘシュケは説明のつかない写真のことを思い出し、あきらめて首を振った。数世紀を経て、ひとりでに新しくなる塔や壁。犯人は、どんな悪ふざけが目的だったのだろう？　想像もつかない。

テントにもどると、まっすぐベッドにはいった。ブレアとの会話が何度も何度も脳裏によみがえってくる。ああ、たしかにタイタンはプロパガンダの天才だ。しかしそれは、現実にある脅威に対するプロパガンダで、あの写真のようなでっちあげの証拠に基づくものではない。彼らのプロパガンダが力を持っていたのは、それが原始的な本能に訴えたからだ。血と土。これに抵抗できる人間はほとんどいない。

そしてヘシュケ自身も、その血と、その土で生きている。

夜明けの直前、ホバージェットのうなりで目を覚ました。

疲れた体に鞭《むち》打ってキャンプ用ベッドから起きると、テントのフラップのすきまから外をのぞいた。タイタンの記章を付けた二機のホバージェットが、キャンプのまんなかに着陸していた。もう二機のジェットが、遺跡のすぐ外側の上空に待機している。

まさしく軍事的な接近法だ。空中のヘリジェットは援護態勢にあり、まばゆいサーチライトであたりの光景に光を与えている。

ヘシュケは急いで服を着ると、外に出た。横切ってきたサーチライトの光芒《こうぼう》がまともに顔を照らし、一瞬、ヘシュケはその場に立ちすくんだが、光はまたすぐに移動していった。視力が回復すると、二人のタイタン下士官がこちらに向かって歩いてくるのが見えた。

「市民ヘシュケですか?」

ひとりがたずねた。ヘシュケはうなずいた。

「いっしょに来てください」

二人の下士官はきびすを返して歩きだし、ヘシュケはあわててそのあとを追った。

タイタン大尉ブラスクのやせた人影が、近いほうのホバージェットのわきに立っていた。

「おはよう、ヘシュケ」ブラスクは傲慢《ごうまん》な、しかしどことなく親しみを感じさせなくもない口調でいった。「準備しておくようにといったはずですよ。残念ながら、われわれが思っていたよりいささか早く、あなたを必要とすることになってしまったようですが」

ヘシュケはなにもいわなかった。眠気でまだ脳がうまく働かない。

「なにか持っていく必要のあるものはありますか?」とブラスクがていねいにたずねた。「本やノートや図表は? まあ、どのみち、必要なものはこちらですべて手配できるな」

ブラスクはこちらに背を向けた。ブレア・オブロモットが近づいてくる。タイタンふたりに両脇をかためられて、のろのろと歩いている。そのうしろでは、テントから出てきた何人かの助手が、夜明け前の闇の中にたたずむ白い人影を、なにごとかと見つめている。

「オブロモットも、このプロジェクトに参加するのか?」とヘシュケはたずねた。

ブラスクは、短く鋭い笑い声をあげた。

「いや、彼のことはすべて承知している。彼にはちがう目的地がある」

近づいてきたブレアは、ヘシュケに、半ば訴えるような、半ば「だからいっただろう」というような目を向けた。ブラスクは片手で荒々しい身振りをした。

「彼を政治局本部《ビュポルブロック》2のブルルン少佐のところに連れていけ。ヘシュケはわれわれといっしょに行く」

ヘシュケは友が二機めのホバージェットに乗せられるのを見守った。ひどい気分だった。ビュポルブロック2か、とヘシュケは思った。ナンバー2があるとは知らなかった。ついきのう訪れた建物が、ビュポルブロック1にすぎなかったとは。

細々《こまごま》した身のまわりのものや洗面用具がテントに置いたままなのをふと思い出したが、とりにもどるのはやめた。ブラスクはいらいらしているようすだし、どのみち、そういう細かいことにかけては、タイタンはきわめて有能なのだ。

ヘシュケは力なくホバージェットに乗りこんだ。機は急上昇し、北に向かってうなりをあげて飛びはじめた。

と、とつぜん、ヘリジェットの一機がまばゆい光に包まれ、爆発音が轟いた。ブレア・オブロモットの乗っていた機だ。ヘシュケはショックに息をあえがせ、火だるまになった残骸が、闇に閉ざされた地表へと一直線に落ちてゆくのを見た。

ブラスクははじかれたように立ち上がり、毒づいた。

「ばかどもが！　身体検査をするだけの分別もなかったのか！　やつは自殺用手榴弾《スーサイドしゅりゅうだん》を隠し持っていたにちがいない」

ヘシュケは地面の輝きから視線をひきはがし、ブラスクの顔を見つめた。ブラスクはちらっとこちらに目を向けて、

「あなたは、この手のことにはうといでしょうね。地下組織は最近よくああいう手を使う。尋問をまぬがれ、われわれの何人かを道連れにする」

思ってもみなかった光景が、ヘシュケの脳裏に浮かんだ。

「わたしは……いや、知らなかった」

「当然、そうでしょう。メディアで宣伝されるようなことじゃないし、われわれにはうわさをおさえる手だてがある。ああ、たしかに、統制のとれた地下組織が存在するし、あなたの友人のオブロモットはその一員だった。あなたにはどっちも初耳でしょう——それとも？」

ブラスク独特の、問いかけるようなまなざしが、ヘシュケの目を射た。

「いや、知らなかった——いまのいままで」ヘシュケはつぶやくように答えた。

三機は数分間、墜落地点の上空にとどまって、ジェットの残骸が燃えつきるのを見守った。やがて、中の一機がそのそばに着陸した。残りの二機は、朝日が昇るころ、ふたたび飛行を開始した——ヘシュケにはいまだ明かされていない目的地に向かって。

3

シンベルの街で、一行は高速の大陸間ロケット便に乗り換えた。搭乗したヘシュケは朝食を与えられたが、ブラスクは二時間の飛行のあいだほとんど口をきかなかった。一度、ガイダンス・キャビンに赴《おもむ》いたブラスクは、無線メッセージを受けとって、なにごとか考えにふけっている顔でもどってきた。

一行は、地球を半周する五千マイルの旅のあいだ、つねに薄暮地帯《トワイライト・ゾーン》を追いかけており、目的地に着いたときもまだ早朝だった。ロケット便が着陸したのは、どうやら専用の秘密離着陸場のようだった。横づけにされた車が、彼らを、二、三百ヤード離れたところにある、背の低いどっしりしたコンクリートのビルに運んだ。

ビルの中にはいってみると、そこは、いつもどおりの、効率の良さと騒がしさの同居する、いかにもタイタン的な場所だった。廊下は、文字どおりぶんぶんうなっていた――なんの音なのかはわからない。意味不明の記号の描かれた標識が、さまざまな部署への道順を示している。ヘシュケはブラスクのほうをふりかえり、

「ここはどういう?」

「トップ・シークレットの研究所だ」

「例の人工物はここに？」

ブラスクはうなずいて、

「だから、このセンターがつくられた——人工物を研究するために」

ヘシュケは眉を上げて、

「いったいいつ見つかったんだ？」

「ちょうど五年になる」

「五年だって？　それをいままでずっと秘密にしてたのか？」

ブラスクはとらえどころのない笑みを浮かべ、

「あせることはない、市民。すぐになにもかもわかる」

ふたりは武装したふたりのタイタン兵士に守られた、がっちりしたドアの前に来た。ブラスクが通行証を提示すると、ドアは気圧式らしい音をたてて開いた。

ドアの向こうの雰囲気はもっと静かでおちついたものだった。

「この先に、メインの研究エリアがある」とブラスクが説明する。「すぐに新しい同僚たちに紹介しますよ。ここでの一日はイデオロギー討論からはじまる。ちょっとのぞいてみますか？もう終わるころだ」

ヘシュケはあきらめたようにうなずいた。ブラスクの先導で廊下を歩き、小さな講堂にはいった。二百人ほどの白衣の男女が客席にすわり、次々に説明用のスライド写真が映しだされる大きなスクリーンに目を向けていた。

見ているうちに、その映像が、腕のいいプロの手になるものであることがわかってきた。いま映っているのは、森におおわれた丘に太陽が沈みかけている、胸に迫るような場面だ。前景には、岩がちの岸辺を洗う深青色の海。

が、その映像はすぐに、ウイルスと土壌バクテリアがゆっくりとうごめく場面のコラージュへと切りかわった。森と海と太陽の広大な世界から、肉眼では見えない、生命の境界にある顕微鏡的な世界へ。じつに効果的な場面転換だ。ヘシュケはたちまち注意をひきつけられて、短いカットの積み重ねに連続性と統一性を与えている、説得力のあるゆったりした声に耳をかたむけた。

「これが原始的本質です」サウンドトラックの声が満足げにいう。「こうした初期の生命のかけらには、惑星地球の精神と本質のすべてが凝縮されていました。潜在的な可能性を秘めていた岩と土、太陽、海、稲妻などから、万能の乾留《かんりゅう》によって、未来のすべての生命の種子が生み出されました。すなわち、この瞬間、地球は、それまで不毛だったこの惑星は、DNAをつくりだしたのです。そのDNAから、やがて必然的に、それらすべての過程の最高点ともいうべき存在が、海から姿をあらわす巨人さながら、出現しました。地球上の他のすべての生命は、そのためのいしずえにすぎません。これは、至高の本質、または、人類の本質として知られています」

スピーチを彩る映像は、めまぐるしくスピーディに移り変わっていく。ウイルス形態が消え、

DNA二重螺旋《らせん》の模式図が一瞬あらわれる。踊る染色体、そして細胞分裂のシーンがつぎつぎにあらわれ、進化の過程が開示されていくにつれて、さまざまな種《しゅ》の映像がどんどんあらわれては消えた。

その一連の映像の最後に、講演者のしめくくりの言葉にあわせて、若い裸体の男性の映像が映しだされた。体つきも顔だちも神のように完璧だ（選ばれたタイタンのひとりがポーズをとっているのはまちがいない）。両腕を広げて立つ人物の背後の一点から光が投射され、体の周囲に光がこぼれている。その映像はゆっくりとフェイドアウトして、最後は宇宙に浮かぶ地球の絵になった。

「つまり」と、厳粛な声が先をつづけた。「進化は無分別な偶然の積み重ねではなく、あらかじめ定められたゴールへと向かうひとつの過程なのです。地球は本来的に、ただひとつの至高の種《しゅ》を生み出すべく運命づけられていました。そしてこれが、宇宙全体に散らばるすべての惑星を貫《つらぬ》く掟《おきて》なのです。地球はわれわれの母であり、故郷であり、よりどころです。われわれは、地球の土からその血を得ています。われわれは母なる地球の息子であり、だれにも彼女をわたすものではありません」

朗々たるオーケストラ音楽とともに、スクリーンは暗転した。ヘシュケはすっかり心を奪われていた。血と土。彼はまた、そのことを思った。いまの講演には、そのふたつがたっぷり詰めこまれていた。逆説めいた話だが、それは心に訴えると同時に、不快でもあった。神秘主義、臆面もない地球崇拝、運命への盲信。だが、そこになにがしかの真実が含まれていないとどうしてわかる？　ひょっとしたら、進化はじっさいに、そのように作用するのかもしれない。

聴衆は立ち上がり、列をつくって静かに出ていった。ブラスクがヘシュケの脇腹をつつき、砕けた口調でいった。「さあ、これからいっしょに働くことになる連中を紹介しよう」

聴衆のうちの三人があとに残り、うしろのほうにある小さなテーブルのところに集まった。ブラスクとヘシュケもそれに加わった。

三人のうちふたりはアームバンドをはめ、まさしくタイタンそのものの物腰。三人めは民間人で、大儀そうな歩きかたのせいか、ふたりから少し離れていた。こそこそ周囲を盗み見るくせがあり、場違いなところに来てしまったとでも思っているみたいな感じだ。歪んだ口もとには、冷笑的な苦い表情が浮かんでいる。

ブラスクが三人を紹介した。

「タイタン少尉ヴァルダニアン、タイタン少尉スポート、市民リアド・アスカー。みなさん、こちらが市民ロンド・ヘシュケだ」

全員が軽い会釈《えしゃく》をした。

「みなさんがたも考古学者ですか？」

ヘシュケはできるだけていねいな口調でそうたずねた。名前のどれにも聞き覚えがなかったのだ。

「いいや、われわれは物理学者だ」

リアド・アスカーがぶっきらぼうに答えた。声には、顔と同様、皮肉っぽい、嘲《あざけ》るような響きがあった。

ブラスクは身振りで椅子にすわるように示し、

「そろそろあなたにも映像を見てもらうとしようか、市民」と、ヘシュケにいった。「ちょっと見ただけで奇妙な事実に気づいてくれるといいのだが。そうでないと、わざわざ来てもらった意味がなくなってしまう」

ブラスクはテーブルの上の小さなコンソールのスイッチに手をふれた。大きなスクリーンが点灯したが、しばらくはなにも映らない。

「前に話したとおり、われわれは使用可能な状態にある異星人の人工物を発見した。発掘調査かなにかで見つかったものと思っていただろうが、そうじゃない。それどころか、見晴らしのいい草原にころがっているところを発見された。まったくの偶然でね。現在知られている異星人遺跡のどれからも遠く離れた場所だ。そのうえ、ごく最近つくられたものであることは疑いの余地がない」

ブラスクは、スクリーンに映像を流した。ブラスクの説明どおり、背景は緑豊かな牧草地で、遠くに木立ちが見える。画面手前に、銀色の円筒が横たわっていた。両端はまるくなっていて、鈍い色の、どちらかというとお粗末な窓が前後についている。大きさを示すために、タイタンがひとり、そのわきに立っている。それからすると、おおよそ直径七フィート、長さ十二フィートというところだろう。

「見てのとおり、これはある種の乗り物だ」ブラスクの説明がつづく。「中にはふたりの異星人が乗っていた。発見される直前に、窒息死したらしい。われわれがはじめて入手した完全な標本だったから、この死体は敵に関する知識をおおいに向上させてくれた」

スクリーンが一瞬、空白になり、それから、新しい映像があらわれた。円筒は開かれている。開口部から中をのぞくカメラの角度がまずく、ふたりの乗客は部分的にしか見えないが、ストラップをつけたまま、窮屈な単座に並んですわっているのがわかる。体毛におおわれた小柄な生物で、つきだした鼻面《はなづら》と、ピンク色のモグラに似た手を持ち、大きさはおそらく、若いチンパンジーくらい。数秒後、またカットが切りかわり、タイタン研究所の台に寝かされた二体の死体のアップになった。

興奮する頭の片隅で、ヘシュケはその標本が、骨格からの再現図ときわめてよく似ていることに満足を覚えていた。

「じゃあ、これは宇宙船というわけだ」とヘシュケ。

「それがわれわれの当然の結論だった、まず最初は。しかし、まちがいだった。じょじょにではあるが、この乗り物の推進機関を実験してみることで、われわれは、これがいかなる目的で使用されたものかをつきとめた」

ふと見ると、物理学者たちはそろって床に視線を落としている。まるで、耳に痛い話を聞かされているみたいに。

「乗り物の中の装置は、われわれにはまったく未知の原理を用いていた」とブラスクがつづける。「空間の移動は——ただし、惑星間の移動ではなく、比較的短い距離の移動だが——たしかに、副次的な機能として備わってはいる。しかし、それは問題の装置の主目的ではない。主目的は、時間の移動……つまり、われわれが偶然発見したこの人工物は、タイムマシンだったのだ」

物理学者たちはあいかわらず目を伏せたままだ。ヘシュケは心に防壁を張りめぐらした。時間移動。タイムマシン。……考古学者の夢。

「つまり、彼らは過去から来たわけか」

異星人時間旅行者の映像を見つめたまま、ヘシュケはようやくそういった。ブラスクはうなずいて、

「そういう仮説が成立する。おそらく彼らは、地球支配が終わりを告げる直前に時間旅行の方法を発見したが、それを利用して人類への対抗策を講じるには遅すぎたのだろう。この秘密が彼らの母星に知られていないことを祈るしかない。だが、正直な話、もしそうだとすれば、われわれはすでに、なんらかの影響を受けているはずだと思う」

「ああ、そのとおりだ」ヘシュケはつぶやいた。「これはまったく――恐ろしい」

「そういうことだ」とブラスクが答える。

ヘシュケは神経質に咳ばらいした。

「わたしが参加する野外調査は」とヘシュケはしばらくして口を開き、「時間旅行なのか?」

「そうかもしれない。そうでないかもしれない」

「どういうことだ?」

ブラスクはタイタン少尉ヴァルダニアンのほうを見やり、

「説明してやってくれないか」

長身のタイタン物理学者はうなずいて、ヘシュケのほうに顔を向けた。

「万にひとつの僥倖《ぎょうこう》で手に入れた唯一のタイムマシンを使って、向こう見ずな遠足に出かける危険をおかすわけにいかなかったことは、理解していただけるでしょう。われわれは五年間、必死の研究をつづけて、時間旅行の作動原理を解明し、それとおなじものをつくろうと努力しました。そのかいあって、ついに、実用に耐える時間旅行機が完成し——そのときは、そう思っていたのです——それに乗って何度か試験旅行に出ました。しかし、その結果、専門家であるあなたの助言を必要とすることになったわけです。われわれの旅行機がきちんと機能しているとは思えなくなりました」

ヘシュケにはその言葉の意味がわからなかった。タイタン物理学者は画面のほうを向き、コントロール装置に手をのばして、異星人の死体の映像を消去した。

「われわれの仲間が撮影した映像をお目にかけましょう」

スクリーンにノイズ画面があらわれ、やがてなにかが猛スピードで動いているような感じの映像が映った。色彩豊かな画面が激しく前後に揺れる。あまりにも速く動いていくので判別できない、窓外の景色——そんな感じだった。しばらくして、ヘシュケにもようやく、映像の中でただひとつ動かないでいるものが、なにかの枠の上下の端であることがわかってきた。べつのスクリーンないしは窓の枠で、カメラはそれごしに撮影しているようだ。

これが現実に起きていることだとは、とても信じられない気持ちだった。ここでこうして、過去からの映像をながめ、その横では、タイタン将校が穏やかな口調で、ヘシュケがぜったいに不可能だと思っていたことについて説明している。ブレア・オブロモットの死さえも、いまとなっては色褪《いろあ》せた夢のように思える。

とつぜん、映像が静止した。なだらかな大地。太陽は高く昇っている。正面には、数マイルにわたって遺跡が広がっている。大自然にとけこんでしまいそうなほど朽ちはてて、草木が生い茂っているが、訓練を積んだヘシュケの目は、異星人の建築物であることがはっきりわかった。

「ヴェリキ遺跡、およそ九百年前です」ヴァルダニアンが静かにいった。「予想していたものとはちがうでしょう?」

ああ、ちがう。ヘシュケは心の中でいった。こんなものは予想もしていなかった。九世紀前といえば、ヴェリキ遺跡は――つまり、現在遺跡と呼ばれているものは――わが世の春を謳歌《おうか》していたはずだ。住民があふれ、喧騒《けんそう》に満ちた街だったはずだ。

画面の中では、装甲服に身を固めた人影が、瓦礫《がれき》の中をそろそろと歩きまわっている。

「むしろ九世紀未来の遺跡の姿みたいですね」と、ヘシュケは同意した。「もしや、反対の方向に進んだのでは?」

「われわれの結論もそうでした、最初は」とヴァルダニアン。「最初の旅で、われわれは五回とまりました。どの停止時点も、すべて前後二世紀の範囲内です。生きた異星人はただのひとりも見つけることができませんでした。いまごらんになっているような遺跡だけです。しかしながら、その後まもなく、崩壊戦争――古典文明の最後のあがきです――が、こうした遺跡の存在と同時に進行中であることが確認できました。ですから、つまるところ、われわれは過去に行ったわけです」

「しかし、それでは筋が通らない」

と、ヘシュケは眉根にしわを寄せて異議を唱えた。

「そのとおりです。われわれが知っている事実のすべてが、崩壊戦争の時期には多数の異星人がいたことを物語っています。それがまちがいだったということがありうるでしょうか？　異星人の滞在がもっと前だったということがありうるでしょうか？　そう考えれば、遺跡の荒廃した状態の説明はつきます――しかしそれでは、現在の遺跡がはるかに新しい状態にあることは説明できません。率直にいって、どんな歴史理論を適用しても、ほとんど筋が通らないのです。そこでわれわれは、まったくべつの、もっと失望の深い結論にいたらざるをえなくなりました。つまり、旅行機はまやかしであって、われわれは時間を移動したりはしていない、という結論です」

「話がよくわからなくなってきた。どういうことです？」

ヴァルダニアンは、抽象的にしか把握していない考えを表現する言葉をさがすように、あいまいなしぐさをした。

「この航時装置には、べつの可能性を示唆する特性があります。この装置を作動させるためには、覚醒した意識の持ち主が同乗しなければなりません。無人の自動時間旅行機は、作動しないのです。ですから、生きたパイロットは必要不可欠な要素のひとつです。このことを考慮に入れると、時間旅行機は——異星人のものはともかくとして、われわれの時間旅行機は——客観時間を移動することはできないという仮説を導くことができます。時間旅行機はいわば〈架空時間〉の領域にはいり、観察者の意識に、過去と未来が渾然《こんぜん》一体となったものを見せるわけです。おそらく、パイロットおよび乗客の潜在意識下の空想からひきだすのでしょう」

「つまり、すべては幻想だと？」

ふたりのタイタン物理学者は、自信なげな顔でうなずいた。

「荒っぽくいえば、そうなります。もっとも、時間旅行機は明らかにどこかへは行くのです、研究室から消えてしまうのですから」

ヴァルダニアンの説明の後半で、リアド・アスカーが顔をしかめ、なにか口の中でつぶやいているのに、ヘシュケは気づいた。ヴァルダニアンはヘシュケに礼儀正しい視線を向けて、

「以上が、一票の異議をべつにして、われわれが昨日まで採用していた説明です」

「それから、きみがあの写真を見せてくれた」とブラスクが割ってはいり、「それでまた、いささかの混乱が生じた」

そう、あの写真だ……。三百年前のハザー遺跡の写真でありながら、現在のそれよりも古い状態にある。写真はどう見ても——完全に、明確に、明らかに——にせものだ。あんな写真が本物であるはずがない。

「偶然にしてはあまりにできすぎている」とブラスク。「ここに、われわれが主観的な幻想の産物であると思っていた発見の、客観的な証拠がある。われわれはただちに時間旅行機を、その写真が撮影されたと思われる時代のハザー遺跡に送り、おなじアングルから一連の写真を撮らせた」

ブラスクはテーブルの下の引き出しをあけ、一束の印画紙をとりだした。

「これが、両方の写真のセットを複写したものだ。調べてみてくれ。多かれ少なかれ、両者は一致するはずだ」

ヘシュケはいわれたとおりに、写真をのぞきこんだ。片方のセットはカラー、もう片方――古いほう――はモノクロ。ヘシュケはそれをわきに押しやりながら、一日分としてはもうじゅうぶんすぎるほどの不思議に遭遇したと思った。

「ああ、たしかにそっくりだ。でも、それでなにが証明されるんです？　けっきょくあなたがたはたしかに時の流れをさかのぼった、と？」

「ああ、そのとおりだ」リアド・アスカーがはじめて口を開き、熱をこめていった。

それから、もうひとりのタイタン、スポートが、これまたはじめて口を開いた。彼は細心の注意をもって表現を選び、一語一語ゆっくりと、

「必ずしもそれを意味しないかもしれません。この写真がわれわれ自身の見つけたものの証拠であると断言することはできません。にせものだということもありえます。あるいは、現在、時間旅行が可能であるとわかっている以上、われわれの未来で撮影され、時の流れの中に置き

去りにされたものかもしれません。われわれの時間旅行機が作動不能であるという可能性と矛盾しない仮説は無数に考えられます」

そのとおりだ、とヘシュケは思った。だれかが三百年未来から写真の束を過去に送る――六百年の跳躍。その可能性もありうる。しかし、なんのために？

考えるだけ無駄だ。突拍子もない、あるいは見当もつかない無数の理由が考えられる。

「みなさん」とヘシュケはいった。「どうやらこれは、いささか複雑すぎる問題のようです。具体的に、どうしてわたしがここにいるのか話していただけませんか？」

「ああ、もちろんだとも」ブラスクが熱をこめていった。「われわれは、時間駆動装置から欠陥をとりのぞくまで、あなたの協力を仰ぐつもりはなかった。しかし、あなたが見せてくれた写真が、われわれを混乱のきわみにおとしいれた。だから、三百年前のハザー遺跡にもどる旅に同行していただきたい」

「なぜ？」ヘシュケはたずねた。

「それは……」とブラスクはちょっと口ごもり、「いまのところ、われわれは五里霧中の状態で研究している。もっとも急を要する課題は、現在われわれが持っている時間旅行手段が客観的現実のものなのか、それともたんなる幻想にすぎないのかをつきとめることだ。心理学者の話では、もしそれが幻想なら、過去ないし未来に存在するように見える構造にはなんらかの異常があるはずだそうだ。夢が現実を正確に再構成することができないのとおなじことだ。つまり、その場合には、二番めの写真の組に写っている遺跡と、本物のハザー遺跡とを区別するものがなにかあるはずなんだ」

ヘシュケはふた組の写真にまた目を落とした。

「わたしの目にはたいしてちがってるようには見えないが」

「ああ。しかし、写真ではわからないちがいがあるかもしれない。あなたはハザー遺跡についてだれよりもよく知っている。専門だからね。だから、あの時代に行って、よく調べてほしい。この謎になんらかの光をあてられるかどうか」

「ずいぶん漠然とした任務だな」

ブラスクは肩をすくめ、

「たしかに。だが、リアドも同行する。あなたたちふたりなら、なにか成果をあげられるかもしれん」

ヘシュケはしばらく考えたすえに、物理学者たちのほうを向いて、

「この〈架空時間〉への旅ですが……潜在意識の中に潜るようなものになるわけですね？」

「可能性はあります」

タイタン少尉ヴァルダニアンがいった。しかし、リアド・アスカーは嘲《あざけ》るように哄笑《こうしょう》し、

「そんなたわごとに耳を貸すなよ、ヘシュケ」と辛辣《しんらつ》な口調でいう。「〈架空時間〉か、やれやれ！　航時装置はちゃんと動くんだ！」

「では、遺跡は……」ヘシュケはおずおずとたずねた。

アスカーは肩をすくめ、それからまた、自分の中にひきこもってしまったようだ。

ヘシュケはブラスクのほうに向きなおり、

「出発はいつ?」

「できるだけ早く。あなたさえよければ、きょうにでも」

「記録装置と、ほかにも二、三、必要な道具がある」

ブラスクはうなずいて、

「それは予想していた。必要なものはすべてこちらにそろっていると思う」

「たしか、危険があると……」

「このユニットのテストがまだ完全ではない、それだけのことだ。危険の要因があるとすればそれだけだよ」

「異星人のほうはどうなんだ?」とヘシュケ。「いまの話を聞いて、彼らのテクノロジーが相当に恐るべきものだという気がしてきたが」

「ええ。しかし、だからといって、彼らのテクノロジーがあらゆる面でわれわれのそれより進んでいるということにはなりません」とスポートがかわりに答えた。「けっきょく、われわれは彼らの航時装置を複製できたのですから。われわれも彼らに比肩しうるテクノロジーを有しているということになります」

「つまり、われわれがほんとうに複製したとして、だがね」

ブラスクがそういって、相手に鋭い一瞥《いちべつ》を投げた。

「もちろん複製したとも!」アスカーが嚙みつくようにいった。

へシュケはまず用意された装備を点検し、そのあと、ひと休みするために、与えられた個室にこもった。二時間ほど仮眠をとり、それからカウチに寝そべって、これまでに得た知識を整理した。

こんどの探険旅行には、ぜんぶで四人が参加する。ヘシュケ自身と、物理学者リアド・アスカーと、時間旅行機を操縦するふたりのタイタン技術将校。出発は午後三時の予定。時がたつにつれて、ヘシュケの神経はすり減っていった。

昼食が運ばれてきたすぐあと、ヘシュケはリアド・アスカーの訪問を受けた。午前中いっぱいかけて、リアドは航時装置の整備作業をすませていた。

「やあ、ヘシュケ、ピリピリしているのか?」

物理学者が皮肉っぽい顔でたずねた。

ヘシュケはうなずいた。

「心配する必要はない。安全そのものだし、ほんとうに苦痛もなにもないよ。おれはこれが三回めだ」

「旅にはどのくらい時間がかかる?」

「時速百年まで出せる。だから、そうだな、行きに三時間、帰りに三時間ってとこだろう」

「ハザーからはかなり離れている、そうだろう――つまり、空間的にみると?」

「だいじょうぶ。時間を旅しているあいだ――正確にいうと、非・時間を旅するわけだが――

われわれは地球上のどの地点にでも意のままに行くことができる。目標地点のどまんなかに着陸するんだ」

「ここからハザー遺跡まで三時間か」ヘシュケはしばらく考えをめぐらし、「悪くないね、まったく。では、このタイムマシンはかなりすぐれた大陸間交通手段にもなりうるわけか？」

アスカーは短く笑って、

「頭の回転が早いな。しかし、だめだ、そいつはうまくいかない。空間を時間と交換しなきゃならん。地球の反対側に行くためには、百年分進まなければならない。何度も行ったり来たりすれば、いつかは空間的にも時間的にも目的の地点に到達できるだろうが、その試行錯誤が終わるころには、ロケットのほうがとっくに先に着いている」

アスカーはポケットをひっかきまわして、折れ曲がった煙草をとりだし、火をつけた。かぐわしい煙をあたりいっぱいに吐き出す。アスカーの瞳孔がかすかに開いた。

「すわってもいいかな？　性悪《しょうわる》の航時機械と午前中いっぱい格闘してたんでね。くたくたなんだ」

「もちろん、どうぞ」

アスカーは部屋にひとつしかない椅子にすわり、ヘシュケは彼に向きあう形でベッドに腰をおろした。

「興味があるんだが……時間旅行機はどういう原理で動くんだい？」

アスカーはにやっとして、

「〈いま〉から〈いま〉を切り離して、〈非・いま〉の中を移動するのさ」

ヘシュケはためいきをついて首を振った。

「なんのことやらさっぱりわからん」

「おれにもさっぱりわからなかったよ、異星人の機械を見つけるまでは。見つけてからも、こいつを理解するにはずいぶんかかった。だが、いまは理解している。だから、タイタンどもの〈潜在意識時間〉とかなんとかいうくだらん考えがまちがってることに確信があるのさ」

アスカーはそれが生命の素ででもあるかのように、煙草をふかした。ヘシュケは相手が朝会ったときよりもさらに神経質になっているのに気づいた。

「すまんな、ヘシュケ。おれは、こんどの遠足がまったくの時間の無駄だと思ってる、それだけのことなんだ。時間旅行機は、われわれが意図したとおりに機能する。客観的かつ現実に、時間の中を前後に移動することができる。おれに聞けばいいんだ、けっきょく、この問題を打開したのはこのおれなんだから。やつらはまだ、とろとろいじくっているが」

「おやおや、プロゆえの嫉妬心かい?」ヘシュケはほほえんだ。

アスカーは手を振って、心外な、という顔をした。

「どうしておれが嫉妬する?　タイタンの科学者は、自分の仕事には優秀だ——直線的な問題についてはな。ひとつ仮定を与えてやれば、まっすぐ結論まで持っていく。徹底的にやるよ。しかし、創造的な思考が必要になると、連中は例のイデオロギーに縛られてしまう傾向がある——それがどんなにばかげてるかはみんなわかってるのに」

ヘシュケは不安げに周囲を見まわし、隠しマイクがないだろうかと考えた。

「タイタンの要塞でそんな口をきける人間がいるとは思わなかった」

物理学者は肩をすくめ、

「おれのことは大目に見てくれる。おれはこのプロジェクトに最初から参加してる、五年前から。むかしはもっと気楽だったよ。しかし、いまじゃもううんざりだ」

「へえ?　どうして?」

アスカーは鼻を鳴らし、

「おれは彼らに時間旅行機をつくってやり、彼らはそれがうまく動かないという。過去に行って見つけたものが気に入らないというだけの理由で。異星人が崩壊戦争になんの役割もはたしていないように見えたことで失望しているんだ、けっきょくすべての問題はそこにあるのさ。おれたちはまだ、探査にほとんど手をつけてもいない状態だっていうのに。たぶん、異星人たちはそのへんにいたんだ、どこだかいつだかに」

「ずいぶん皮肉っぽいんだな」

アスカーは煙草の煙を深く吸いこみ、

「疲れてるだけさ。時間を理解しようとする五年間の努力で、心のネジがとんじまった。おれの愚痴《ぐち》は気にしないでくれ、市民。こいつはおれの性格の一部なんだから」

「しかし、もし証拠を額面どおりに受けとるとすると、遺跡は時間の経過とともに新しくなっているということになる、古くなるんじゃなくて。だが、そんなことはありえない、だろう?」

アスカーはまた肩をすくめた。

「どうしておれにわかる？　時間がうつろいやすいものだとわかった以上、つまり、個々の〈いま〉が絶対的な〈いま〉から分離できるとわかった以上、どんなことだってありえなくはないという気がするがね。なにか説明がつくはずだ」

アスカーはにやっとして、

「たとえば、こういうのはどうだ？　何千年か前、異星人はこの星にやってきて、種《たね》をまいた――とくべつな種だ。以来、その種はゆっくりと成長してきた、ただし、草やら野菜やらになるわけじゃなく、石と金属の構造物になる。いまわれわれが目にしている遺跡は木みたいなもんで、何世紀もかけて成長し、やがて家や街や城になる。成長が終わったら、異星人がやってきて、そこに住むというわけだ」

ヘシュケはそのアイデアに思わず吹きだした。アスカーの当意即妙の想像力、ありえない事実を前にして大胆な推測を考えだす力には感心するしかない。

「しかし、骸骨もあったじゃないか」とヘシュケは反論した。「骸骨に育つ種なんかないだろう」

「なぜだ？　ひょっとしたら、未来の考古学者をだますために、骸骨を二、三体、まぜておいたのかもしれんし」

だが、相手が本気でいっているのでないことは、ヘシュケにもわかった。

しばらく沈黙が流れた。アスカーはせわしなく煙草をふかし、しょっちゅう足を組みかえ、天井をにらんでいる。ヘシュケがいることを忘れてしまったようだ。

「過去の人間にコンタクトしようとしたことは?」と、ヘシュケはやがてたずねた。「彼らなら、われわれの質問の多くに答えてくれるだろう」

「はあ?」アスカーは注意を現実にもどした。燃えるような目でヘシュケを見つめ、「ああ、そうか、あんたは知らないんだったな」

「知らないって、なにを?」ヘシュケはいらだちをふくんだ声でいった。

「過去がどんなぐあいかってことさ。向こうの人間と話はできないんだ、彼らには聞こえないからな。見えもしない。そのうえ、殴り倒したとしても、まるで反応を示さない。ただそこに倒れたままで、最後には起き上がる。あらかじめ時の流れに定められた動きをなぞるロボットみたいなもんだ」

ヘシュケはまじまじとアスカーを見つめた。

「ああ、変な話に聞こえるのはわかってる」とアスカーは手を振りながらいった。「しかし、じじつそうなんだ」

「つまり、彼らには意識がないと?」

「意識がないように行動する。ロボットみたいに、あらかじめプログラムされた機械みたいに」とアスカーはくりかえした。

「それじゃあまるで……夢の中みたいだな。タイタンの説がまちがってるのはたしかなのか?」

「いや、これは時間旅行機がどのようにして機能するかについてのおれの理論と合致する。たぶんあんたも、タイムトラベルを扱った小説を読んで、時間がどういうものかを理解したつもりになってるんだろう。ああいう小説の中では、過去や未来は本質的には現在となんの違いもないように扱われてる。だが、いまでは、それがまったくちがうことがはっきりした」

アスカーは煙草を吸いおえて、吸い殻を投げ捨てると、またポケットを探った。ヘシュケは一本さしだして、火を貸してやった。

「どうちがうんだ?」

「説明しよう。宇宙を四次元連続体として考えてみてくれ。ふつうに経験する空間の三次元プラス、われわれが時間と呼ぶ、無限の過去と無限の未来にのびるもうひとつの次元だ。この図式から、移動してゆく〈いま〉をとりさっても、やはりそれを四次元宇宙と呼ぶことはできる。だから、そこには静的な四次元マトリクスができる。基本的に、宇宙はそれで構成されているが、もうひとつ、べつの要素がある。飛び去ってゆく現在という瞬間、四次元宇宙を進行波のように移動してゆくもの」

ヘシュケは物理には不案内だったが、広く浅く雑多な分野の本を読んでいたので、アスカーの話にもある程度はなじみがあった。彼はその概念図を頭に浮かべ、うなずいて、

「われわれが囚われているように見えるその〈いま〉は、ある一瞬から次の一瞬へとたえず動いていくわけか」

「そのとおり。この〈いま〉とはなにか? その外側にはなにか存在しているのか? 過去と未来が存在するのか、それとも、存在するのはわれわれが経験する現在だけなのか、という哲

学的な議論が、何世紀にもわたって戦わされてきた。われわれはついに、その問いに対する答えを発見した。過去と未来はたしかに存在する。ただし、そこには〈いま〉がない。その結果、そこには時間がない。前とあととのあいだには、どんなちがいもない。いわば、どちらも死んでいるんだ」

「だから、過去の人間はロボットみたいにふるまう？」

アスカーはうなずいた。

「進行する〈現在波〉は、そこを通過してゆく。意識は〈いま〉にしか存在しえない――とにもかくにも、それが〈現在波〉の機能らしい」

「その時間波だが――なにでできてるんだ？」

「確信はない。四次元連続体を衝撃波のように進行する一種のエネルギー形態だろう。速度はわかっている。光速で伝播《でんぱ》するんだ。そして、進行にともない、出来事を起こし、物質に生命を生じさせる力をもつ。おおむかし、〈生命の躍動《エラン・ヴィタール》〉（ベルグソンの用語。生命に内在する力を意味する）についての議論があったのは知ってるだろう。こいつがまさに〈生命の躍動《エラン・ヴィタール》〉なのさ」

ヘシュケの頭にひとつの疑問が浮かんだ。

「過去に時間はないといったな。しかし、もし時間をさかのぼって、なにかを変えたら？　変える前の過去はどうなるんだ？　変える前と変えたあととがある以上、そこにも一種の時間があるはずじゃないか……」

頭が混乱してきて、ヘシュケはそこで言葉を切った。

アスカーはにやっとして、

「きみのいったことは、むかしは親殺しのパラドックスと呼ばれていた。時間旅行が可能だと知った当初、われわれもそれで頭を悩ましたよ。じつのところ、多少かたちは違うものの、そいつは古くからある哲学問答だ。過ぎてゆくその先に『時』がないのに、時はどうやって『過ぎる』ことができるのか？　ひとつの瞬間的〈いま〉はある一点にあり、つぎの瞬間にはその近接点にあって、つぎの出来事へと進んでいる。だから、おなじ瞬間について『まえ』と『あと』があるように見える――つまり、〈いま〉があったところと、〈いま〉がなかったところだ」

「ああ、わたしがいいたかったのもそれだと思う」ヘシュケはゆっくりといった。

アスカーはまたうなずいて、

「こういうパラドックスは、定点観測が可能になったいま、ほとんど解決してしまった。理論家たちはもうひとつ五番めの次元を仮定して、こうした変化を説明しようとしたが、いまのわれわれにはもっとよくわかっている。宇宙は、人為的に加えられた変化には無関心なんだ。同様に、どこに〈いま〉があるかにも頓着《とんちゃく》しない。ひとつの配置とべつの配置とを、宇宙は区別しない。したがって、なにを変えようとも、なにも変わらない」

ヘシュケは理解できなかった。

「しかしそれでも、例の古い謎なぞがある。時間をさかのぼって、自分が生まれる前の父親を殺したら……」

「きみの父親は、じつはべつの男だったことがわかるだろうよ」アスカーはとげのある口調でいった。「いや、冗談はともかく、もし父親を『殺す』ことに成功したら、それでも彼が生きていることを発見する……もっとあとの時点で。われわれが理解しているような原因と結果は、進行する〈現在波〉の中でのみ――われわれが〈絶対現在〉と呼んでいるものの中でのみ生じる。そのことは実験によって確認ずみだ。それ以外のところでは、宇宙は無関心にふるまう。したがって、過去に変化を押しつけたとしても、結果は蓄積するかわりに、そこで死んでしまう」

「話についていけなくなってきた」とヘシュケはゆっくりいった。「どうもよく理解できない……たとえあしたが来ても、わたしはまだこのきょうにいて、この煙草を吸っているわけか……自分で気がつかないだけで」

アスカーはぼりぼりあごをかき、疲れたようなあくびをもらした。

「そういうこと。ちゃんとわかってるじゃないか。そこで、だ。いま、われわれはこの時点にいる。しばらくすると、〈絶対現在〉は、われわれの意識といっしょに数分先に進んでいる。しかし、過去は消え去るわけじゃない、たんに見えないだけだ――われわれの前に存在するにもかかわらず、未来がまだ見えないのとおなじに。時間旅行機は、現在の断片をひきはがし、それを独立して動かしてこの役割をはたす。もしその断片にきみの意識がくっついていれば、きみは過去や未来を見ることができる」

「これまでにどのくらい未来まで行った?」唐突に、ヘシュケはたずねた。

アスカーはまた渋い顔になった。

「たった百年かそこらだ。それより先には行ってない。意味がない」

「ええ？　どうして？」

「というのもだ、未来になにがあると思う？　ただの空虚な荒廃だよ！　生命体はまったくいない――人間も、動物も、植物も、鳥も木もなにひとつない。微生物もウイルスも。われわれがすわっているこの場所から一秒でも未来に行くと、世界はどんな生命もなく、われわれがすわっているこの椅子はからっぽなんだ」

ぞっとして、ヘシュケはまじまじと相手の顔を見つめた。アスカーは歪んだ笑みを浮かべ、

「論理的だよ、考えてみればわかる。過去には生命がある、たとえ時計じかけみたいにふるまうとしても。それは、〈現在波〉がすでにそこを通過し、〈現在波〉が生命をつくりだしたからだ。しかし、〈現在波〉は、未来にはまだ到達していない。われわれが非有機的物質から構築したものはすべて――建物も機械もなにもかも――そこにある、しかしそれを維持管理する人間の手がなければ、そういうものはすべて荒廃状態に堕《だ》してしまう。そして、われわれ自身の物理的な肉体についていえば、それは塵《ちり》だよ。ただの塵」

ヘシュケは、広大な、生命のない空虚に思いをはせた。

4

タイタンの時間旅行機は、お手本になった異星人の機械よりかなり大きかった。後部は円筒形ではなく、檻《おり》のような構造だった。両端は四角い形で、どちら側にもはめ殺しの窓がついている。一端は乗員・乗客用のキャビン、他端には大きな駆動装置がある。しかし、いくつか、異星人旅行機のデザインとも共通する特徴があった。窓は、光を通したり遮断したりの調節ができる、透過画像制御式のぶあつい不透明の素材でできており、制御システムは異星人のコンセプトをそっくりいただいたものだった。

この機械が現在から出発するのを助けるのが、第二の、もっと大きな装置。時間旅行機は、みずからの動力で動きはじめると、時間旅行機は発射基地とはまるで無関係になる。しかし、いったん口から舌を出したみたいなかっこうで、その発射装置《ランチャー》から突き出している。その事実に心を悩ましながらも、ヘシュケはなんとか恐怖をおさえつけて、タイタンがどうしても着ろといいはるかたい戦闘用装甲服に体を押しこもうとしていた。

「快適ですか?」と若い技術士官がたずねる。

ヘシュケはうなずいたが、そのじつ、快適どころではなかった。革のようなスーツのおかげで、体の動きもままならない。

　ここ数分、発着室はランチャーのウォーム・アップで、ぶんぶんというさわがしい音に満たされていた。アスカーはすでに装甲服を着用しているし、時間旅行機を操縦することになっているふたりのタイタン技術将校も右におなじ。アスカーはヘシュケを呼び寄せて、

「準備はすんだか？　装備はみんなそろってる？」

「もう積みこんである」

　もっとも、ぜんぶをじっさいに使うことにはならないだろう。遺跡に到着したときなにをするのか、自分でもよくわかっていない。

「じゃあ、位置に着こうぜ」

　ヘシュケはアスカーのあとについて時間旅行機に乗りこんだ。キャビンは比較的大きかった。およそ九フィート四方。アスカーのとなりにすわったヘシュケは、ストラップをしめた。もっと優雅でしゃれた装甲服を着た技術将校ふたりが乗りこんできて、キャビン正面の操縦席に腰をおちつけた。キャビンのドアがしまると同時に、発着室の騒音が消えた。時間旅行機は防音構造になっている。

　ヘシュケの筋肉が緊張した。タイタン技術将校はたがいにささやきを交わし、それからマイクを通じて外のチームとなにか話しはじめた。耳ざわりなぶーんという音が背後から聞こえてくる。

　タイタンのひとりが肩越しにふりかえって、

「出発しました」

これで終わり？　胃の緊張がひとりでにとけた。動く気配はまるで感じなかった。しかし、半透明の窓越しに、猛スピードですぎさってゆくぼやけた動きと色彩が見える。悪路を走る車から見た景色みたいに、激しく前後に揺れている。

「故郷」アスカーが話しかけてきた。「われわれは故郷を離れた」

ヘシュケはいぶかしげな顔でアスカーを見た。

「故郷に決まってるじゃないか！」アスカーはいらだたしげに顔をしかめた。「わからないのか？　見当がつくだろう？」

「いや」

「おれたちは〈絶対現在〉を離れたといってるのさ。そこがおれたちの故郷だ。意識を持つ生命が存在する、この宇宙で唯一の場所。どこまでもどこまでも、永遠に向かって広がってゆく過去の時間を考えてみろ。過去に向かって進んでいけばいくほど、生命の存在するつかのまの交点から遠く離れることになる。そしてついには、時間のない奈落の底で、幽霊みたいなものになってしまう。ちっぽけな時間のかけら。……未来に進んでいってもおなじことだ。わからないか？」

アスカーの目は大きく見開かれ、眉には小さな汗の粒が光っている。

「時間をさかのぼるのは、きみにとってそういうことなのか？」ヘシュケは静かにたずねた。

「奈落の底に落ちていくみたいな？」

「ああ、まさにそういうもの——底なしの深淵だ。そして、おれたちはいま、その中を下ってるんだ」

ヘシュケはやっとアスカーという人間が理解できたような気がした。この男はこわがっている——あれだけヘシュケを安心させるようなことをいったにもかかわらず。なにか手違いがあって孤立し、生命と時間の世界にもどれなくなることを心底恐れている。

アスカーは、想像力がたくましすぎるのだ。それに、いささか感傷的になっている。この物理学者は、五年間の心理的重圧に押しつぶされて、精神のバランスを崩してしまったのではないかと、ヘシュケは思った。けっきょくのところ、時間旅行はたえず心にのしかかってくる恐ろしい重荷だったのだ。

ヘシュケ自身にとっては、時間と非・時間という説明は難解にすぎて、いまだにきちんと把握できないでいる。なんとか理解しようと、必死に頭脳を回転させた。〈いま〉の波、すなわち時間の波が、なぜある特定の時に、ある特定の場所にあるのか、どうしてもよくわからない……。

いや、ちがう。そういうことじゃない。その波がそこにあるということが、時間を生み出すのだから……。

一行は、旅の残りを黙ったまま過ごした。アスカーは、戦闘用装甲服が許すかぎり前かがみの姿勢ですわり、ときおり口の中でぶつぶつつぶやいている。三時間が過ぎ、技術将校のひとりが、もうすぐ着陸すると告げた。

ベルが鳴った。眠気をさそうような、飛びすぎてゆくぼやけた光景は静止したが、ぶあつい窓の向こうに、はっきりした形はなにも見えない。

アスカーはストラップをはずすと、ヘシュケにもそうするように手まねでうながした。

「こっちに来て、窓の外を見てみればいい。見たいんだろ」

ヘシュケはアスカーのあとについて、曇った窓の外をのぞいた。アスカーがつまみをいじると、窓のパネルが透明になった。

外には気持ちのいい、ほっとするようなおなじみの光景が広がっていた。太陽の位置からすると、時刻は午後三時ごろ。青空の下に緑が広がっている。痩せた木々が点在する草原。そして、すぐそばには、三世紀の時をへだててなお、ヘシュケの目には見まちがえようのないハザー遺跡が、朽ち果て、崩れ落ち、苔《こけ》むした姿をさらしていた。

「なにか気づいたことは？」期待に満ちた声で、アスカーがたずねた。

そのとき、ヘシュケは気づいた。一羽のカラスが、視界を横切って飛んでいる——いや、あるいは、飛んでいない。広げた翼の羽が一枚一枚はっきり見分けられるほど近くで、カラスは宙空にとどまり、凍りついたように静止している。

「動いてない」ヘシュケは驚きのつぶやきをもらした。

「そのとおり」アスカーは内心大喜びらしい。「いま、われわれは完全静止点にある。凍りついた一瞬に停止しているんだ」

ヘシュケの頭にふとひとつの考えが浮かんだ。

「しかし、もしそうなら、なにも見えないはずだ。光も凍りついてるだろうから」

アスカーは優越感のこもった笑みを浮かべ、

「鋭い推理だね、市民ヘシュケくん。しかし、まちがっている。凍りついた光などというものは存在しない——光の速度は、あらゆる観測者に対してつねに一定だ。ということはつまり、正確には速度でもなんでもないということだよ。それを理解している素人はほとんどいないがね」

アスカーはパイロットに合図した。

「それと同様に、現実的な目的をはたすためには、われわれの住んでいる環境とおなじ特質を備えた環境を探険する必要がある、すなわち、動く環境を、だ」

パイロットがコントロール・パネルのどこかをいじった。カラスはとつぜん動きはじめ、翼をはばたいて飛び去った。草原が風に揺れる。

「いま、われわれは秒速一秒の割合で未来に向かって進んでいる。おなじみの、通常時間速度だ。この速度は、自動的に固定される。もう外に出てもいいぞ」

しゅーっと音をたててドアが開き、キャビンに新鮮な空気が流れこんできた。ヘシュケはキャビン後方に移動し、ビデオカメラと道具箱と標本袋をとりだした。それから、アスカーのあとについて、外気の中に出ていった。

疑いの余地はほとんどない。ヘホスで掘りだされた写真はにせものではなかった。偶然の一致でもない。偶然という観点から説明できることはなにひとつない。あれは、いま彼がアスカーとともに立っている、現実の、まさにこの遺跡の写真だった。

遺跡の向こうの緑の丘の上には、時間旅行機があり、タイタン技術将校のひとりが見張りをしていた。もうひとりの将校は、遺跡のすぐ外に陣どって、危険の徴候はないかと周囲に目を光らせている。三百年もさかのぼった辺土《リンボ》の、どこでもない場所のまんなかでいったいどんな危険がありうるのかは神のみぞ知るだが、将校はそこで、教科書どおりの哨戒《しょうかい》体制をとっている。

信じがたいことだった。非・時間を三百年も来たところにいるとは、とても信じられない。鼻孔をくすぐる空気は夏のかぐわしさに満ち、太陽はさんさんと降りそそぎ、なにもかも平和であたりまえに見える。

「ぜったいにたしかか?」

「ぜったいに。この遺跡はわたしのてのひらみたいなものだ。何年も研究している。これはハザー遺跡だよ、われわれの時代から三世紀後にはこうなっているだろうと予想されるとおりの姿の。わたしたちは未来にいるにちがいない」

「いや、われわれは過去にいる」

アスカーは顔をしかめた。ひどく興奮しているらしく、すごい表情になる。

「なるほどな……」

ヘシュケはそうつぶやくと、風雨に浸食された異星人遺跡の壁に片手を置き、かつて何度となく感じた、意識下の興奮を感じた。

「じゃあ、われわれは、タイタンの理論の傍証となりそうなパラドックスに直面しているわけだ。つまり、過去と未来がここでは共存しており、われわれが見ているものはなにひとつ現実ではない。しかし、個人的には、その理論も否定したい気がするね。この遺跡はあまりにも完璧で、あまりにも強固で、細部まで議論の余地なく本物だ。わたしの時代の遺跡から三世紀分の物理的荒廃をたしかにこうむっている。わたしの予測と正確に一致する」

「しかし、われわれは過去にいるんだ」と、アスカーががんこにいいはる。

ヘシュケはカメラを肩にかつぎ、悲しげに首を振った。

「こっちに来てくれ」

大きな岩をよじのぼって、ヘシュケとアスカーは、かつては部屋を仕切っていたとおぼしき、低い壁が格子状にめぐらされたところに来た。ヘシュケは、先ほど目印に苔をはがしておいた壁のわきにかがみこんだ。

「これで決着がつく」ヘシュケはそういって、アスカーを見上げた。「この溝が見えるか?」

アスカーは身をかがめた。強い直射日光が小さな苔の葉状体や土や石に照りつけ、あいだにひとつブロックをはさんでふたつの石のブロックに掘られたたくさんの短い溝に影をつくっている。

「ああ」

「その溝は、わたし自身も手を貸して掘ったものだ。この奥に食器室があるんじゃないかと思ったんだ――壁を掘りぬいた食器棚だよ。そして、その推測は正しかった。われわれは調査をすませたあと、蓋になっていた石をもとの位置にもどした。ほら、ちょっと手を貸してくれ」

ヘシュケは道具箱からシャベルを二本とりだした。アスカーも手伝って、ふたりは石のあいだにシャベルをこじ入れ、まんなかのブロックをひきずりだした。見かけほどぶあつくなく、きつくはめこまれてもいなかったので、すぐに動いた。ヘシュケはあらわれた穴に光を当て、それからアスカーにも見えるようにわきに寄った。

「まるまる一年分の給料を賭けてもいい。中になにか書いてあるはずだ。さがしてみろよ」

アスカーは入口から頭をつっこんだ。中の部屋は、入口から想像するより大きく、しめったにおいがするが、ほこりはない。反対側の壁に、いくつか大きな文字が彫られている。専用の機械を使った、きれいな文字だ。

「骸骨３１」アスカーがゆっくりと読んだ。「ガラス製花瓶、４８９」

ヘシュケはくすくす笑いながら、

「そのとおり。わたしが自分で彫ったんだ。そこで見つけたものの記録と、整理番号だよ」

アスカーは立ち上がり、深く息をついた。

「さあ、こいつがきみの欲しがってた証拠だよ」とヘシュケ。「いま、われわれは、われわれの時代のあとに立っている。前に、ではなく」

「ああ、あんたは専門家だ」アスカーはさっぱりした顔でいった。「文句はつけないよ」

時間旅行機は驀進《ばくしん》した。ヘシュケはくつろいで、窓外を流れてゆくぼやけたかたちや色彩を見るともなくながめ、時間駆動装置のぶーんという音を聞くともなしに聞いていた。

研究センターへともどる旅がはじまったばかりのころは、リアド・アスカーと話をしようとしたのだが、物理学者は自分の殻に閉じこもったままで、ヘシュケの努力は徒労に終わった。いまのアスカーはけわしい目で床を見つめ、放心しているようにも、考えにふけっているようにも見える。

どう考えても無駄だし、旅をよけい窮屈なものにするだけの安全ストラップをはずしてもいいかとパイロットたちにおうかがいをたててみたが、緊急に方向転換する必要が生じた場合、時間旅行機は激しく揺れることがあるからと、にべもなく拒否されていた。

報告を聞いたら、研究センターのブラスクたちはどんな顔をするだろう。すでにパイロットたちには発見を伝えてある。彼らはその意味を理解するだけの知識を持っているはずだが、タイタン特有の傲慢さで、なにひとつ感想は述べなかった。

ヘシュケは、制服を着たパイロットたちの肩幅の広い背中を、腹立ちまぎれににらみつけた。このタイタンの仲間が、ブレア・オブロモットを殺したのだ。あの事件以来、その事実に対してずっと心を閉ざしていたことに、いまさらながらに思い当たる。まるで、夢の中の出来事のように……。きちんと受け止めることができない事件だった。しかし、それをいうならブレアは、本人も認めたとおり、裏切り者だった。弁明の余地のない、裏切り者……。

ベルがけたたましく鳴り響いた。目的地の接近をまえもって告げるときの音とは違う。パイロットが乗客ふたりに声をかける。

「〈絶対現在〉に接近中」

アスカーは床からさっと視線を上げた。ちょうどそのとき、コパイロットが同僚になにかささやきかけた。チーフパイロットは計器パネルのべつの場所に目をやった。

「市民アスカー、〈絶対現在〉記録機が故障のようです」

と、とまどったような口調でいう。

「なんだと?」

アスカーはストラップをはずし、操縦席に駆け寄ると、パイロットの指さす計器をのぞきこんだ。ヘシュケのすわっている場所からもそれは見えた。大きな横長のアナログ・メーターで、ベルが鳴るのと同時に輝きはじめていた。針は着実にその中を動き、ゼロへと向かっている。ゼロ。すなわち、進行する時間の波のある場所。

しかしいま、針はぶるぶるふるえ、狂ったような動きを見せていた。ゼロのほうへぐっとふれたかと思うと、またもとにもどる。

「この記録機がないと、〈いま〉への帰還に同調させるのは困難になります」とパイロットが警告する。

「故障だと? くそ、そんなことはありえない」アスカーがうなり声をあげた。

「しかし、ありえない位置をさしています」タイタンがおずおずと訂正した。「明らかに装置の故障です」

アスカーはしばらく凍りついたようになっていたが、やがて、

「ありえない位置ではない」とゆっくりいった。「本物の時間の存在を探知しているんだ、しかし、絶対時間であるほどには強くない。くそ、おれたち自身だって、時間の小さなかけらをいっしょに運んでるじゃないか――ほかの時間旅行機だってみんなそうだ！」

アスカーは窓辺に歩み寄り、透明度を上げると、さっと外をのぞき、それからキャビンの反対側に行っておなじことをした。窓外の流れてゆく万華鏡のような背景の中で、彼らの機と並ぶかたちでくっきりと見えているのは、両端の丸い円筒形の物体だった。

それは、ヘシュケが記録映像で見た異星人時間旅行機とそっくりおなじものだった。

ヘシュケは慎重にストラップをはずすと、アスカーのとなりに立って、輝く窓の外を食い入るように見つめた。異星人時間旅行機のくすんだ窓のうしろに、まちがいなく目が、異星人の目があって、こちらを見ていることに、ヘシュケは気づいた。

「なんてこった《グレイト・マザー・アース》！」タイタンのひとりが小声で毒づいた。

アスカーはすばやくふりかえり、

「ちくしょう、神かけて――やつらに研究センターの場所を教えちゃいかん！」

タイタンたちはその言葉を完全に理解した。

「席にもどって！」

とパイロットは命令した。しかし、ヘシュケがまだちゃんとすわらないうちに、旅行機は急激に傾き、理論的に反対方向が存在すると思われるほう――そのとき、ヘシュケは混乱してど

っちがどっちだかわからなくなっていた——へ転回した。あやうく床に放り出されそうになったが、どうにか踏みとどまり、ヘシュケはストラップをしめた。

〈絶対現在〉記録機は、さっきよりもさらに明るく輝いている。

「地球上の、研究所から遠い地点の現在に同調し、そこからは通常の方法で帰還することにします」とタイタンが告げた。「その方法で、異星人に探知されずにすむかもしれません」

「いや」とアスカーがいった。「進みつづけるんだ」

「なんのために？」もうひとりのタイタンがきつい調子でいった。「われわれの受けている命令は、まっすぐセンターに帰還することです」

「進みつづけるんだ——未来に向かって」アスカーの声は興奮にふるえている。「つきとめなきゃならんことがある。われわれ全員にとって、どうしてもつきとめる必要がある。だから、進みつづけるんだ！」

パイロットは肩越しにふりかえり、アスカーの顔に浮かぶ感情のあまりの激しさに——ヘシュケとおなじく——うろたえたようだ。

「フライト・プランを無視しろというのですか、市民？　そんなことは許されません！　あなたがどんな指示を出すにせよ、まずセンターの司令官に確認をあおぐ必要があります」

「ああ、まったく、タイタンのイデオローグどもときたら、目の前に事実をつきつけられてもまだ見えないときやがる！」アスカーは罵声《ばせい》を浴びせた。怒り狂っている。「遅い、遅い、遅すぎるんだ——それを待っていたらもう間に合わないかもしれん！　人類は滅亡してしまう！」

アスカーはまた立ち上がった。彼が戦闘用装甲服のどこかに隠していた銃をとりだすのを見て、ヘシュケははっとした。叫び声をあげてストラップをひきむしり、よろよろと前に出て、向こう見ずにアスカーに飛びかかろうとした。が、それより早く、アスカーは突進し、コントロール・パネルのレバーをつかむなり、一気にいちばん端まで動かした。時間旅行機は激しく加速し、〈絶対現在〉を飛びこして、未来に向かって驀進しはじめた。それにともなう機体の揺れでヘシュケはよろめき、転倒して、頭をしたたかに座席の肘かけにぶつけ、そのまま暗黒に包まれた。

気がつくとヘシュケは、もとの座席でストラップに支えられてぐったりしていた。頭がずきずきする。しかし、眼前の光景に対する恐怖とショックで、痛みなどすぐに忘れてしまった。コパイロットは壁によりかかって倒れている。死んでいるのはまちがいない。もうひとりのタイタンは、武装解除されて、それと反対側の壁にもたれて立ち、放心した顔でアスカーを見つめている。そして、当のアスカーはといえば、のんきそうに時間旅行機を操縦しながら、タイタンから目を離さないでいた。

「うう――なにがあったんだ?」ヘシュケは、やっとしわがれ声を出した。

アスカーはヘシュケのほうを見もしないで、

「やっとお目覚めか。残念ながら、こぜりあいがあってね。ホスク少尉は撃たれた。正確には、おれのせいじゃない」

最後はむっつりした口調でしめくくった。しばらく間をおいてから、ヘシュケは、

「で、異星人の時間旅行機は？」

「まいたよ」アスカーはにやりと気味の悪い笑みを浮かべて、「この機のスピードを限界まで上げたからな――時速百五十年近くまで」

『狂ってる』という言葉をヘシュケはのどの奥で押しとどめ、

「いまどこにいる？」

「四百年近く未来だ」

ヘシュケは座席に背中をあずけ、押し寄せてくる絶望感と闘った。どう見ても、アスカーの心は緊張のあまりタガがはずれてしまっている。ヘシュケとしては、パイロットとともに辛抱強くチャンスをうかがって、なんとかアスカーをおさえなければならない。

「未来だって？　いったいなにを見つけようっていうんだ？」ヘシュケは舌をもつらせながらいった。「未来は生命のないからっぽの世界だと、自分でいったじゃないか」

「事実はわれわれの目の前にぶらさがっていた」とアスカーが答える。「本物の科学者であれば、ヘシュケ、たとえ理論と反しようとも、事実を事実として受け入れ、そこからもっとも明らかな推論をひきだす。われわれはいままでそれにしくじっていた」

「いったいどういう事実なんだ？」

ヘシュケは神経質にタイタンに目をやった。将校はぐったりとして、アスカーのほうを見つめている。

「第一に、異星人干渉者《エイリアン・インターヴエンショニスト》の遺跡は、時の流れと逆向きに年輪を重ねているという、単純な事実がある。この事実を額面どおりに受けとれば、その源《みなもと》は未来にあることになる。だから、われわれはいま、それを追跡している」

アスカーの言葉はベルの音にさえぎられた。〈絶対現在〉記録機がふたたび輝きはじめた。

今回の旅で、これが二度め。

「ほらきた！」とアスカーがどなる。

タイタンがあんぐり口をあけた。自分の目が信じられないというように、記録機をまじまじと見つめている。

「しかし、われわれは〈絶対現在〉から四百年未来にいる！」

「われわれの〈絶対現在〉から四世紀未来、だ」

「〈絶対現在〉はひとつしかない」タイタンはむなしく食い下がった。「あなたの方程式がそう示している……時間推進の秘密を解きあかしてくれたあなたの……」

「ま、おれだっていつも正しいとはかぎらんさ」アスカーはいささかぶっきらぼうにいった。

「帰り道の三時間、おれがなにをしていたと思う——ただぼんやりすわっていたとでも？」

アスカーは鼻を鳴らした。

「まさか。おれは、きみが聖域とみなしているらしいまさにその方程式を、ずっと考えていたんだ……そして、時間について、自分が思っていたより無知だったのではないかと思いはじめた。方程式がまちがっている可能性があるかもしれないという予感がしてきた。だからおれは、無数の可能性を想像しはじめた。以前おれがそう思っていたのとはちがって、もしも〈絶対現在〉が唯一のものではないとしたら？　それならば、ほかの時間波も存在するだろう。われわれのそれから数百万年離れて、あるいは数千年――ことによったらわずか数世紀離れて。ひょっとすると、一定の間隔を置いていくつかの時間波があって、この宇宙の中で振動する宇宙的周波とのあいだに交点をかたちづくっているのかもしれない。真実がどうであれ、方程式を修正して、そうした可能性を許容する余地をもうけても、時間駆動を可能にする根本的な理論はそのままで残せることを発見した……だから、理論上の構造は道を譲る……偉大な母なる地球さえも道を譲らねばならない……」

話をつづけながらも、アスカーは器用に時間旅行機を操り、計器と、ハイジャックしたふたりの乗客とに、同時に注意を払っていた。銃は彼の右手から一、二インチ以上離れることがない。

アスカーはとりとめもなく話しつづけた。

「そして、そうしたべつの時間波のひとつがわれわれのそれと逆向きに進んでいるとしたら？　われわれが理解している時間とはちがって、過去から未来へと進むのではなく、未来から過去へ進んでいるとしたら？　こういう文脈では、過去とか未来とかいう言葉自体、あまり意味をなさなくなってくるが……動作の方向のうしろにあるのが過去で、その前にあるのが未来……着いたぞ！」

最後のひとことは絶叫、興奮した金切り声だった。〈絶対現在〉記録機の針はゼロを示し、そのわずか先で止まった。

　アスカーはつまみを回し、窓を透明にした。

「ちょっと見てみよう。時間静止点だ」

　ヘシュケはゆっくり立ち上がり、窓のひとつに歩み寄った。

　そこは地球だった。が、地球ではなかった。空は青く、堂々とした白い雲が漂っている。太陽は見慣れた大きさ、見慣れた色、見慣れた光だった。しかし、共通点はそれで終わり。いや、たしかに、芝は生えている——緑の芝が……。だがそれは、真珠貝にオリーブ・グリーンを加えたような色だった。そして、他の植物はすべて、見るからに地球のものではない。木々は——ねじくれて、はいずりまわるようなかっこうをしている——ヘシュケの知るかぎり、いままで地球上に存在したどんな木ともおよそ似ていない。

　木々は、アスカーが機を着陸させた緑の斜面に生えていたが、ヘシュケの視線をそう長く釘づけにはできなかった。見たこともないものが空を飛んでいるのが、すぐに目にはいったのだ。前に見たカラスのように、宙空に静止している。そしてヘシュケは、その下に広がる信じられない光景を見た。

　ハザー遺跡。だが、彼が永年にわたって研究してきた、あのハザー遺跡ではない。その数世紀後の姿でもない。それは、繁栄を謳歌《おうか》するハザーの街だった。傷ひとつない、人々の住む大集落。

　その光景を、ヘシュケはじっくりと味わった。真新しい、光り輝く円錐形の塔、巨大なビル群、カテドラル（なんのためのものなのかは、いまだにわからない）、小さな部屋が寄り集まった集合住宅のような建築物、広場、道路……。

　何度となく空想の中で思い描いていたものとそっくりおなじだった。生に満ちた異星人の都市。非・人類の人々が生活する、活気にあふれた場所。

　そして、彼らが、ハザーに群れていた。体毛におおわれた、とがった鼻面の異星人たち。ある者は三角形の戸口に立ち、ある者は通りや広場を歩いている。しかし彼らは、まるで３Ｄスチール写真のように、動作の途中で凍りついていた。時間旅行機は、時間の中で静止しているのだ。

「異星人干渉者だ！」

　タイタン将校が息を飲んだ。彼もヘシュケも、隙あらばアスカーに飛びかかろうという暗黙の了解のことなどすっかり忘れはてていた。

「そのとおり。しかし、彼らは干渉者じゃない。ある意味では異邦人《エイリアン》かもしれないがね」と、アスカーが答える。

　タイタンは両のこぶしを握りしめた。

「では、われわれは最初からまちがっていたのか。敵は未来から攻撃していたんだ。彼らは未来の地球に着陸したにちがいない」

「いやいや」アスカーにしてはめずらしく、辛抱強い口調で、「ほら、見ていろ。これから、秒速一秒の生物学的時間速度にあわせてみる」

アスカーが装置を調節すると、とたんに眼前の光景が息を吹きかえした。雲は空をただよい、木々はそよぎ、異星人たちは通りや広場を歩きはじめる。

「うしろ向きに歩いてる」ヘシュケは茫然《ぼうぜん》としていった。

そのとおりだった。景色全体が、逆回しにしたフィルムを見ているようだ。

「それは、われわれが、われわれにとってふつうの時間感覚を採用しているからだ」とアスカーが説明する。「しかし、彼らにとってはふつうではない。さて、と。速度はおなじで——つまり秒速一秒のままで——この機械の方向を逆にしたらどうなるか」

彼はまた装置を調節した。三人はそろって窓に張りつき、光景が巻きもどり、そして前に進みはじめるのを見た。異星生物はこんどは自然に歩いている。もっとも、歩き方はよたよたした感じで、人間にくらべると直立歩行とはいいがたい。

「これが彼らにとってふつうの時間感覚だ」とアスカー。「おれたちとは逆になる。さあ、これでわかっただろう。あの生物は、地球の側から見れば異星人でもなんでもない。彼らは地球人なんだ。この星で、われわれの何百万年も未来から進化してきている。同様に、われわれも、彼らにとっての未来にいるわけだ。地球には、まったくべつのふたつの進化した種《しゅ》がある。それぞれ時の流れの中で隔てられ、べつの時間流——正反対の向きに進む時間流だ——に乗っている。そして、そのふたつの時間流は、衝突針路にある」

その言葉の意味が頭にしみこむと、ヘシュケもタイタン将校も、しばらくのあいだショックから立ち直れなかった。ひとことも口をきかず、茫然としたまま、たがいに見つめ合っていた。

「しかし、母なる地球は……」ようやく口を開きかけて、タイタンはまた口ごもった。

アスカーは耳ざわりな笑い声をあげ、

「母なる地球か！」

と、まるで呪いの言葉のようにそのせりふをくりかえす。ヘシュケはアスカーのほうを見やり、親指で窓の外を示して、

「ここじゃあまる見えじゃないか？　見つかったらどうする？」

「見えやしない。われわれは、彼らの現在瞬間には同調していない。数分遅れでついていってるんだ」

「衝突！」タイタンが息をあえがせて、「信じられん！　いったいどうなるんだ、アスカー！」

アスカーはまた笑った。こんどは、ぞっとするような、狂った笑いだった。

「想像できないか？　ふたつの時間流は、いまやわずか四百年しか離れていない。そして、われわれはすでに、たがいの存在に気づいている。どちらの側も、相手を殲滅《せんめつ》しようと大々的に準備をととのえるだろう」

心中ひそかに、おぞましいその光景を思い描いているらしく、アスカーの目がぎらりと光った。

「そして、時間波がたがいにまだ数世紀離れているうちから、殲滅戦争がはじまる。どちらの文明も、自陣のただなかに、相手側の建物が魔法のように構築され、それが年々新しくなってゆくのを目にして、ますます恐怖にかられるようになる。両陣営ともに、時間の別々の地点か

ら、おなじひとつの惑星の支配権を争うことになる！　しかし、なにもかも、けっきょくは無駄だ――ふたつの時間流が現実に正面衝突したら、いったいどうなる？　そんな衝撃に耐えられるものがあると思うか？　全滅だよ、それが必然的帰結だ。全滅。そして、すべての時間が停止する……」

タイタン将校は、アスカーの言葉の呪縛《じゅばく》をやっとのことで打ち破り、まっすぐ身を起こした。

「時間を無駄にはできない。この状況をただちに最高司令部に伝えなければ」

「ああ、それがわれわれの職務だ」

アスカーは神経の緊張からか、小刻みに身をふるわせている。銃を置いたまま、操縦席から身を引くと、ふるえる手で眉をぬぐった。

「指揮をまかせる、少尉」

タイタンはコントロール・パネルの前にすわり、目盛りを測定した。すっかりおちつきをとりもどしたらしく、権威のこもった責任感あふれる声で、

「あなたが人類に対し多大な貢献をしたことは認めなければなりません、市民アスカー。しかし、〈絶対現在〉にもどったら、あなたは命令不服従およびタイタン将校殺害のかどで裁かれることになります」

「放っておけよ、いいから」ヘシュケが不安そうな声で頼んだ。「狂っているのがわからないのか？」

「ああ、狂っているとも」アスカーがつぶやいた。「だれだってそうなる……あんな場所で、

五年間もひとりきりでいたら。緊張が……この問題を解けるのは地球上でただひとり、自分だけだと……人類に時間旅行の秘密を与えられるのはおれだけだとわかっていて……やれるかどうか自信はなかった。敵ははるかに先を行っていた。しかし、どうしても追いつかなければならなかった。でなければ破滅だ……いや、どちらにしろ破滅することはもうわかってるわけだが」

航時装置のぶーんというハム音が大きくなる。旅行機は出力を上げ、時間線からすべりでると、過去に向かって突進しはじめた。ヘシュケは帰りの旅にそなえて座席にゆったり身をあずけた。長身のタイタン将校がふたたび指揮権を掌握したことと、アスカーがどうやらなにか物思いに沈みこんでいることとで、ひとまずほっとしていた。

一時間ほど、無言の旅がつづいた。うとうとしかけていたヘシュケは、パイロットの叫び声ではっと目を覚ました。機体が急激に揺れる。旅行機は、回避行動をとろうとしている。〈絶対現在〉記録機の針がまたふらふら揺れているのにヘシュケは気づいた。パイロットが窓を透明にすると、追跡してくる敵のタイムマシンの機影があらわれた。アスカーがわけのわからない叫び声をあげる。同時に、すさまじいショックが機体をおそい、旅行機はくるくる回転しはじめた。

つかのま、ヘシュケは意識を失った。頭がはっきりしたとき、キャビンは静止していた。しかし、異常な角度で傾き、片側に大きな穴があいている。背後の推進装置は、異常を示す不規則なうなりを発していた。

エイリアンの時間旅行機が武装していたことに、ヘシュケはなぜか驚きを感じていた。

「くそっ」アスカーがうめいた。「くそったれ」

ヘシュケは立ち上がった。タイタン将校はすでに、キャビン片側の、くすぶる穴から外をのぞいている。ヘシュケはその横に立って、円筒形の物体が宙空に半分実体化し、ゆらめき、それからまた消えていくのを見た。一瞬ためらったが、タイタン少尉が注意深く地面に降り立つのを見て、ヘシュケもそのあとにつづき、立って周囲を見まわした。

生命のない状態を死と呼ぶなら、これほど広大な死の広がりは、夢想だにしたことがなかった。周囲に広がる光景は、灰色の不毛な台地で、西に見える丘と北の崩れかけた廃墟をべつにすれば、ほかになにもない。草木一本、動くものひとつない。そして塵《ちり》が、そこらじゅうに塵があった——月面をべつにすれば、これほどの塵など考えたこともなかった。

キャビンからよろよろと出てきたアスカーの顔は、蠟《ろう》のように白かった。

「駆動装置がいかれた！」としわがれた声で叫ぶ。「あの畜生どもめ、どこを狙えばいいか、正確に知ってやがったんだ！」

その絶望的な視線が、周囲をながめわたした。

「未来のことを聞いたな、ヘシュケ——ああ、これがそうだ。時間がまだ到達していない未来だ。そして、おれたちはそこに座礁《ざしょう》しちまった」

恐れていたことが現実になってしまった、とヘシュケは思った。

「われわれは失敗した」少尉が低い声でいった。「わが同志がわれわれの報告を聞くことはない」

「それがどうした、ばかやろう」アスカーがうなった。「地球上の生命には、あときっかり二世紀しか残されていない――そのあとは、すべてがおしまいだ」

血と土。ヘシュケは思った。血と土。

三人は、そこに立ちつくしたまま、いつまでも死の光景を見つめていた。

5

地球から遠く離れた漆黒《しっこく》の宇宙空間に、ＩＳＳ、すなわち、星間宇宙社会《インターステラー・スペース・ソサイエティ》――住人には、レトルト・シティの名で知られている――が浮かんでいた。アルタイルとバーナード星のほぼ中間あたり――つまり、どんな天体からもあたうかぎり遠い場所に。その通称は、外見に由来している。ふたつ重ねたじょうご《レトルト》、もしくは砂時計。ただし、それよりは細長く、もっとなめらかで優美なかたちをしている。

レトルト・シティは、文字どおり、瓶の中の街だった。外壁は透明で、ガラスのような光沢がある。外の宇宙空間からながめる観察者がいたとすれば、このガラスの筒の中に、ふたつの紡錘を縦に並べたようなかたちを目にすることになる。それが、街の内部構造のおおざっぱなつくりだった。そして、照明のおだやかな輝きを通して、内部の輸送機関が上下する、断続的な動きを見ることもできるはずだ。

この街は、およそ五千年の歴史を有し、その大半を、さしたる事件もなく、平穏無事に過ごしてきていた。ＩＳＳは、はるかむかしに消滅した地球文明の生き残りだった。おそらく、太陽《ソル》の半径百光年圏内には、ほかにもＩＳＳ施設が生き延びているはずだと、その街の支配者たちは考えていた。他の天体の生命を救い、星々のあいだの虚空《こくう》に築かれた人工の街に連れてくるというのは、かつては人気のあるアイデアだったのだ。しかし、彼らとて確信があるわけではなかったし、迷子になったいとこたちをさがして宇宙を探索せねばならぬという使命感に燃えているわけでもなかった。

ＩＳＳを構成するふたつの区画は、くだけたいいかたでは、下レトルトと上レトルトと呼ばれる――空間的な上下を意味するわけではなく、社会的な見地からついた通称である。正式には、それぞれ、生産レトルト、娯楽レトルトという。そして、新生児をべつにすれば、一方のレトルトから他方のレトルトへと移動したものはだれもいない。

あるいは、ほとんどだれも。

甫蘇夢《フースームン》は、担当している機械のスイッチを切り、作業区画の中をしばらくぼんやりながめていた。広々とした巨大なホールは、さまざまな種類の機械の列でいっぱいになっている。彼が担当する機械と似たものもあれば、まるでちがうものもある。つぎの交替勤務《シフト》の人間が、すでに持ち場につきはじめていた。ある者は立ち話をし、ある者はスペック表をのぞきこみ、かと思うと、機械を始動させて、すでに作業に没頭している男もいる。

蘇夢《スームン》とおなじ勤務の同僚は、すでに大半がいなくなっていた。自分もそれにつづこうとしたとき、蘇夢《スームン》より二つ三つ年上の若者が、笑みを浮かべて立ち止まった。

「やあ、蘇夢《スームン》。きょう、ぼくのセクションはたいしてやることがないんだ。なにか手伝えることはないか？」

蘇夢《スームン》はためらった。いまやっている仕事はおもしろかったから、あしたもどってつづきをやるつもりでいた——それどころか、いまの仕事をしあげるために、もうひとつの計画の最終段階を一日先にのばそうとさえ考えていたのだ。蘇夢《スームン》は、もうすこしで完成する、美しく設計された部品の集合体に目を落とした。上レトルトで需要のある、なんに使うのか推測もつかない装置のための新型目盛り測定器。

「ああ、わかった。こいつを頼むよ」

蘇夢《スームン》はあきらめたようにいった。スペック表をとりだし、細かい注意と、自分がどこまでやったかを説明する。

「急ぎじゃないんだ」と最後にいいそえて、「納期にはまだひと月以上ある」

相手は熱心に部品を見つめたままうなずいて、

「ここののんびりしたサイクルじゃ、いつもそんなもんだね。こうも怠慢だと、いいかげんうんざりするよ」

蘇夢《スームン》は作業区画を出ると、ロッカールームで作業着を脱いで、手と顔を洗い、回復スプレーを浴びた。ホルモン成分配合の霧が、皮膚や鼻孔から体内に吸収されると、気分がさっぱりして、長時間労働の疲れも消えていった。

螺旋《らせん》階段を下り、エレベーター・ホールに向かう。やせた体つきの、ハンサムな若者。頭の中では、秘密計画についての考えと興奮が渦を巻いている。だが、居住区へと降りる高速エレベーターの中で、訓練学校時代からの旧友、李魁牧《リーキム》にばったりでくわし、ちょっと卓球をやらないかと誘われた。うまく断る口実が思い浮かばなかったので、蘇夢《スームン》はいっしょにエレベーターを降り、近くのレクリエーション・ホールをめざした。

魁牧《キム》は、ディスペンサーから缶ビールを二本とりだし、一本わたしてよこした。ゲーム・マシンの列のあいだを抜けて、立ち並ぶ劇場の前を通りすぎる。さらに歩いていくと、なにか体を使うスピードの速いゲームが進行中らしく、壁の向こうからドンドンという音が聞こえてきた——たぶん、バットボールだろう。

卓球か、と蘇夢《スームン》は思った。ここ、下にはそれがある。上レトルトでは、卓球などやる者はいない。〈全能の時〉にかけて、あそこでやってるゲームときたら！

しかし、たとえピンポンといえども、レトルト・シティでプレイされるものとなるとけっして侮《あなど》れない——労働者の遊びだろうとなんだろうと。

ふたりは台をセットし、蘇夢《スームン》は自分のラケットをとった。台は凹面で、広く浅い鉢《ボウル》のようなかたちをしており、まんなかはアルミニウム製の薄い衝立《ついたて》で仕切られている。

李魁牧《リーキム》はビールを飲みほし、にやっと笑うと、ボールをとってサーブした。ふたりは何度かボールを打ち合った。これまで何度も対戦してわかっていることだが、魁牧《キム》は卓球の名手だ。

台の面がカーブしていることで、目と手のすばやさが必要になるが、このゲームに必要なのはそれだけではなかった。

蘇夢《スームン》は返球をミスしそうになったが、ぎりぎりのところで追いついて、衝立の左サイドに思いきり打ち返した。

境界線の上を通過した瞬間、ボールは宙で消えた。

魁牧《キム》も消えた。しかし、一瞬後、ボールは蘇夢《スームン》めがけて飛来し、魁牧《キム》もふたたび、台の正面に出現した。

この発明は、レトルト・シティの専門分野をよくあらわしている。すなわち、時間を操作する能力である。この台は、ふたつの時間ゾーンに分割されており、それぞれの〈現在瞬間〉はたがいに位相をずらされている。したがって、このゲームには機敏な反射神経以上のものが要求される——ボールがどこから、いつ返ってくるかを予期するには、五感を超えた能力が必要になる。位相を調節することで、時間のずれを大きくしたり小さくしたりできるし、空間的に反転させて、たとえば左に返球したボールが右から返ってくるというふうに、もっとむずかしくすることもできる。打つ前のボールが返球されてくるようにセットすることさえ可能なのだ。

下レトルトの労働者にとって、こういうおもちゃを技術的にとほうもなく高度なものにするのはたやすいことだった。つまるところ、テクノロジーは彼らの生活そのものなのだから。

魁牧《キム》はフットワークも軽やかに移動し、蘇夢《スームン》が追いつくことも予想することもできないスピードで、消えたり出現したりした。蘇夢《スームン》も、ゲームに集中していればもうすこし張り合えたかもしれないが、心はべつの考えでうわの空だった。

魁牧《キム》が最初の試合に勝ち、にっこりほほえみながら、

「もういっちょいくか?」

はない。

蘇夢《スームン》はラケットを置いた。

「また今度。きょうの調子じゃ試合にならない」

「じゃあ、時間チェスは？　一列一列、時間速度を変えて？」

蘇夢《スームン》は首を振った。時間チェスはたいへんな集中力と記憶力を要する。とても勝てる見込みはない。

「そうか、もっとのんびりしたのがいいんだな？　ショウは？　それとも女？」

「ありたがたいけど、家でやることがあるんだ、魁牧《キム》。そろそろ帰るよ」

「わかった。べつにかまわないよ。なら、おれも帰るとするか」

魁牧《キム》は元気よく手を振って、トランポリン場のけばけばしいひさしのほうに歩いていった。

蘇夢《スームン》は娯楽エリアを出て、家に向かった。

ぼくの考えていることは、魁牧《キム》にはぜったい理解できない。ぼくの計画を知ったら、魁牧《キム》はびっくり仰天するだろう。たぶん、ぼく以外にはだれも理解できない。分割された街の、どちら側の人間にも。

人間は、自分の経験の外にあることを理解できない。蘇夢《スームン》以外のすべての人間にとって、シャフトの上にある――あるいは下にある――もうひとつのレトルトは、いわば理論上の存在でしかない……。

エレベーターは、工場や作業場の果てしない列をすぎ、娯楽センターや居住区をすぎて、下へ下へと下っていった。ようやくエレベーターを降りた蘇夢《スームン》は、迷路のようなせまい路地を抜け、十軒かそこらの家がごちゃごちゃと寄り集まっている中の、こざっぱりした小さな家にたどりついた。親指の指紋を錠に押しあて、中にはいる。

祖父がテーブルについて、グラスに満たした発泡性ミネラル・ウォーターを飲んでいた。蘇《スー》夢《ムン》にくらべて、それほどの歳ではない（これまた、レトルト・シティの時間に対する支配の一例だ）。正確にいうと、孫よりも二十六歳年上だった。

蘇夢《スームン》はおざなりのあいさつをして、ディスペンサーから食事をとりだすと、椅子に腰を下ろし、合成米と、チキン・カリーと、タケノコを食べはじめた。

「きょうの仕事はおもしろかったか？」

祖父がこちらに目を向けてたずねた。蘇夢《スームン》はうわの空でうなずき、

「悪くなかったよ」

下レトルトの日常会話の中心がつねに仕事の話題であることには、十年たったいまでも驚かされる。レトルト・シティの社会システムは、まさに期待どおりの成果をあげているわけだ。この街の人間はみんな、生産に——ものをつくるということに——憑《つ》かれたような興味を持っている。蘇夢《スームン》自身も、その例外ではないが——けっきょく、ほんとうにおもしろいのだから——しかし、彼の場合は、それだけではなかった。蘇夢《スームン》は、もっと広い視野を、いまなお持ちつづけていた。下レトルトの召使いたちには否定されているビジョンを。

蘇夢《スームン》は食事を平らげると、椅子の背にもたれ、思いをめぐらせた。祖父が壁スクリーンのスイッチを入れた。画面では技術者が時間遅延回路の設置方法を説明している。この回路は、進

行する〈いま〉の小さなかけらを再帰相に投げこむことで、文字どおり時間を遅くすることができる。それについては先刻承知の蘇夢《スームン》は、たいした関心もなく、見るともなしにぼんやり画面をながめていた。おそまつなドラマ、コメディ番組などがそのあとにつづく。

蘇夢《スームン》の心の中で、しだいに怒りが頭をもたげてきた。

「まったく、上レトルトでやっている番組を見せてあげたいよ」

と、とつぜん声をあげる。

かすかなうめき声をあげて祖父がこちらを向き、からかうような笑みを浮かべた。

「またその話か」

「でも、おじいさん、上がどんなふうか見てみたくないの？　ねえ、ほんとにちがうんだよ。むこうはぼくたちよりずっといい暮らしをしてる……なにもかもすごくぜいたくなんだ。ぜったい見るべきだよ」

祖父は鷹揚《おうよう》な笑みを浮かべ、

「おまえの父親は、たしかにつぐなうだけのことがあったわけだ」とくすくす笑った。「おまえは向こうのほうがいい暮らしをしているというが、おれはそうは思わん」

祖父は顔をしかめて、

「働かず、なにも生産しない。そんな人生は無益だ。おれはここのほうがいい」

そういうことなんだ、と蘇夢《スームン》は思った。このシステムはこうして永続している。ふたつに分かたれた街のどちら側も、反対側の住人のことをうらやんではいない。娯楽レトルトの住人は、見たこともない労働者のことを便利な道具程度に考え、反対に労働者たちは、優雅な娯楽文化を楽しむ人間たちのことをぐうたらな怠け者だと思い、なにか役に立つ仕事があればもっとしあわせになれるだろうにと憐《あわ》れんでいる。両者が出会わないかぎり、なにもかも完璧に機能している。

だからこそ、甫蘇夢《フースームン》の場合は、完璧には機能してくれないのだ。

「まあまあ」と祖父がなだめるようにいった。「ここの生活にはなんの不都合もない、そうだろう？　上の生活に頭を悩ます必要なんざない。放っておけ。おれにはここだけでじゅうぶんだよ」

レトルト・シティの社会システムは、おそらく他に類例を見ないものだろう。それは、狡猾《こうかつ》にして巧妙をきわめている。労働階級と娯楽階級がきびしく分離されている一方で、奇妙な形の民主主義も同時に保たれているのだ。つまり、世代ごとに、階級を交替するというかたちの民主主義である。新生児は、誕生から数時間以内に親から引き離され、反対のレトルトに移される。そしてそこで、祖父母に育てられるのだ。

この仕組みには、単純かつ基本的な利点がある。全人生を生産レトルトで送ることを定められた人間も、子どもたちが娯楽レトルトで洗練されたぜいたくを楽しめることを知って満足する。反対に、娯楽レトルトの人間は、子どもを下レトルトの労働と規律に委《ゆだ》ねなければならないが、しかし、かわりに孫をうけとることでそれを埋め合わせる。

ああ、たしかにうまくいっている。蘇夢《スームン》の知るかぎり、もう何世紀も前から、この規則に対する違反はほとんど出ていないし、社会秩序に対する疑問はまったくない。蘇夢《スームン》は、その記録が百パーセント完璧であってくれたら、と思った。それなら彼も、批判にさらされたり、記憶に苦しめられたりすることはなかったはずだから。

彼こそは、その数少ない規則違反の産物だった——彼の知るかぎり、最近ではたったひとりの。

蘇夢《スームン》の父、甫梢《フーシャオ》は、娯楽レトルトの高官——閣僚だと蘇夢《スームン》は思っている——だった。甫梢《フーシャオ》という人間には、どこかきわめて異常なところがあったらしく、この社会の全員が、長い歴史を持つ慣習を受け入れるべく条件づけられ、それで何世紀もまちがいひとつ起きなかったというのに、彼は生まれたばかりの息子を下レトルトに送り出すことに耐えられず、法にそむいて、赤ん坊をひそかに手もとに置き、下から送られてきた孫だと見せかけたのである。

蘇夢《スームン》がいるべき場所にいないことが気づかれなかったのをべつにしても、この程度のごまかしが通用してしまうとはとても信じられない話だが、ともかく甫《フー》はそれをやってのけ、まる十年間、秘密を隠しとおした。だが、ついに彼の犯罪が暴かれる時が来た。法は法であり、例外は許されない。おそらくは銀河の中でもっとも洗練された文化のもとで育てられた蘇夢《スームン》は、まだ物心ついたばかりの年齢だったにもかかわらず、まったくなじみのない荒っぽい環境で、見知らぬ人々とともに暮らすことになった。

最初の二、三年は悪夢だった。そして、しだいしだいに、ある程度は適応していったものの、この社会の分割形態に対する燃えるような怒りは、片時たりとも忘れることがなかった。父は——いま蘇夢《スームン》の向かいにすわっている男の息子は——罰せられた。いまなお罰を受けつづけている。

蘇夢《スームン》は祖父に目をやった。祖父にとって、蘇夢《スームン》は困惑の種なのだ。孫の到着は遅すぎた。いわば、異星から来た使者のように遠い存在だった。

あいつらにこんなことをする権利はない。蘇夢《スームン》は思った。ぼくの属している場所にずっといさせてくれるべきだったのに。

テーブルから立ち上がり、せまい住居を仕切る可動式の衝立をすべらせて、その奥のささやかな作業場にはいる。幅のせまい台から、自分でつくったレトルト・シティの模型をとりあげた。ふたつのふくらんだガラス瓶のあいだに金属性の帯を巻きつけたもの。金属部品でできたぴかぴか光る木みたいに、内側から輝いている。

この模型の製作に、彼はこの二年間の大部分を費やしていた。じっさいには、それは模型ではない。外観はたんなる見せかけにすぎず、その実体はある種の機械装置だった。蘇夢《スームン》はこれに全情熱をかたむけ、持てるかぎりの技術と、才能と、忍耐力をそそぎこんだ。生産レトルトの効用のひとつに、徹底的に訓練してくれるということがあり、それが彼に味方した。

この装置は、彼が属している場所、すなわち父親のもとにもどる助けになる。

蘇夢《スームン》はそれからの二、三時間、作業台の上の器具を使って模型を点検した。やがて、もう寝るからという祖父の声がし、それにつづいておだやかな寝息が聞こえてきた。蘇夢《スームン》は、最後のテストを終えると、自分の寝室にもどり、高い衿《えり》のついたゆったりしたチュニックに着替えた。それから、布のバッグにレトルト・シティの模型を入れ、家を出た。

数分後、蘇夢《スームン》は生産レトルトの輸送ターミナルへと向かう高速エレベーターに乗っていた。下レトルトの末端に位置するターミナルの巨大な金属の帯を通って、すべての生産品が、街のもう半分にある目的地へと運ばれてゆく。場合が場合でなければ心を奪われるだろう景観の前を、蘇夢《スームン》は見向きもせずに通りすぎた。光り輝く鋼鉄とアルミニウムとチタニウムの巨大な構造物——上レトルトへと向かう一方通行の生産過程の、下レトルトにおける終着地点である。

エレベーターを降り、転轍《てんてつ》場を横切っていく蘇夢《スームン》に注意を向ける者は、だれもいなかった。大きな円筒形のコンテナが、娯楽レトルトに通じる金属の首へとつぎつぎに吸いこまれてゆく。中央時間管制連結ポイントの背後を通る、めったに使われることのないせまい通路を、蘇夢《スームン》は登っていった。いくつかドアを抜け、まもなく、薄暗い螺旋階段に出る。彼は、はてしなくつづく階段を上へ上へと登っていった。

じっくり時間をかけて地図と図面を研究し、じっくり時間をかけて探険したおかげで、ついに見つかったのがこのルートだった。じっさい、こういうルートはほかにもいくつかある。ふたつのレトルトのあいだのエリアには、保守管理用の通路が迷路のようにはりめぐらされている。そこを抜けるのに必要なのは、忍耐力と適切な装備だけなのだ。

蘇夢《スームン》は、とうとう階段のいちばん上までたどりつき、ふたつのレトルトのあいだの金属の帯の内壁をなす、積み重なった巨大な電磁コイルを囲む通路にはいった。すでに、独特の感覚が体の中を貫《つらぬ》きはじめている。ふたつの社会を分割する、驚くべき可変時間フィールドが、肉体に影響しはじめたのだ。鼻梁《びりよう》がつっぱるような感じがする。かすかに目の焦点がぼやける。そして、心臓がびくっとする。

コンテナのひとつにもぐりこんで、荷物といっしょに向こう側に行こうとしていれば、どんな予防手段をとっていようとも、はっきりと分かたれた時間相の断層によって、たちまち死を迎えていたはずだ。チャンスはある。だが、周囲の機械装置のいくつかの穴を、針のように縫って進むこのルートなら、チャンスはある。蘇夢《スームン》は、バッグからレトルト・シティの模型をとりだし、その基底部にとりつけられたいくつかのレバーを操作した。模型の中に、琥珀《こはく》、緑、白のやわらかな光のパターンがあらわれる。

もう一度レバーをいじり、調整する。この模型はいま、蘇夢《スームン》個人の〈現在瞬間〉をコントロールして、巨大なコイルの荒れ狂うエネルギーから守り、時間相の変化に同調する過程をおだやかなものにしてくれる。うまくいけば、傷ひとつなく向こう側にわたれるはずだ。

蘇夢《スームン》は前進した。いまいる場所は、洞穴のような空間だが、機械がぎっしりつまっているおかげで、まるで高密度の巨大なかたまりのように見える。キャビネットや支柱のあいだをすりぬけて進むにつれ、機械のハム音がしだいに大きくなってくる。一、二度、立ち止まって、装置をさらにこまかく調節する。そして最後に、装置は、すでに推測していたとおりのことを告げた。

時間バリアを抜けた。蘇夢《スームン》はいま、娯楽レトルトの時間に同調している。

もう、行く手を阻《はば》む障害はほとんどない。彼は、巨大な時間制御装置のあいだを、這《は》うようにして進んでいった。ここまで来れば、手製の機械のスイッチを切ることができる。

が、ここで、ちょっとした問題にぶつかった。この十年間住んでいた世界では、上レトルトの地図も図面も手に入らなかった。受け入れエリアは、ある程度、送り出しエリアの鏡像のようになっているだろうから、さっき通ってきた階段のあたりに下りの階段があるのではないかと楽観していた。しかし、どこにある?

あちこち見まわしたすえに見つけたのは、階段ではなく、小さな可動式プラットフォームだった。それに乗ると、金属の帯で仕切られた区画の先に出た。ついに、娯楽レトルトに到着したのだ。

眼下には、下レトルトの自発的奴隷たちが供給する品々の受け入れエリアが広がっている。さっき通ってきたのとよく似た転轍場だが、すべてコンピュータ制御されているらしく、梱包《こんぽう》はすでにほどかれて、その中身が、無数の最終目的地への配送を受け持つ小さなトロリーへと仕分けされているところだった。

蘇夢《スームン》は作業場に背を向け、自信たっぷりに歩きだした。もう恐れるものはなにもない。ここでは、だれかに止められたり誰何《すいか》されたりすることはない。娯楽レトルトの辞書に、職務質問という文字はないのだ。

興奮に胸を高鳴らせて歩きながらも、蘇夢《スームン》は、ここと、いまあとにしてきた場所とのちがいに気づいていた。労働者として働く長い年月のあいだに慣れっこになり、あらためて意識することもなくなっていたが、生産レトルトの空気には、オイルのにおいと、工場特有のなにかのにおいがつねに満ちている。だがここでは、ほのかな香水のにおいと、なにかかぐわしい香りがするだけだ。

下レトルトで生活するあいだも、蘇夢《スームン》は何度となく上レトルトの町並みを頭に思い描いて、地理を忘れないようにつとめてきた。だから、どこに行くにも支障はない。ぐずぐずしないでただちに使命を遂行しようと、蘇夢《スームン》は心を決めた。

つぎの三十分は、天にも昇る気持ちだった。かすかに記憶に残る、贅《ぜい》をこらした庭園や遊歩道を歩き、のんびりと散策する人々とすれちがう。どんな制度にも時間にも縛《しば》られず、芸術や哲学、あらゆる種類の高尚な文化を追求する人々。洗練の極にある生活。それを楽しむよう教育されていない生産レトルトの人間には、およそ理解すべくもない生活である。しかし、蘇夢《スームン》は、かつてそうした生活を享受《きょうじゅ》すべく教育され、しかるのちに、その権利を奪いとられた人間だった。

娯楽レトルトのオーラに包まれていると、下の世界で暮らした日々が色褪せ、まるで夢の中の出来事だったように思えてくる……。

蘇夢《スームン》はわれに返って自分をいましめた。いつまでここにいられるかわからない。それに、いちばんだいじな仕事がまだ残っている。

蘇夢《スームン》は、おもに行政区画として使われている、閑静な一角に足を踏み入れた。だれに呼び止められることもなく、オレンジとライム・グリーンに彩られた、さわやかな香りのする歩道を歩く。この道は、記憶の中にある、あの恐ろしいアパートメントへとつづいている。すなわち、彼の父親が幽閉されている場所へと。

十年前、甫梢《フーシャオ》が投獄されるところを、蘇夢《スームン》は目撃している。懲罰委員会は、犯罪の重大性にかんがみ、あのおぞましい刑罰をいいわたした。いま、そのまわりにひとけが絶えているのを知っても、蘇夢《スームン》は驚かなかった。こんな場所は、だれもが避けて通るはずだ。

ドアのロックは単純なものだったが、中からはあけられないしくみになっている。蘇夢《スームン》はバッグの中から小さな道具をとりだし、二、三度かちゃかちゃ動かしてから、ドアをあけた。

中にはいると、そこは犯罪者の牢獄に面した、ガラス壁の玄関広間だった。蘇夢《スームン》が祖父といっしょに住んでいたような住居だが、もっと大きく、ずっと豪華だ。だれも住んでいないように見える。蘇夢《スームン》は、玄関広間のつきあたりの壁面パネルを調べた。さまざまな計器や接続ソケットなどが、たくさんついている。バッグから時間相制御装置を出し、それがパネルの正面に来るように持って、ガラス瓶の中を見つめながら、外部レバーをひとつふたつ動かした。

それから、マイクロフォンをとり、それに向かって、なるべく穏やかで冷静な口調を保とうとしながらいった。

「わが父よ。ぼくには父さんの姿は見えませんが、あなたにぼくが見えるのはわかっています。あなたの息子、蘇夢《スームン》です。できるものなら父さんを救いだそうと、こうしてもどってきました」

そこでマイクを置き、また壁面パネルのところにもどる。模型の街の一端にとりつけられた金属プレートをパネルに押しつけた。プレートの中では磁気バブルが循環しており、壁の中の装置に制御流を引きおこす。

父が、与えられた罰に値するほどの罪を犯したとは、どうしても思えなかった。懲罰委員会は父に、過去の時間に監禁する刑をいいわたした。彼は、非・同調化《アウト・シンク》された――娯楽レトルト共通〈現在瞬間〉から、彼個人の〈現在瞬間〉がわずかに、おそらく二、三十秒、うしろにずらされたのだ。

これ以上完璧な孤独は存在しない。アパートメントにつねに閉じこめられているわけではないという譲歩――ある期間のあいだなら、制限された区域を歩きまわることができる――も、なんの慰めにもならない。なぜなら、ほかの人間すべての時間は、父のそれよりも進んでいるからだ。甫梢《フーシャオ》はほかの人間を見ることができる。しかし相手のほうは、彼の姿も見えず、声も聞こえず、答えることもできない。彼は、自分のことを無視する人々のあいだをさすらう、幽霊のような存在なのだ。

これ以上残酷な流刑を考えつける人間はいない、と蘇夢《スームン》は思った。

ガラス瓶の中の光がまたたき、めまぐるしく動く。とつぜんアパートメントがゆらめき、人為的に遅らせられた時間場が消えた。そこに、甫梢《フーシャオ》が立っていた。驚いた顔でこちらを見つめている。しかし、蘇夢《スームン》は、強《し》いて張りつめた威厳を崩さないようにした。

元閣僚は、生産レトルトにいる甫梢《フーシャオ》自身の父親とよく似ているが――じっさい、この親子は、どちらも五十にまもなく手が届くくらいの、おなじ歳かっこうだった――それぞれの所属する共同体の慣習の違いで、その相似が中和されていた。長く細い、やぎのようなあごひげと、きちんと手入れされた口ひげ。眉毛は無駄毛を抜かれて、きれいなカーブを描いてつりあがり、化粧のあとがうかがえる。灰色がかった髪はうしろにきれいになでつけてあるが、下レトルトの刈り上げた髪型にくらべると、かなり長い。

蘇夢《スームン》が内側のドアの錠をはずし、アパートメントの中にはいってくるあいだも、彼はまっすぐ息子を見つめつづけていた。

「息子よ」と彼はいった。「なぜこのような愚行を？」

そして、蘇夢《スームン》も父を見つめ返した。口をきくことも、なぜこんなばかな真似をしたのかを説明することもできずに。信じがたいことだが、この瞬間から先のことは——父親を解放してからあとのことは——一度も考えたことがなかった。知識と叡知《えいち》をたくわえた、経験豊かな父ならば、もちろんどうすべきかを知っているはずだ——潜在意識でそう思っていたのだろう。

蘇夢《スームン》は、いまになってやっと、そうした考えが十歳の子どものそれであることをさとった。法が彼を父親から引き離したときの、子どもじみた崇拝の念は、いまだに絶えてはいなかった。そして、いまになってやっと——甫梢《フーシャオ》と相対したいまこのときになってようやく——蘇夢《スームン》にもわかった。父親も息子とおなじく、無力で孤立しているということが。

6

ひとけのない裏通りの静かな一室に集まった人々のあいだに、沈黙が降りた。ソブリー・オブロモットはテーブルに目を落としたまま、仲間から寄せられる同情の視線を感じて、かすかに困惑していた。

「残念だ、オブロモット」議長がいいにくそうにいった。「しかし、すくなくとも、きみの弟の最期は、同志にふさわしい死にざまだった。爆死したんだからな。そして、四人のタイタンを道連れにした」

「そこまで自己犠牲的な行為だったわけじゃありませんよ」ソブリーはきっぱりといった。「あの畜生どもが政治局本部《ピュポルブロック》2に用意しているものの餌食《えじき》になるくらいなら、わたしでも自殺を選ぶでしょう」

カンソーンのグループ・リーダーがうなずいて、

「タイタンは最近ますます容赦がなくなってきているからな。なんどか汗びっしょりかいて夜中に目を覚ましたことがあるよ。わたしも、外に出るときはｓ手榴弾《しゅりゅうだん》を肌身離さず持ち歩いている」

「わたしもだ」

と、彼のとなりにすわっていた男がいった。マスクをかぶり、音声変調器を使っている。体制内できわめて重要な地位にあり、連盟にとってそのことがきわめて重要な意味を持つため、彼が正体を隠すのは当然と考えられていた。

「連盟は、タイタンの迫害によって、窮地に陥っている」と男はいった。「過去数か月間に、三百人近いメンバーが逮捕された。反体制ネットワークは事実上瓦解《がかい》している。もしこのままつづけば、組織の存続さえ危ぶまれる」

連盟メンバーの意気消沈ぶりは明白だった。議長は脚を組みなおし、しぼりだすような声でいった。

「きみたちが思っているほど憂慮すべき事態ではない。迫害は、連盟の弱さを示すのではなく、われわれが力を持ちはじめている証拠なのだ。二十年前、われわれがいかにみじめな状態にあったかを思い出してみたまえ。汎《はん》人類連盟は、一時は構成人員五十人まで落ちこんだ」

議長は悲しげな笑みを浮かべ、

「組織の名前そのものがジョークだった。戦争中のことだ。しかし、長い平和のあいだに、われわれは活動範囲を広げ、影響力を強めてきた。この成功に対して、タイタンがなんらかの行動を起こすのは、むしろ必然的なことだった」

「そのとおり」とカンソーンのグループ・リーダーがいった。「唯一の問題は、それをどうしのぐかということだ。すべては、この嵐を乗り切れるかどうかにかかっている」

議長はうなずいた。

「そしてその問題は、きょうの中心的な議題にかかわってくる。前回の会議で、混血の人々の連盟参加を認めるべきではないという提案がなされた。その理由は、あらためていうまでもなく、一般大衆がわれわれに対して抱くイメージを傷つけないためだ」と、さもいやそうにいう。「かつて貼られたレッテル、〈不潔なできそこないと亜人間〉の集まりといわれないようにするため。この動議については、みんなそれぞれよく検討してくれたと思うが？」

「反対です」と、感情的な声があがる。「われわれの理想とまったく逆ではないですか。それでは、われわれもまた、他の人類亜種を下等な存在とみなしているということになります。タイタンの人種差別ゲームに加わるべきではありません」

「わたしは賛成です」とカンソーンのメンバーがいった。「議長の言葉どおり、純粋に戦略上の観点から、ですが」

「組織の中に、混血の人間はどのくらいいるんですか？」と、ソブリーは唐突にたずねた。

議長がそれに答えて、

「統計課の報告では、二十パーセントだそうだ。かなりの率だ——反連盟プロパガンダに力を与えるにはじゅうぶんだろう」

「プロパガンダの心配など二の次だ」とカンソーンのグループ・リーダーがいった。「混血に対するタイタンのキャンペーンも、ますます激しくなっている。半混血や八分の一混血がいるおかげで、タイタンたちは連盟の中心を直接たたくことができる。彼らにとっては一石二鳥だ」

「そういう人々は、連盟を庇護《ひご》者とみなしてもいます」とソブリーは指摘した。「もし彼らを追放すれば、忠誠をあてにすることは不可能になる。連盟はなおさら孤立します」

「この件には、もうひとつの問題がある」さっき発言した声がいった。「異種居留区《デヴ・リザベーション》との接触を打ち切るべきか否か？」

緊張した沈黙につづいて、議長が口を開いた。

「いかなる場合でも、居留区における活動は、規模を縮小しなければならない。居留区に対するタイタンの監視はきわめてきびしく、居留区はわれわれのウィークポイントになりつつある――多数の工作員の出入りが探知されている。投獄されている人々でさえ、われわれの接触を警戒するようになっている。彼らの多くは自由への希望を捨て、とにかく生きることを望んでいる」

数人が軽蔑したように鼻を鳴らした。憎むべきタイタンの、タイタン科学者と土地活用専門家（すでにじゅうぶん小さくなっている「〈真人〉に属さない」地域を、さらに縮小しようとたえず圧力をかけている）の慈悲にすがって生きる未来など、彼らにとっては侮蔑《ぶべつ》の対象でしかないのだ。

彼らはマスクの男のほうを見つめた。正体を隠しているにもかかわらず、その意見には、たいへんな重みがある。男は、熟考しているように見えた。

「それほど大きな一歩を踏みだしても、その結果得られる利益は、主義を曲げたことを正当化するほど大きなものではありえない」と、男はようやくいった。「長い目で見れば、〈暗黒盟約〉の伝説を追い払う役にはほとんどたたないだろう」

そう、〈暗黒盟約〉だ、とソブリー・オブロモットは思った。数百年前、当時の全異常亜種が、その邪悪な頭脳を結集してつくりあげたとされている、信じられないほど巧妙で、細部まで考え抜かれた〈真人〉抹殺《まっさつ》計画。その文書はおろか、漠然とでもそれに関係するような計画も記録も、かつて存在したことはないということに、連盟はかなりの確信を持っている。しかし、盟約についての話は一般に流布《るふ》するうち、しだいにみがかれて、説得力のあるもっともらしいものとなっていた。

そうした俗説は、タイタン軍団によって尾ひれがつけられ、さらにあおりたてられた。一般に信じられているところによれば、汎人類連盟も、盟約に付随する計画のひとつ。〈真人〉を滅ぼし、自然の過ち《あやま》――母なる地球に生まれたミュータント、変種、できそこない――がこの星を支配しようとする計画が失敗したあとに結成されたものだという。

無意味なたわごとではあるが、人類文明に理性を取りもどさせるという連盟の目標を達成することなど不可能だとソブリー・オブロモットに悲観させるにじゅうぶんだった。

議論がつづくあいだ、彼はまた――知らせを聞いてからは、数分ごとにそうなのだが――弟ブレアのことを考えていた。

自殺か……。悲しい思いが胸をよぎる。タイタンに逮捕され、すさまじい爆発の閃光とともにこの世を去る。戦いに勝ったあとの年代記の一節としてなら、あるいは、よりよき世界に残された記念碑としてなら、それも悪くない。しかしいま、みじめな地下闘争のさなかでは、それはただ……悲しいだけだ。

　ブレアが連盟の活動的なメンバーになったのはごく最近のことで、弟をひきこんだのはソブリー自身だったから、彼は罪悪感にさいなまれていた。ソブリーのほのめかしや説得、理性への訴えが、ブレアを動かして、破壊する側へと押しやった。たしかに無理強《じ》いしたわけではない。しかしブレアは、この仕事で成功するには、純真な理想主義者でありすぎた。倫理的に純朴でありすぎた。いま、ソブリーにはそのことがはっきりとわかった。弟をこんなことに巻きこむべきではなかった。あのs手榴弾で世を去るべきだったのは、ブレアではない。

　このおれなのだ。

　議長は討議の終わりを宣言し、投票を求めた。動議は僅差《きんさ》で否決された。

　戦術についてはさらに論議があった。いくつかのグループを解体し、そのメンバーを地球上のさまざまな地域に分散させることが決まった。彼らはそこで、さらに命令があるまで待機することになる。議長は短い議題で会議をしめくくった。

「これはきみの弟に関係することだ、オブロモット。きみも知っているだろうが、彼は高名な考古学者ロンド・ヘシュケとともに、ハザーの異星人遺跡で仕事をしていた。きみの弟が死んだ日、ヘシュケもタイタンに連れ去られたようだ」

「ヘシュケのほうも、連盟と接触があったとは知りませんでした」と、ソブリーは眉をくもらせた。

「いや、接触はなかった。われわれの知るかぎり、ヘシュケは人種的純潔を信ずる無垢《むく》な市民だ。報告によると、彼はシンベルに連行され、そこから専用のロケット・シップに乗せられた。確証はないが、その船はサーン砂漠に着陸したものと考えられる」

「それで？」

ソブリーはじっと議長の顔を見つめた。

「そこにはタイタンの秘密研究所がある」と、議長は秘密を打ち明けた。「警戒がきわめて厳重なので、その場所でなにがおこなわれているかはまだ判明していない。しかし、ロンド・ヘシュケが現在スタッフとしてそこにいるかもしれないという仮定は、その研究所が異星人干渉者に関係するものではないかというわれわれの推測と符合する」

「そして、異星人はわれわれの関心の的でもある」ソブリーはうなずきながら、ひとりごとのようにいった。

「そのとおり。われわれもタイタンと同様、異星人干渉者が何者でどこから来たのか、どのような存在なのかを知りたいと思っている。地球における人種的狂信主義が、人間と異星人との敵対関係の結果生じたものだという可能性もある。もしそうなら、他の亜種に対する憎しみを消すためには、まず異星人に対する恐怖を根絶する必要があると、連盟の心理学者はいっている」

出席者たちがそれぞれにうなずいた。この理論は、彼ら全員にとって周知のものだった。じっさい、それを導きだすのに心理学者など必要ない。

「この話を持ち出したのは、さらにくわしい情報がほしいからだ。直接情報を手に入れることは困難のようだ」議長はきびきびと話をしめくくった。「きみたちのネットワークにこの質問を流してくれ。サーン砂漠になにか物資が送られたことを知っている者はいないか？　もしいるなら、それはどういう種類の物資か？

ところで、ロンド・ヘシュケがとつぜんハザー遺跡から拉致《らち》された大仰なやりかたからすると、状況はさらに興味深いものになっているようだ」

マスクの男がうつろな笑い声をあげ、

「それにはなんの意味もない。タイタンは大仰なことが好きだ」

「ああ、おそらく――」

といいかけたところで、背後のドアが開き、議長はさっとふりかえった。その手に銃が握られている。

が、あらわれたのは見張り役の男だった。

「タイタンのパトロールがこの地区にはいったとの連絡がありました、議長。お知らせしておいたほうがいいと思いまして」

「すまん。すぐにここを出て、通りの見張りにもそうするように伝えてくれ」

見張り役の背後でドアがしまった。

「安全のために、これで解散する」議長はすばやく命令した。「だれか、隠れ蓑《カバー》のない者は？」

ソブリーが手を上げた。芸術家である彼は、とくべつな理由が用意できなくても旅行することが可能だ。他のメンバーはみんな、シンベル滞在のために、商用なり個人的用件なり、カバーとなるなんらかの口実を用意していた。ほとんどは、世界経済調整会議予備公聴会に出席するためこの街を訪れたことになっている――その会議があるおかげで、シンベルが集会の場所に選ばれたのだ。

「そうだったな、きみが最初にここを出たまえ」と議長。「まだ見張りがいたら、彼に頼んでパトロールの目を逃れ、すぐに街を離れろ」

それからテーブルのまわりを見わたして、

「つぎの会議については、追って全員に通知する」

あいさつもなく、ソブリーは部屋を出た。あとのメンバーは、ひとりずつ十分間隔で出てくる。マスクの男が最後だ。

見張りはすでに姿を消していた。ソブリーは外の道をたしかめ、みすぼらしい建物からすべり出た。走るように早足で歩き、大通りに通じるせまい路地にはいった。

惑星規模の会議が秘密の会合のかっこうの隠れ蓑となることは、おそらくタイタンもとうに気づいているだろう。議長はなにか新しい手を考えださなければならなくなる。

制服姿のタイタンをひとりふたり見かけたが、ほとんどは私服のはずだ。背が高く、髪をきれいになでつけた若い男たち。通行人の顔に向ける冷たく傲慢な視線で、すぐにそれとわかる。たぶん、彼らが見つけようとしているのは、だれか特定の人物なのだろう。

私服のタイタンのそばを通るときも、ソブリーは強いて、びくびくした態度をとらないようにした。弟の身もとを洗えば、すぐに自分の存在が浮かんでくることが気がかりだが、事件はもう何週間も前のことだし、夜中にドアをノックされることもなかった。経路をうまく隠しおおせていたことを祈るしかない。

そして、彼が隠していなかった経路は、弟が自分で隠してくれた。S手榴弾で。

シンベルの大きな輸送ターミナルに着くと、サナン行きロケットのいちばん早い便のチケットをとった。一時間以上待ち時間があったので、ソブリーは一杯やって神経をおちつかせた。が、いつまでも待合室でぶらぶらしているのはうまくない。ソブリーは、ターミナルに隣接する地区をしばらく歩いて、一軒のパブにはいった。もう二、三杯、グラスを重ねるうちに、気分がよくなってきた。

本気でこわがるようなことはなにもない。自分にそういい聞かせる。議長は神経過敏になっているだけだ。たしかに、尊敬に値する戦略ではある。汎人類連盟は、この一世紀のあいだに、生き残るすべを学んだのだ。

さらに数杯飲んだあと、ソブリーを乗せたロケットは、轟音とともにターミナルを離陸した。大気圏のはるか上空を飛行する二時間の旅のあいだ、ソブリーは眠ろうとしたが、頭痛がやまず、弟のことが頭から離れなかった。

ロケットが降りたったソブリーの生れ故郷、サナンの街は、秋の夕暮だった。サナンは美しい街で、異種戦争《デヴ・ウオーズ》の戦禍もまぬがれていた。アパートメント・ビルの列が地平線をおおい、傾きかけた日の光の下、くすんだ輝きを放っている。ひときわ高く屹立《きつりつ》するのは、大聖堂の円《まる》屋根や塔。かつて、サナンが旧宗教の中心として知られていたころの名残《なご》りだ。いまやそうした宗教は見る影もなく、事実上、壊滅状態にある。いまの聖堂は、タイタンの祝祭や地球母《アース・マザー》を崇《あが》める式典に用いられている。

ターミナルを出ると、新鮮な夜気のおかげで、頭が多少すっきりしてきた。地下鉄に乗り、住まいのある街区に向かう。やっと聖域にたどり着いたような気持ちで、ソブリーは自分のアパートメントにはいり、同居しているレイラの出迎えを受けた。

なにもかもに嫌気がさしたことは何度もある。——生きていく目的に疲れ、絶えざる社会的抑圧に屈してしまおうという誘惑にかられたこともある。どうにでもなれ、もっと気楽に生きようじゃないか。あの連中がどうなろうと、知ったことじゃない。みんなそう思ってるんだ。タイタンはけっきょく、おれたちのために、おれたち本物の人間のために奉仕しているだけじゃないか。人間じゃない連中がどうなろうと、しかたがない。

しかしそのたびに、ソブリーはレイラの顔を見つめ、信念を新たにしてきた。どんな代償を払おうとも、ソブリーがけっして信念を捨てないのは、レイラがいればこそだった。なぜなら彼女は、混血だったから。

人種的に不純。アムラックの血が流れている。

それほど高いパーセンテージではない。それが祖父の血なのか曾祖父の血なのか、あるいは、劣性遺伝子がたまたま表面にあらわれただけなのか、レイラ自身さえ知らないくらいだ。そして、たくみなメイキャップの甲斐あって、アムラックの人種的特徴は、ふつうの人間にはわからない程度にカモフラージュされている。

愛しあうようになってからの長い年月で、そのわずかな違いを知りつくしているソブリーは、いつも彼女の規格はずれの美しさに魅了される。小さな頭は、それほど極端ではないものの、アムラック特有の丸い頭蓋骨《ずがいこつ》をしている。そして、まんまるな、やわらかな瞳——レイラはいつも、アイペイントでそれをひらべったく見せようとしている。耳は、ひと目でわかる危険な特徴のひとつで、ふだんは髪の下に隠している。オレンジ色の髪の毛はやわらかで、きちんと切りそろえてある。肌の色も違う——アムラック特有の赤みを帯びている——ので、染色剤を使っていた。プロポーションや歩幅のちょっとした違いは、服にアクセントをつけることでごまかせる。

人生が静かで波乱のないものであることを条件に、レイラの安全は保障されていた。もちろん、ふたりが結婚することはできない。法的に結婚するには、人種的純潔証明書をとる必要がある。しかし、それをのぞけば、超能力でも使わないかぎり、ふつうの人間に彼女が〈真人〉ではないと見破れはしない。

しかし、ソブリーは——それにレイラ自身も——タイタンの人種専門家、人体測定学者に検査されたら、ぜったいに合格できないだろうと覚悟していた。そうなったら、巻き尺とカリパスで徹底的に調べられることになる。彼らは鼻の長さを測り、化学剤を使って肌の染料を落としてから色彩計で皮膚の色を測定する。毛髪の一部をとって、縮れ具合をごまかしていないかテストする。裸にして、歩いているとき、すわっているときの骨格の動きを観察する。さらに徹底的にやるなら、網膜写真を撮影したり、染色体テストを実施したりする場合もある。

だが、そこまでやらない可能性のほうが高いだろう。そんなことをしなくても、彼女の正体をつきとめることはできる。人種専門家の中には、「ひと目で血がわかる」と豪語する達人もいるという。ちらっとレイラを見て、部屋の中を歩いてみろと命じるか、部屋のまんなかに置いた椅子にすわらせて、腰の位置をチェックする。それだけで、彼らにはわかってしまう。そして、レイラを連れ去り、無痛注射を、あるいはもっと残忍なことをしたうえで、アムラック居留区に追放する。

ソブリーは、あわただしい一日の疲れで、カウチにぐったりと身を投げ出し、レイラがあたたかいスープのカップをもってきてくれるのを待った。それからレイラに、ブレアのことを話してきかせた。

ありがたいことに、レイラの同情は、連盟の仲間たちのそれとは違って、対応に困るようなものではなかった。レイラは、まるで本能でわかるみたいに、彼の気分や欲求を感じとってくれる。かたわらにすわって、彼のももを撫で、なにもいわずにいてくれた。

ソブリーはスープをひと息に飲みおえると、疲れたためいきをついて、椅子の背にもたれた。

「レイラ」いいにくそうに切りだす。「ぼくたちは、別れなきゃならない」

レイラの目が驚きに大きく見開かれた。

「どうして」

「危険が大きくなりすぎている」

ソブリーは、レイラを納得させられそうな言葉を探した。奇妙なことだが、レイラはときおり、生まれ落ちたその日からずっと自分につきまとっている危険を忘れてしまうことがある。ブレアとおなじだ――ソブリーはふと、そう思いあたった。

ソブリーはこれまで、レイラ自身が連盟に参加することには頑強に反対してきた。もっとも、ふたりの会話を通じて、ソブリーと連盟の関係について、レイラはよく知っている。連盟のことを隠しておくわけにはいかなかった。しかし、レイラの人生にとって、ソブリーこそが最大の脅威であるという事実が、最近ますます気にかかるようになってきている。万一ソブリーが逮捕されたら、レイラに生き延びるチャンスはない。ソブリーは単刀直入にいった。

「もうこれ以上、ぼくのせいで他人を死なせたくない」

「これ以上？　どういうこと？」

「ブレアがどうして自殺したかわからないのか？」

内心の苦しみをつとめて声に出さないようにしながら、レイラの顔を見つめる。

「あなたたちは、だれでもそうしなきゃならないんでしょ」と、レイラはなぐさめるようにいった。「しかたないわ」

「いや、そうじゃない、きみにはわからないんだ」ソブリーはこぶしをかたく握りしめ、「ブレアは自殺するタイプじゃない――なかった。可能なかぎり生にしがみつこうとしたはずだ。あいつはオプティミストなんだよ。すぐに自殺したりはしない男だ――それなのに、あいつは自爆した。つかまってすぐに、やつらがどれだけの事実を握っているかもわからないうちに。ぼくのためだったんだ。ぼくを裏切らないため。拷問されて吐けるのは、ぼくのことだけだからね。ほかのだれとも、直接の接触はなかった」

ふたりとも、長いあいだ黙りこくっていた。

「別れなきゃならない理由はわかるだろう」やがてまた口を開き、重い声でいう。「ぼくらは長すぎるほど長いあいだ、危険をおかしつづけてきた。ぼくのせいできみが死ぬのはごめんだ」

「あなたはブレアの兄よ。疑ってるなら、もうとっくにここに来てるはずじゃない」

「いま見張られていないとどうしてわかる？　まあ、もっともうちの一族は人数が多いし、ほうぼうに散らばっているからね。まだ関連をつきとめられてはいないかもしれない。しかし、問題はそんなことじゃない。連中が、いつかはぼくのところまでたどりつく可能性はまだある。だから、きみは行かなきゃならない」

「いいえ」レイラはソブリーの腕をとって、きっぱりといった。「あなたはわたしの……夫よ、法律がどうだろうと。あなたといっしょにいる、たとえどんなことになっても」

だしぬけに、ソブリーは立ち上がり、部屋を横切って、広い窓越しに、つのりくる闇の中に灯りはじめた街の光をながめた。

「どうすりゃいいんだ」彼は、疲労を感じながらいった。「あのくそいまいましいタイタンども――独裁政治の元凶のせいで、この世界のどこにも、きみが自由な人間として暮らせる場所はない」

「彼らのせいばかりじゃないわ」レイラは表情をやわらげ、おだやかにいった。「彼らのいう〈真人〉がはじめたわけじゃないでしょう。たぶん、ロリーンのせいよ」

「いや、ロリーンじゃない」ソブリーはいらだたしげにいった。「それよりも前からだ。異星人だよ――彼らの侵略がこの狂気すべてのはじまりだ。彼らがいなければ、人類の全人種が、平和的に共存していられただろう。異星人の来る前は、じっさいに平和的に暮らしていたはずだからね」

レイラがそばにやってきて、うしろに立ち、両腕を彼の腰にまわした。背中にレイラの豊かな胸を、肩にはその頭の重みを感じる。いま立っている場所からは、カンバスやプラスチック材料の散乱する彼の小さなアトリエが見える。絵の多くはレイラの肖像画だ。他人に見られることを恐れて色を塗らずにいるレイラのデッサンのことを思うと、苦い気持ちになる。変装用の化粧を落とした、裸体のレイラの肖像。胴と腰のバランスがはっきりとあらわれた絵。将来のことを案じて、ふたりがつくろうとしないでいる子どものことを思う。

なにもかも、絶望的に思える。おれが生きているあいだに達成されることなど、なにひとつないだろう。汎人類連盟がこれまでになしとげたことは、連盟内では重要な成果だと思われていても、客観的に見ればとるにたりぬものでしかない。

ソブリーは、議長がこれまでに何度となくくりかえしてきた言葉を思い出した。われわれは、数世紀以内には達成しえないゴールをめざしている。われわれは、はるかな先に目を向けていなければならない。

「ねえ」とレイラが口を開き、「別れるなんて耐えられない。そんなことになったら生きていけない。そのほうがよければ、もう耐えられないのなら、連盟を抜けて。そして、ここの生活をきれいに断ち切って、どこか、だれも追いかけてこられない場所に行って、ふたりで暮らしましょう――そうしたいわけじゃないけど。でも、わたしだけを遠くにやらないで」

「わかったよ」とソブリー。「どうしてもというなら、ここにいればいい。どうなってもかまわないなら。しかし、連盟を抜けるつもりはないよ。連盟はすべてに優先する」


シンベルのはるかかなた、プラドナの街から数マイル離れた巨大な城の中で開かれた会合は、人目を忍ぶ汎人類連盟の会合とはおよそ対極にあった。

タイタン軍団は、そのはなやかさにおいてはきわめて進歩している。背の高い椅子。金で縁どりしたチタニウムのネームプレートには、その席にすわる人間の名前が彫りこまれている。テーブルはプラチナを象眼《ぞうがん》したマホガニー、周囲の壁には霊感を与える主題のタペストリーがかかっている。すっくと立つたくましい息子と、地球母。過去の栄光の場面――歴史的な戦いに勝利をおさめた一瞬を描いたものだ。

将軍軍団会議には、年に一度の定例会議と、惑星指導者リムニッヒが随時召集する臨時会議とがある。リムニッヒが入場したとき、会議のメンバーたちは全員目を閉じて、精神修練に深く没入していた。彼ら全員が、この城に滞在しているあいだはとくに念入りに、この精神修練をおこなう。惑星指導者リムニッヒは、麾下《きか》の将軍たちにこの行《ぎょう》を義務づけていた。これによって、意志の力が強化されることは実証されている。この行は、はるかなむかしから、精神の訓練に長《た》けた〈真人〉によって、選ばれた少数の人間だけに伝えられてきたものだ。

「気をつけ」

背後で、樫《かし》材の巨大な扉がかすかな音をたててしまると、リムニッヒはこの言葉を静かに、しかし鋭く発した。彼は、タイタンとしては背の低いほうで、ひきしまった青白いあごと、ふくらんだ頬と、魚のように冷たい目をしている。そして、一般的なコンタクト・レンズではなく、大きな丸い眼鏡を好んでかけていた。

その言葉で、将軍たちは瞑想からひきもどされ、さっと目を開き、直立不動で惑星指導者リムニッヒを迎えた。リムニッヒがテーブルの上座に着席するのを待って、またぎごちなく椅子にすわる。

「こんばんは、諸君」

リムニッヒは超然とした、しかしくだけた口調であいさつした。

「もうすぐ定例会議だというこのときに、なぜわざわざ臨時会議を召集したのか、諸君はいぶかしんでいることと思う。諸君が予想しているとおり、重大なニュースがある。しかしながら、まず、各自の報告を聞きたい」

将軍たちはひとりずつ短い報告をした。説明はごくかいつまんだ要約でしかない――それぞれ広範囲に及ぶ活動を指揮しており、本物の報告はぶあつい書類の束になって、コンピュータで処理される。しかし、リムニッヒはけっしてこの儀式をおろそかにはしなかった。細心の注意をはらって、報告に耳を傾ける。汎人類連盟に対する調査結果、人種的不純者の追跡。最後の異種戦争が終結して長い年月を経たいまでも、まだおおぜいの不純者が正常な社会に存在している。

「時間のかかる困難な仕事であることは承知しているが、しかし、結論はわかっている」と、リムニッヒは最後にいった。「たゆまぬ努力をもって、やり遂げねばならない。地球の命運は、百パーセントの人種的純粋性にかかっている……しかし、そろそろ、今夜きみたちに集まってもらった主たる用件にはいることとしよう……」

照明といえばかがり火だけの薄暗い部屋の中で、リムニッヒの声は芝居がかったつぶやきになった。めったにやらないヴィドキャスト演説のさいに使う口調だ。惑星指導者リムニッヒは、地球上で最高の権力者だった。しかし彼は、王座の背後にいる人物であって、王座そのものについているわけではない。法的に見れば、彼の地位は、タイタン軍団に命令を下す権利を保証されているにすぎない。世界大統領が文民トップの座にあり、タイタン軍団は大統領を守護する誓いをたてている。だがじっさいには、リムニッヒがほとんどすべての実務を処理し、重要な決定のほとんどすべてを、まず大統領に諮《はか》ってからの場合が多いとはいえ、みずから下していた。

「サーン研究所でおこなわれている計画および、そこでなされた発見については諸君全員が承知しているはずだ」

リムニッヒは両手をテーブルに置き、輝くマホガニーの上に視線を向けた。

「また、主任物理学者リアド・アスカーと考古学者ロンド・ヘシュケを乗せたまま、われわれの実用時間旅行機第一号が謎の消失をとげたことについても、秘密文書によって諸君全員に通知してある。

　アスカーの才能は時間理論を発展させるためにきわめて有用だったことを考えると、その損失はわれわれの計画にとって大きな打撃だが、しかしさいわいなことに、計画はすでに、彼に頼らなくてもすむ段階に達していた。かなり早い時期に、マーク2およびマーク3の旅行機を使用可能な状態に仕上げ、探査旅行からの帰還に失敗した時間旅行機の第一号捜索を試みることができた。探査旅行が目的地に到達したことはまちがいない。しかし、フライトプランにある全行程およびその周囲の環境、さらには緊急のさいにとる可能性のある枝道すべてにいたるまでくまなく捜索したにもかかわらず、機械本体の痕跡はまったく発見されなかった」

　リムニッヒは言葉を切り、視線を上げて、レンズごしにその目を、恐ろしいゴブリンかなにかのようにぎろりと光らせた。

「したがってわれわれは、時間飛行機が異星人干渉者によって妨害され、乗員は誘拐されたとの結論に達した」

　驚きのざわめきがテーブルのまわりに広がり、メンバーの表情がこわばる。これこそはまさに、悪夢の源《みなもと》だった――彼ら全員が子どものころ以来何度となく経験している、獲物を暗い穴の奥へとひきずりこむ異様な獣の悪夢。そして、もっとも底知れぬ、もっとも得体の知れない穴は、時間の穴だった。

「捕虜がサーン研究所の場所を白状させられる可能性を考えて、その活動を地球上のさまざまな場所に分散させる命令をただちに下した。資材の割り当てを増やすことによって、約二十台の時間旅行機を完成させ、それからの数週間で、われわれの時間環境のさらなる徹底的探査を開始する準備が整えられた。

それに先立ち、タイムマシンの一機が、飛行中に銃撃され、破壊されるという事件があった。しかしながらわたしは、それ以前に、タイムマシンはつねに三機ないしそれ以上の小隊を組んで飛行すべしとの命令を下していた。犠牲となったタイムマシンの僚機は、攻撃してきたマシンを追跡し、未来へと向かい、そこで敵機を見失った。その後さらに、異星人の存在を示す証拠が見つかり、状況がきわめて危険であることが判明した。異星人は時間の中で、過去および、われわれがいまいる現在のみならず、未来においてもきわめて活発に活動しているようだ」

「未来ですか、指導者？　しかし、どうしてそんなことがありうるのです？」

いかついタイタン将軍のひとりで、六十代の男が、困惑した顔をリムニッヒのほうに向け、そうたずねた。この男にかぎらず、六十歳以上の老タイタンはみな、うちつづく異種戦争のさなかに生まれ育っている。彼らの人生は、勝利と、無分別な力の行使に彩られた人生であり、抽象的な問題になると、とたんに理解できなくなる。

リムニッヒ自身、複雑な現代社会における麾下の将軍たちの限界を重々承知していた。こうした老兵たちの中には、首にしなければならないものもいるだろう。洗練された知性を持つもっと若い人間とすげかえる必要がある。行動の必要性と同様に、理論をも理解できる人間と。

「数世紀未来に、敵が巨大な基地を建設していることを示す証拠がしだいに集まってきている」とリムニッヒは答えた。「おそらく敵は、報復の及ばない場所にいると考えているはずだ

──しかし、それは誤りだ！」

その青白い、魚のような顔が、とつぜん激情に燃え上がり、彼はテーブルをこぶしでどんとたたいた。

「諸君、わたしがいいたいのは、われわれはいまいちど、戦時体制をとらねばならぬということだ。いつか来るのではないかと危惧《きぐ》していた、ふたたび異星人とあいまみえる日が、目前に迫っている」

その言葉の鮮烈な輝きが、タイタン会議出席者の頭を悩ましていたであろう、理解不能の悩みを吹き飛ばした。これなら、彼らにも理解できる。そして彼らは、歓喜をもってそれを迎えた。

戦争だ！

「諸君は担当地区でただちに任務に着手し、生産量を戦時下のそれにまでひきあげてくれ」

リムニッヒはおだやかな口調にもどっていった。

「設計図はまもなく届ける。いまわれわれは、時間操作の新しい科学に習熟した技術者チームを養成しているところだ。大型の時間旅行機を建造する第一段階にはすでに着手している。これが、タイタン軍団のための新しい軍勢になるはずだ。世紀を超えた戦争を遂行するための訓練を積み、装備を備えた軍勢だ」

リムニッヒはまた言葉を切り、こういう場合だと、誘惑に負けてつい使ってしまう大時代な表現で、演説をしめくくった。

「母なる地球は、ふたたびその子孫に庇護を求めている。われわれはかぶとの緒を締めなおし、あらんかぎりの力をふりしぼって、先制攻撃をかけねばならん。異星人が準備しているにちがいない猛攻がはじまる前に。無駄にできる時間はない。われわれは闘争の新たな時代に突入しようとしているのだ」

リムニッヒは立ち上がった。出席者全員が立ち上がり、握りしめたこぶしを胸の前につきだして、タイタン式の敬礼をするのを、威厳に満ちた物腰で待つ。そして、それ以上はひとことも口にせず、きびすを返し、会議場から静かに歩み去った。

7

二日めになるまで、死を逃れるすべはないという事実は、ヘシュケの心の埒外《らちがい》にあった。彼の頭は頑固に、これまでの延長線上でものごとを考えつづけていた。まるで、この先も生きつづけられるみたいに。

二日めになって、水のたくわえがつきた。タイタンの技術将校、ガン少尉は、水をさがしにいこうと提案したが、リアド・アスカーはそれを鼻で笑った。

「なんのために？　そりゃ、水は見つかるかもしれん。しかし、ぜったいに見つからないものがある。食料だよ。おれたちは死滅した惑星にいるんだからな」それから、アスカーは銃を抜き、「どうするか教えてやる。のどが渇いてどうしようもなくなったら、こいつを使うのさ」

しかし、かさかさになった唇をしじゅうなめ、しわがれた声で渇きについて率直に愚痴をこぼすようになっても、アスカーはまだ自殺しなかった。ヘシュケには、その理由がわかるような気がした。この男の常識はずれの脳みそはいまもフル回転し、死の前に、時間の謎をできるかぎり解き明かそうとしているのだ。

死んだタイタンのなきがらは、浅い墓穴を掘って埋めた。そしていま、三人は時間旅行機の残骸の陰に腰を下ろし、とりとめのない話をしていた。最初のうち、技術将校のかたわれ、ガン少尉は、任務の失敗のことばかり嘆いていたが、アスカーが心配ないと太鼓判を押した。

「ほんの数週間で、また新しい探査機を送りこんでくるさ。真実はすぐにわかる。頭のかたい連中だが、それでも時間の壁を突き破って……ホロコーストの準備をはじめるだろう」

ヘシュケは、相手が来たるべき災厄を当然のこととして受けとめているのを知って、ぞくっと身震いした。

「じゃあ、わたしたちが救出されるチャンスはどのくらいある？」

「ゼロだな。その数字については、よけいな期待は持たないことだ。おれたちを捜索する区域は、前後数世紀の範囲に及ぶ地球全土なんだ。ありえない」

「しかし、エイリアン文明は発見する、と？」

「ああ。おれたちがあれを発見したときより時間はかかるだろうが——おれみたいにひらめきのある人間は、もういないからな——しかし、ああ、たしかにそのとおり、見つけるよ」

「しかし、また、われわれのように撃墜されるかもしれない」

「ひょっとしたら、最初の二、三機はそうなるかもしれん。しかしそのあとは、連中も事態を把握して、武装した旅行機を送り出すはずだ」

ガン少尉がうつろな声で口をはさんだ。

「われわれが発見したのは、考えることさえ恐ろしいようなものだ。あなたがいう、この正面衝突は——信じられない！　ほんとうに確信があるのか、アスカー？」

「わたしにもまったく理解できない」とヘシュケも認めた。「あれはなんなんだ、時間旅行文明か？　彼らは社会全体を時間移動させる方法を発見したのか？」

　アスカーは首を振り、

「文明とか社会どころじゃない。ひとつの生物相――生物の世界全体だよ。われわれのそれとはまったく無関係に発達した生物たちだ。おれは自然現象だと思うね、人工的なものじゃなくて。端的にいって、われわれの現在――われわれの時間流は、唯一のものじゃなかったというわけだ。ふたつの――すくなくともふたつ、だ――時間流が、四次元宇宙の中を、たがいに向かって突き進んでいる。両者の邂逅《かいこう》は、神が両手を打ち合わせるようなものだ。そしてそのまんなかに、生きとし生けるものすべてがはさまれる……」

「それじゃあ、まるで宇宙の終わりみたいじゃないか！」

　物理学者は肩をすくめ、それからためいきをついた。

「たぶんちがうだろう。時間の終わり、かな。おれにはわからん。想像できないんだ」

「もうひとつ、気になってることがあるんだが……」

　しばらくして、ヘシュケがいった。

「向こうの文明は、われわれの文明とたった四世紀しか離れていないと考えられている。しかし、あの遺跡、たとえばハザー遺跡の状態からすると、遺棄されてから四世紀以上たっているのはまちがいない。正確に何年たっているかを判定するのはむずかしいが、おそらく八百年か、いや、千年という可能性のほうが高いと思う。これはおかしいんじゃないか」

絶望的な状況にあるにもかかわらず、一種異様な笑みが、アスカーの顔に浮かんだ。

「じつのところ、それがおれの考えを正しい方向に導いてくれた手がかりのひとつだよ。ものが古びる道にはふたとおりある。ひとつは、〈絶対現在〉の進行とともに古びていく道――つまり、ごくふつうのエントロピーだ。そしてもうひとつは、移動する時間波のうしろで生じる老化現象――非・時間の中での老朽化だ。現在瞬間の建設力が消え去ったあと、老朽化がはじまる。そして、最初のうちは、現在瞬間の中でよりはるかに急速に、エントロピーが増大する。したがって、未来に向かって旅すると、なにもかも猛スピードで崩壊してゆく。だから、一例をあげれば、生命形態も消え去っているというわけさ」

アスカーの言葉に、ふたりは考えこんだ。

「もちろん」とアスカーは気軽につけくわえて、「〈現在波〉が近づいてくるにつれて、ものは魔術的に、ひとりでに再生しはじめる」

ヘシュケはさらに質問を重ねようとしたが、口を開きかけたそのとき、上空からブーンという音がした。はっとして、空を見上げる。そこに浮かぶものを見た瞬間、三人の口から言葉にならない叫び声が漏れた。とつぜんの恐怖にあとずさり、無駄なことと知りながら、時間旅行機の陰に隠れ場所をさがした。

青空を背景に、金属性の物体がこちらに向かって急降下してくる。三人はあわてて武器をさぐった。

「逃げても無駄だ！」

ヘシュケがそう叫んだとき、襲来してきた飛行物体は、なみはずれた機動性を見せて急制動をかけ、二、三百ヤード離れたところに着陸した。

「くそいまいましいエイリアンどもめ。おれたちをつかまえにきたみたいだな」アスカーが食いしばった歯のあいだからいった。

タイタン将校は警告するように片手をヘシュケの肩に置き、「生きたまま捕まってはならない」と、平板な声でいった。「みずから死を選ぶのが、われわれの使命だ」

「ああ、もちろん」とヘシュケはつぶやいた。

しかし、三人とも、すぐに自決しようとはしなかった。弾丸が脳を貫く恐怖におびえながら、ヘシュケは銃をまさぐった。アスカーはうなり声をあげ、ふたりの前から一歩二歩進み出ると、着陸した敵船に挑戦するように対峙《たいじ》し、武器をかまえた。

敵をひとりふたり道連れにして死ぬ気なのだ。ヘシュケは、アスカーの無鉄砲な勇気に感心した。見習うべきなんだろうな、とぼんやり思う。

砂漠に降り立ったマシンが、これまでに見た時間旅行機のどれともまるで似ていないことに、ヘシュケは驚いた。その姿はどことなくスペース・シャトルに似ていた。卵形で、尾部を下にして立ち、ピストン式の脚が数本突き出して、本体をささえている。人間の技術者でも、宇宙から着陸するものはこんなふうに設計するだろう。

ハッチが開き、そこから降りてきた人影を見て、ヘシュケの困惑はさらに深まった。アスカーは手にした銃をだらりと下げた。ガン少尉は前に出て、けわしい表情をゆがめ、必死に目をこらしている。

「なんてこった!」アスカーが叫んだ。

ヘシュケは弱々しく笑いはじめた。

「助けは来ないといったくせに」

「うるさい!」アスカーが腹立たしげにぴしゃりといった。

と、ヘシュケはそこで足を止めた。こちらに向かって歩いてくる男たちが着ているのは、タイタンの制服ではないし、タイタンの記章もつけていない。それをいうなら、その戦闘服はまったく見覚えのないものだった。

男たち三人(向こうが三人、こっちも三人か、と考えて、ヘシュケはちょっと安心した。きっと友好的な連中にちがいない)は、バッジや記章のたぐいが一切ついていない、軽そうなマントを着ている。頭には、羽みたいな形のアンテナが突き出した、単純な鉢形のヘルメット。近づいてきた彼らは、大きく両手を広げ、ほほえみながら、奇妙な、歌うような声でなにかいった。

ヘシュケは銃を下ろした。友好的な意図はまちがいない。もう、顔も見分けられる……その肌は浅黒く、黄色といってもいいような色だ。頬骨は異常に高く、鼻は低めで、目尻がつりあがっている……。

ヘシュケは一瞬、おさえようのない吐きけを催した。

となりのガン少尉は、身を震わせ、音をたてて息を飲んだ。

「異種《デヴ》どもだ！」

アスカーもあとずさりしてふたりの横にもどった。手にした銃が自信なげに揺れている。

「あのけだものどもは、いったい何者だ？　どこから来たんだ？　ここでなにをしている？」

アスカーは放心したような顔で、じっと彼らをにらみつけている。

疑いの余地はほとんどない。やってきた男たちは、〈真人〉種族ではなかった。たしかに、肉体的な異常は、近年人類が戦ってきた種族のいくつかほどグロテスクなものではないが、しかし人種科学を多少なりともかじったことのある者なら、彼らの肌の色が、タイタンの人体測定学者が定義した本物の人類の白色とは決定的にちがうことに気づくはずだ。いいかえれば、彼らは異常亜種《デヴィアント・サブスピーシーズ》なのだ。

銃声がヘシュケの耳を聾《ろう》した。ガン少尉が発砲している。その表情はかたく、決意がみなぎっていた。異種《デヴ》のひとりが身をよじって倒れ、撃たれた腕を片手でおさえている。

頭はまだ混乱していたが、自分も戦いに力を貸さなければと考えて、ヘシュケはまた銃を抜いた。もっとも、発砲する時間はなかった。ふたりの無傷の異種《デヴ》は片膝をつき、手に持ったもので慎重に狙いをつけた。小さすぎて、どんな武器なのか判別できない。ヘシュケは一瞬、脳にしびれるような刺激を感じ、それから意識を失った。

まるでぱちんとライトのスイッチを入れたみたいに、とつぜん意識がはっきりした。しかし、にもかかわらず、時間の欠落があったことはわかった。

周囲の奇妙な光景に慣れるまで、しばらくかかった。ヘシュケは、半分寝そべるようなかっこうで、長椅子のようなものの上に横たわっていた。細長い部屋で、両方の端はみがかれた金線細工に飾られている。部屋の中には、ヘシュケと、黄色い顔のデヴがひとりいるだけ――デヴは平たい灰色のスクリーンのついた装置のそばに立ち、ヘシュケにあいまいな、どちらかというと冷たい笑みを向けた。

「モウ――ダイ――ジョー――ブカ？」

男は奇妙な、ありえないようなアクセントで、一語一語をゆっくり慎重に発音した。

ヘシュケはうなずいた。

「ヨカタ。スマナカタ――マヒ」

ヘシュケは、やせた若いデヴの、規格はずれな顔をしさいにながめた。このデヴはなにかに似ている……現存する亜種ではないが、しかし、はるか昔に絶滅した亜種の写真の中で、似たものを見たことがあるような気がした。あれはなんといったっけ？　シング？　淫売《チャンク》？　どのみち、ごく小さな集団だった。その彼らが、いま、時間旅行機――あるいは宇宙船？――を操作しているとは、おかしな話だ。

「仲間たちはどこだ？」

相手は礼儀正しく耳を傾けているが、質問の意味を理解したようすはない。どうやら彼の言語能力はごくかぎられたものらしい。

体を拘束するものはなにもなかったので、ヘシュケは立ち上がり、デヴにつかつかと歩み寄った。

「わたしの仲間をどうした？」

と、どなるような大声で詰問《きつもん》する。

デヴは押し止めるようなしぐさをした。優雅な、流れるような身のこなし。

「コワガル――コト――ナイ」

と、あけっぴろげな笑みを浮かべていい、そばのテーブルを指さした。水差し、カップ、食事の皿がのっている。それから、ゆっくりと向こうに歩いていき、いままで気づかなかったドアをあけて部屋を出ていった。その背後でふたたびドアがしまる。

ヘシュケはテーブルのところに行って、置いてあった椅子にすわり、興味津々《しんしん》でテーブルの上のものを調べた。水差しから――その光るような輝きと、軽い、香るような黄色と、その美しい形にいやおうなく目が止まる――レモン色の液体を縁の広いカップに注いで、貪《むさぼ》るように飲む。うまい。この世のものとは思えないような、最高のレモネード。

もう一杯飲み、それからやっと手を止めて、カップのみごとな職人芸を観賞した。羽のように軽い、骨に似た素材でできているが、とても薄く、デリケートで、透きとおっている。装飾はなかった。形自体が完璧なので、飾りなど必要としないのだ。

自分を捕虜にしたのは、どうやら洗練された美的感覚を持つ種族らしい。

飢え死にしそうに空腹だったので、つぎは食物に挑戦した。スパイスのきいた肉と、野菜、それとなんだかわからない、ほとんど味のしない白い穀物のかたまり。食事が生あたたかい状態なのを知ってちょっとがっかりしたが——ヘシュケはあつあつが好きだった——味のほうは申し分なく、あっというまにたいらげてしまった。

満腹すると、ずっと気分がよくなった。デヴの手に落ちたことへの警戒心まで消えたわけではない——が、しかしけっきょく、どういう状況におかれているのかは、まったくの謎なのだ。それに、生きている——そして、どうやら生き延びることができそうだ。さっきまでにくらべれば、状況ははるかによくなっている。

ヘシュケはすわったまま考えをめぐらし、目で部屋の中をさぐった。気分のおちつく形だ。縦横の比率は——四対一？　自分ならぜったい採用しない比率だが、なぜかしっくりくる。審美的だ。ここの人間は、デヴだろうとそうでなかろうと、芸術家なのだ。

ブレア・オブロモットのことを思い出し、とつぜん、タイタンのデヴ迫害政策に対する彼ら反乱分子の抗議に、心の痛みを感じた。あわれなブレア。

床から聞こえてくるかすかなエネルギーの振動音に気づく。部屋が急に揺れ、傾いたような気がした。それから、またもとにもどる。

もちろんそうだ。なにかの乗り物に乗っているのだ。

ヘシュケは部屋の中を歩きまわった。蜂蜜色の素材でできた水平の板が壁をおおっている。意識をとりもどしたときデヴがそばに立っていた装置の前で足を止める。それは、洗濯桶《おけ》のような形の台にのっていた。ヘシュケが近づくと、その平たい灰色のスクリーンに、淡い光が点灯した。そこに文字が浮かび上がる。

〈**あなたは恒星間宇宙を飛行中です**〉

書体は正確で機能的だったが、エレガントではない。それにつづいて、明暗さまざまの、無数の点からなる図表があらわれた。ところどころに、同心円がはいっている。中心から出た矢印が、外側のなにもない空間にゆっくり向かい、見ているあいだにも、ぴくりぴくりと進んでいる。

星図だろうと思ったが、天文学にうといヘシュケには、なにがなんだかさっぱりわからなかった。
一、二分待ってみたが、スクリーンにそれ以上の情報はあらわれなかった。それでも、ヘシュケは畏敬《いけい》の念に打たれていた。ヘシュケの属する文明は、土星までの惑星すべてについてかなりの探査を進めているとはいえ、いまだに恒星間飛行は実現していない。ここのデヴの科学技術がこれほど進んでいることは、人種的優越性に対するヘシュケの信念にとって大きな打撃だった。彼の心はひとりでに、なにか納得できる説明——すべてのデヴには知的・精神的劣等性という欠点が宿命づけられているという常識と矛盾しない説明——を考えはじめていた。
物思いにふけりながら、部屋の中をうろうろ歩きまわった。していることにはうわの空で、彼はデヴが出ていったスライド式のドア板を、パネルのでっぱりに手をかけて、最初は押し、つぎには引いてみた。驚いたことに、ドアはやすやすと開き、すうっとすべって壁の中に消えた。

首をつきだして外をのぞく。ひとけのない廊下の壁には、いまいる部屋とおなじように、蜂蜜色の横板が床と平行に走っている。ヘシュケは躊躇《ちゅうちょ》した。さっきのデヴはうっかりドアをロックし忘れたのだろうか？

しばし思案したのち、そっと部屋を抜け出して、廊下を歩きだした。不合理なうしろめたさと、無防備な感じにつきまとわれている。せわしなく四方に目をやりながら、いつまた捕まってもいいように心の準備をする。

廊下のつきあたりは円形のホールで、そこから放射状に何本もの廊下がのびていた。壁ぎわで立ち止まり、廊下のひとつひとつを順番にのぞいてみる。と、そのとき、ヘシュケははっと身をこわばらせた。ひとりのデヴが、右手の廊下をこちらに向かって歩いてくる。いまのいままで気づかなかった。

いっさい抵抗はすまいとそくざに心を決め、両腕をだらりと下げたまま、デヴのほうを向いた。相手は一瞬、足を止めて、興味を引かれたような顔でヘシュケに視線を向けたが、それから、あいさつでもするようにちょっと片手を上げると、短く会釈して、前を通りすぎた。

ヘシュケはあっけにとられて、その背中を見送った。

「市民ヘシュケ！」

その声に、はっとしてふりかえる。ガン少尉だった。もう一本べつの廊下を、小走りに歩いてくる。

「よかった、あんたに会《サンク・アース》えて」タイタンが息を切らせていう。「やつらにどうにかされたんじやないかと心配していたんだ」

「きみも自由の身か?」

ガンはうなずいて、

「アスカーもだ。ここの悪魔どもは、気にしていないらしい。船の中は、どこも出入り自由だ」

「しかし、どうして?」

「知るもんか」ガンは周囲の壁、天井、床に目を走らせた。監視装置をさがしているらしい。

「デヴの心は、悪魔的に狡猾《こうかつ》にねじくれている。たぶん、自由にさせて観察したいんだろうよ」

「アスカーはどこに?」

「自分の部屋だ。むっつりふさぎこんで、すわったきり協力しようとしない」

ヘシュケはタイタン将校のけわしい顔を注意深く見つめた。神経が張りつめているのがわかる。ガンは知的でよく訓練されているが、精神的重圧にさらされている。彼の信条に照らせば、ここは地獄のあぎとのただなかなのだ。

「ひとつの場所にとどまらないほうがいい」ガンはヘシュケの腕をつかんでささやくようにいった。「移動しつづけていれば、そう簡単には居場所をつかまれずにすむだろう」

ガンはヘシュケを先導して、またべつの通路にはいった。足早に歩きながら、低いささやき声で、

「声を小さくしろ。やつらに必要以上の手がかりを与えたくない」

「なにかわかったのか?」

「われわれは、恒星間宇宙を進んでいる。どうやらこの船は、航時装置と、ある種の恒星間推進装置の両方を備えているらしい——しかし、異星人がその種の船を持っていることははじめからわかっていた。ともかくこれで、アスカーの説がまちがいだったことがはっきりしたわけだ。異星人干渉者は地球の土着種だというのがあいつの主張だったからな」

「異星人？」とヘシュケはききかえし、「しかし……」

ガンはこちらにさっと鋭い視線を向け、

「わかりきったことじゃないか。ここのデヴどもは、異星人に協力してる。おなじ穴のむじなだ。われわれを異星人基地のひとつに連れ帰るつもりにちがいない」

なるほど、ガンにとっては、これで完全に筋が通ることになるわけだ、とヘシュケは思った。そう考えることで、地球母《アース・マザー》への信仰を回復することができる。ふたりの嫡子《ちゃくし》を誕生させたという不貞の汚名を晴らすことができる。

信条はべつにして、ガンの考えは、ヘシュケの目から見てもある程度筋が通っているように思えた。

「どうしてそう断言できるんだ？」ヘシュケは疑い深げにいった。「デヴが自分たちだけでやったことだとは考えられないのか？」

ガンはすぐには答えず、周囲を見まわし、片手でしぐさをし、

「おれはそうは思わんね、市民。この船が、きわめて高い文化水準にあることはわかるだろう。デヴにこんなものがつくれるとは思えない。おまけに、もしそうだとすると、彼らが独力で航

時システムを発明したということになる。天才の仕事だ。退化した種族に、それほどの知的独創性はない。やつらは狡滑だよ、たしかに——しかし、天才ではない。いいや、市民、あんたの仮説はまちがっているよ。この裏では異星人が糸を引いている」

こんどもまた、タイタン技術将校の論理はもっともらしく聞こえた。ヘシュケはガンの歩調についていこうと足を早めた。しかし、もしガンが正しいとすれば、〈真人〉に対する、宇宙的規模の陰謀があるということになる……。

ガンはまたヘシュケの腕をつかみ、枝道にひっぱりこんだ。ふたりは一種の休憩室かサロンのような場所を通りすぎた。中にはデヴがおおぜいいて、謎めいた図面がつぎつぎに映しだされる巨大な壁スクリーンの前に立っている。静かな声でなにか議論しており、ガンとヘシュケが通りすぎたときも、ちょっと話をやめて視線を向けただけだった。

そのあいだガンはずっと黙っていたが、通路にひとけがなくなるとまた口を開き、「あいつらが何者か知っているか?」とかすかにうわずった声でいった。「いや、たぶん知らんだろうな……しかしおれは、訓練大学時代に人種判別についてはみっちりたたきこまれた」

「ああ、わたしには見当もつかん」とヘシュケ。

「やつらは中国人《チンク》だ。やつらの最後の一団は、五百年前に抹殺されたとされていた。デヴの例にもれず、なかなかおもしろい血統だよ。彼らの狡猾さは、むかしから、ほとんど超人的なものだった」

「超人的?」とヘシュケが不思議そうにききかえす。「それなのに、きみは彼らの知性を否定するのか？」

「むしろ、動物の知恵が高度に発達したようなものだ。デヴにおいては、知的能力はつねになんらかの歪みをおびている。異様な科学や技術を発達させるが、その枠の中では、きわめて巧《こう》緻《ち》な手腕を発揮する――じっさい、むかしはこんなことわざがあった。『悪魔のようにずるがしこいチンク』」

ヘシュケはその表現をおもしろがり、笑みを浮かべたが、ガンはそれにとがめるような目を向けて、

「笑いごとじゃない。それに、もしチンク・パズルにひっかかったら、とても笑ってはいられんだろうよ」

「チンク・パズル？　なんだい、それは？」

「やつらの兵器だ。神経系を破壊することができる。見かけは、ワイアと金属でできた、一種の巧妙な機械じかけだ。しかし、そいつを与えられた人間は、だれでもそくざに、難解そのものの問題や謎に直面させられて、精神が完全に麻痺してしまう。最悪なのは、そのパズルが解けるまで、犠牲者は解放されないことだ。ところが、そのパズルを解けるのはチンクだけ」

ヘシュケは深いためいきをついて、けっきょく、さっき笑ったのは不謹慎だったかもしれないと考えた。

「わかると思うが」とガンは結論を下し、「この連中は、生まれつき、異星人と手を組む素質じゅうぶんなんだ。おそらく、ずっと前から手を組んでいたんだろう」

「なるほど。で、これからどうする？」

「できるものならなんとかこの船を制圧し、地球に——そして〈絶対現在〉に——もどるのが、われわれの使命だ」

「しかし、どうやって？」

ヘシュケは相手のあまりの大胆不敵さにあきれはてた。

「まだわからん。偵察がすんでいないからな。しかし、それほどおおぜいのクルーがいるわけではなさそうだ」

「しかし……百歩譲って、万一制圧できたとしても、どうやって操縦する？」

「時間旅行機の操縦ならできる。異星人の旅行機も基本的にはわれわれのものとおなじだ。アスカーの手を借りれば、なんとかやれるだろう。あいつには、尻を蹴りとばしてでも協力させる」

タイタンはとつぜん立ち止まった。ふたりは広い通路にいた——一種のギャラリーらしい——その片側には、数人の男女と柳の木を描いた、繊細な線画で飾られた絹の衝立《ついたて》が並んでいる。色はごく薄いもので、経済的な筆使いだが、ゆったりとした気品がある。

「とにかく、それが当面の計画だ」とガン。「そろそろわれわれも自分の部屋にもどったほうがいい。なにも食べてないから、腹が減ってきた」

「そっちは食物をもらえなかったのか？」驚いて、ヘシュケはたずねた。

「食物らしきものは置いていったよ。しかし、ドアがロックされていないのがわかったから、行動のほうが先決だと判断して、この船の中を歩きまわっていた」

だからわたしよりはるかに先をいっていたのか、とヘシュケは思った。この男の任務への忠誠心には、一点の曇りもない。

「帰り道がわかるとは思えないんだが」とヘシュケ。

「教えてやる。それとも、いっしょに来るか。しかし、部屋で話をするのは安全ではないだろうな」

ヘシュケはタイタンの案内で通路を進み、道々、船の中のおおまかな配置を説明するガンの言葉に耳を傾けた。ガンは驚くほど短時間で船内の構造をつかんでいた。別れる直前、ヘシュケはガンのほうを向き、議論の要点を確認するように指を一本立てて、

「さっきチンク・パズルの話をしたね。ずっと考えているんだが、われわれをこんなふうに自由に歩き回らせているのが、やつらの策略だとしたら？　いまわれわれが、そういうパズルの中にいて、操られているんじゃないとどうしてわかる？」

タイタンの顔に浮かんだ、厳しい、思いつめたような表情は、彼もまた、その可能性を検討してみたことがあることを物語っていた。

チンク船内では、時間の経過を知るのはむずかしい。食事は定期的に運ばれるわけではなく、注文すると届くようになっている。灰色のスクリーンの台についたボタンのひとつを押すと、すぐに、にこやかな笑みをたたえたチンクが、風変わりなスパイスで味つけされた食物を山盛

りにしたトレイを持ってあらわれるのだ。

ガン少尉はすこししか食べず、持てる時間のすべてを費やして、船を制圧する方法を模索していた。喜んで、とはお世辞にもいえなかったが、ヘシュケもその計画に巻きこまれていた。しかし、ふたりはすでに、自室では相談しないという禁を破っていた。倦《う》むことを知らないタイタンと通路で議論するのに、ヘシュケはいいかげんうんざりしはじめたし——それに、船のチンクはどう見ても、ほとんど地球語がわからないようじゃないかと指摘した。たぶん、部屋に盗聴器などしかけられてはいないだろう。

ふたりは実験的に、乱暴な計画を大声で話し合ってみたが、ガンの思惑ははずれて、チンクたちがおっとり刀で駆けつけてくることはなかった。

ガンとヘシュケは、リアド・アスカーと話をしようと努力してみた。しかし物理学者はますます深く自分の殻に閉じこもっているようで、なにをいってもほとんど反応を示さなかった。ひと皿食べてはまたつぎを注文するというぐあいに、チンク・フードを山のように平らげて、ガンがその異国ふうの味つけを嫌っているのをおもしろがっているふうだった。

「あんたたちの考えは狂ってる」なんとか説得しようとするヘシュケに向かって、アスカーはうなるようにいった。「それに、あんたらの理論も」

ヘシュケはたじろいだ。精神状態がどうであろうと、アスカーの鋭い知性には敬意を払わざるをえない。

「きみがこういう態度をとるとは驚きだよ」とヘシュケはなじった。「だれよりも、異星人を打ち破りたいと願っているとばかり思っていたのに」

アスカーは、冷笑するように顔を歪め、肩をすくめただけで、またせわしなくスプーンを動かし、湯気をたてる米を口に運んだ。

ふたりはガンの部屋にもどった。

「端的にいって、最初からアスカーの助力をあてにするわけにはいかないようだ」ガンはしぶしぶそれを認めた。「しかし、しかるべき時が来たら、彼が技術的な援助を拒むとは思えない。危険な部分には、われわれふたりだけでぶつかるしかない」

ヘシュケはためいきをついた。この冒険にかけるヘシュケの熱意は、自分でそうであってほしいと思う以上に低かった。

「どうやればできるのか、見当もつかないね。ふたりだけで、船全体を相手にするなんて！」

「オッズがどうだろうと、挑戦するのがわれわれの使命だ。そして、失敗した場合にも、この船が目的地に到着する前に自決するという使命は残る。おめおめ囚われの身となって敵に尋問されてはならない。だから、失うものはなにもない」ガンは口の端《は》を歪め、「アスカーも殺さなければならないな」

「わかったよ。で、どうするんだ？」

「計画はある」

ガンはチュニックをさぐり、切れ味のよさそうなナイフをとりだした。

「どこで手に入れた？」

と、ヘシュケが驚いてたずねる。

「船の厨房《ちゅうぼう》だ。中に迷いこんだふりをして、追い払われる前にどうにかこいつを盗みだした」

「しかしそれだけじゃあ……」

と、なおも懐疑的な口調でいうヘシュケに、

「まだある。待ってろ」

ガンはチュニックのボタンをはずし、シャツをひっぱりあげて、肋骨のすぐ下の腹部を指でさした。

「ここをさわってみろ」

ヘシュケはいわれたとおりにした。皮膚の下にかたいものがある。

「チンクには気づかれていない」というガンの声には、満足げな響きがあった。「神経ガスの容器だ」

ガンはいきなりナイフをヘシュケにつきつけて、

「さあ」

「なんだ?」ヘシュケは目をぱちくりさせた。

「切開しろ!」

考えるだけで吐きけがしたが、ヘシュケは折れた。ガンは長椅子の上に寝そべり、袖口を嚙んで歯を食いしばった。ヘシュケは相手の苦痛を思いやり、おちつかない気分でナイフをつきたてた。

さいわいカプセルは、皮膚のすぐ下に埋まっていた。皮膚は、手術の痕跡が残らないよう、みごとに植皮されている。タイタンは、全員こういう処置を受けているのだろうか。きっとそうなのだろう。タイタンのエリート主義からして、いかにもやっていそうなことだ。たとえば、彼らはそれぞれの腕の内側に、純血を示す刺青《いれずみ》をしている。

カプセルをとりだすのは簡単だった。卵形の扁球《へんきゅう》は、血でぬるぬるしている。

「すまなかった」息をあえがせながら、ガンがいった。「自分でもやれなくはないが、しくじりそうで」

「かなり血が出てるぞ」とヘシュケ。

ガンは周囲を見まわし、小さなテーブルにかかっていた布をとると、力強い指で細く裂いた。それを腰にまわして、傷口をしばる。

「とりあえずはこれでいい。さて、われわれの行動計画だが」

タイタン少尉は慎重にカプセルをとりあげ、血をぬぐいながら、

「第一段階の目標は、ひとつ、武器を手に入れること。ふたつ、管制室を制圧すること。チンクどものほとんどは、武器を携帯していないようだ。ただし、ほかとはちがう服を着ている連中がいるのに気がついただろう——衿《えり》の高い、青いジャケット」

ヘシュケはうなずいた。

「おそらくあれは、将校か兵士だ。管制室の外には、いつも連中のうちのひとりが歩哨に立っている。そこで、あんたはそいつのところに歩いていって、注意をひきつける。そこに、うし

ろからおれが近づいていく――いいな?」

ガンはナイフを持ち上げ、うしろから人間をつかまえてのどをかき切るしぐさをしてみせた。

心臓がぎゅっと縮むような気がしたが、ヘシュケはうなずいた。

「よし。それから、そいつの銃を奪い、ガス・カプセルを管制室に投げこむ。ガスは速効性だが、約三十秒で効果が消えるから、そのあとなら乗っ取れる。ガスが効く前に飛び出してくるやつがいたら、撃ち殺せばいいだけの話だ」

「で、それからあとは?」

ガンは顔をしかめて、

「それからあとは、即興でやるしかないだろうな。まだ相手にしなければならんクルーが残っている。しかし、その時点では、われわれは戦略的に有利な位置を占めている――船の神経中枢だし、自由に使える武器もたっぷりあるからな。すくなくとも、戦闘状態にあることは思い知らせてやれるだろう」

殺人はわたしの柄じゃない。ガンの計画を実行に移すべく、ふたりで歩きながら、ヘシュケは思った。わたしは考古学者だ、中年の考古学者なのだ。この計画から降りる方法があれば……。

しかし、なかった。

ある意味では、相手がデヴであるおかげで、やりやすくはある。〈真人〉を殺すのとはわけがちがう。

しかし、犬を殺すのだって、気持ちのいいものではない。

頭の中で渦を巻くさまざまな考えに整理がつかないうちに、管制室の前の分かれ道まで来ていた。ガンははげますようにヘシュケのひじに触れ、脇の通路にすべりこんだ。

ヘシュケはそのまま歩きつづけ、管制室の入口にあたる、スイング・ドアのある半円形のホールに来た。ここにはいつも、ガードマン役のチンクがひとり、高級ホテルのドアの前で客を出迎える支配人さながらに立っている。そのチンクを目の前にして、ヘシュケは凍りついたようになり、一瞬、頭が麻痺した。そのチンクはとても若く、とてもやさしそうだった。

若いチンクはこちらのほうを向き、ヘシュケの顔を見た。どうやらヘシュケのこわばった表情に、なにかを感じとったらしい。ガン少尉の姿が視界の反対側からあらわれた。背が高く、チンクにくらべるとずっと不吉な姿。早くやれ、とこちらに手で合図している。ヘシュケは一歩前に出た。

そのとき、ヘシュケの優柔不断ぶりに業を煮やしたガンが飛び出してきた。チンクの首に腕をまわし、頭をうしろへそらせて、のどをむきだしにする。ヘシュケは目を見開いた。正視できない、しかし、顔をそむけることもできない。

だが、恐ろしいことが起ころうとした刹那《せつな》、銀色の光が天井からほとばしり、ガンの背中を刺し貫いた。表情にほとんど変化はなかったが、ガンの体は力を失い、ぐにゃりと床にくずおれた。

ガンにひきずられて倒れそうになったチンクは危うくバランスをとりもどし、床に倒れている死体を見下ろした。チンクの目は、驚愕《きょうがく》に大きく見開かれている。それから彼は、スイング・ドアをさっと開き、かんだかい歌うような声でなにごとか叫んだ。管制室から数人のチンクが駆けつけてきて、まずガンに、それからヘシュケに目をやって、ガードマンのチンクと話をしている。彼らの目には、同情と関心と後悔の色があった。

そのうちのひとりがヘシュケの腕をとり、管制室へと導いた。ヘシュケはうつろな目で、壁の両側をおおうコントロール・パネルや、明滅するスクリーンをながめた。スクリーンにめまぐるしく映る画像は、ヘシュケにはまるで理解できないものだった。

ヘシュケを連れてきた男はパネルのひとつに歩み寄り、キーボードになにか入力した。しばらくしてから、チンクの頭上のスクリーンに文字があらわれた。

〈船には自分を守るプログラムがある。友だち死ぬとても残念。警告しておくべきだった。たいへんもうしわけない〉

ヘシュケはむっつりうなずいて、きびすを返し、半円形のエントランス・ホールにもどった。まだ、ちいさな人だかりができていた。なぜか、アスカーも来ている。少尉の死体を見下ろすアスカーの表情からは、考えは読めない。と、とつぜん、アスカーは右手をつきだして、タイタン式の敬礼をした。

「勇敢なる将校に敬礼」と重い声でいう。

「ほんとうに勇敢な将校だったよ」とヘシュケが答える。

「ああ、わかってるさ」

ヘシュケは言葉であらわせないほどの疲れを感じた。

ヘシュケは部屋にもどり、それから旅が終わるまで、一歩も外に出なかった。敗北感にうちひしがれてはいたが、なぜか、ガンの死は、思っていたほどのショックではなかった。

そして、自殺もしなかった。ヘシュケはすでに、アスカーのいうことが正しいという結論に達していた。非・時間から自分たちを助けだしてくれた人々に対して、ガンは強い先入観を持っていた。現実には、彼らがすこしでも敵意を抱いていることを示すような証拠はなにひとつないのだ。

食べては眠り、食べては眠りをくりかえし、ヘシュケはやっとおちつきをとりもどした。やがてある日、ひとりのチンクがやってきて、彼をまた管制室へと連れていった。アスカーは先に来ていた。彼はヘシュケをちらっと見て、うなずいた。管制室にはしょっちゅう来ていたらしく、自分の家にいるようにふるまっている。

チンクがスクリーンを指さし、ヘシュケはとつぜん理解した。目的地を見せられているのだ。ヘシュケはスクリーン上の輝く物体に目をこらした。砂時計を長くひきのばしたような形で、漆黒の宇宙空間に浮かんでいる。背後には冷たく輝く星々。忘れていた不安が、つかのま、頭をもたげる。あれは、異星人の要塞だろうか、それとも——。

それとも、なんだろう?

8

専用の時空観測室の透明な壁ごしに、赦鯤辰《シユークンチエン》は、地球から帰還してきた船が、近くの〈括約筋《スフインクター》〉に繫留されるのを見た。お世辞にも、このできごとに熱狂しているとはいえない。船の推進装置は彼の機械倉庫から持ち出されたものを使っているし、繫留作業が終わるまで、彼がいまやっている実験は中断を余儀なくされているのだ。

赦鯤辰《シユークンチエン》は辛抱強くすわって、緑茶をすすりながら、四方をとりまく、星の雲をちりばめた暗黒の宇宙をじっとながめていた。

こうやって宇宙を見ていると、自分がとるにたらぬちっぽけな存在であるという、満足すべき感覚がわきあがってくる。有機生命体であり、考える存在である彼は、宇宙の中の異物でしかない。宇宙は非・時間の無限の広がりであり、そもそも宇宙が誕生した最初の瞬間には、時間など存在さえしなかったのだから。その後、あちらこちらで、局部的な時間の流れがひとりでにはじまった。ほとんどは弱く、あるものはかなり強く、あらゆる方向に進み、たがいにあらゆる角度をとっている。ときたま、そうした時間流同士が交差することさえある。時間は、偶発的な、限られた期間だけの、ささやかな規模の現象にすぎないが、しかし、そのおかげで生命の存在が可能になる。

地球では、森羅万象《しんらばんしょう》の中で起こりうるかぎりもっとも不幸な事態が生じていた。ふたつの独立した時間流が、ひとつの惑星に生まれたのだ。さらに間の悪いことに、両者は、正面衝突の針路にあったのである。

そうした種類の出来事が、ありえないほど珍しいというわけではない。とくに、陰と陽の力がいちじるしく均衡を崩し、無数の時間流が生じている銀河系では。じっさいそれは、レトルト・シティが、時間交通から遠く離れた恒星間宇宙で生きる道を選んだ、ひとつの大きな理由でもある。だが、それにもかかわらず、レトルト・シティは数世紀前、ある時間流とニア・ミスを起こしたことがある——レトルト・シティの時間方向に対して斜めに進む存在が、すぐそばをかすめたのだ。赦鯤辰《シユークンチエン》は、いまもその存在と接触を保っていた。それどころか、いまおこなっている実験の対象は、まさしくその存在なのである。

香り高い茶の三杯めを注ぎながら、赦鯤辰《シユークンチエン》は、時空船がすでにスフィンクターを通過したことを確認した。それに乗っている地球人乗客が、ヒステリックに助けを乞い求めるだろうことはまちがいない。赦《シユー》はすでに、うんざりするような時間を前途に予感していた。生産レトルトの能力をぎりぎりまでその計画に注ぎこむ事態に立ちいたれば、自身が多大な不便をこうむることになるという観点から（とくに、実験のために注文してある装置の配達が遅れるという観点から）、個人的には、地球に力を貸すことには反対だった。しかし、内閣の他の閣僚は、人類が育《はぐく》まれた惑星に対する、ある種の親孝行めいた感情のせいか、赦《シユー》とは意見を異にしている。

かたわらの計器が、進入してきた船がエンジンを停止したことを告げた。赦《シュー》は立ち上がり、電脳《サイバネティック》従者たちを呼び寄せた。

「エリアがあいた。はじめよう」

機械の群れが作業場にすべってきて、最終的な準備をはじめた。しかし、観測室入口のドアから聞こえてきた穏やかな入室告知音が、またもやじゃまをした。観測室にはいってきた地味な装いの男は、文悟《ウエンウー》首相だった。

「わが隠れ家へようこそ、同僚どの」赦錕辰《シユークンチエン》はかすかにいらだちを含んだ声でいった。「あんたの訪問は、当然、地球から船が帰還したことと関係があるのだろうな」

首相はうなずいて、

「乗客のひとりが、どうやら、かなり名のある科学者らしくてね——最近、地球人が時間旅行を発見したのは、その人物の功績なのだ。彼は知識に飢えている。当然、きみとじっくり話をしたいといいだすだろう」

赦錕辰《シユークンチエン》はあごひげをしごきながら、心の中で毒づいた。

「そこで、このわしが、うすのろの野蛮人と話して時間を無駄にせねばならぬというわけか！ その男の無知のはけ口には、だれかべつの人間を用意するわけにいかんのか？ その程度のことなら、相手になれる人間はいくらでもいるだろうに」

文悟《ウエンウー》は驚いたような顔をして、

「そのような非礼は慎みたいものだな、錕辰《クンチエン》。話に聞くその男の性格からすると、この分野におけるもっとも傑出した専門家と会見することに固執するはずだ。つまり、きみと、だ」

「ああ、よかろう。しかし、それはあとまわしにできぬのか？　わしはいま、重要な実験のまっさいちゅうだ。もうちょっとで、〈斜行存在〉との接触を確立できる」

「ほんとうか？」文悟《ウエンウー》はゆったりした袖の中で両手を組み合わせた。「あれはすでに、接触可能範囲を出てしまったものと思っていたが？」

「たしかにそのとおりだ、いままでの方法では。しかし、わしの新しい装置を使えば、直接の、全感覚接触ができる」

「それにはいささかの危険もないのか？」文悟《ウエンウー》は慎重にたずねた。

赦錕辰《シユークンチエン》は肩をすくめた。

「地球人に関しては、とくに急ぐ必要はない」と、しばらくしてから首相は折れた。「まだ、言語教化がすんでいないからね。実験にさしつかえないなら、わたしもここにいて……」

「好きなように見てくれてかまわんよ」と赦錕辰《シユークンチエン》。「もっとも、見るものはたいしてなかろうが」

電脳従者が、準備万端ととのったと合図してきた。レトルト・シティ最高の時間現象研究家、赦錕辰《シユークンチエン》は、ガラスのようなものでできた球の中にはいった。外からは透明だが、中にいるものにとっては、真っ暗に見える。彼がなにごとかささやき、その言葉は、サイバネティック・コントローラーに伝えられた。

文悟《ウエンウー》はおちついてそれを見守った。とつぜん、科学者の体が麻痺したように硬直した。

赦鯤辰《シュークンチエン》の目にはなにも見えず、耳にはなにも聞こえず、肌さえも、衣服の肌ざわりや足の下の床の圧力を感じなくなった。体は残っていたが、感覚は——したがって彼の心も——数百光年の彼方、どんな望遠鏡ものぞくことのできない方角に向かって旅していた——時の中を、斜めに。

「どうしましょう、父上？」

元閣僚、甫梢《フーシャオ》は、蘇夢《スームン》を見つめながら、息子はなんとハンサムな青年になったことかと、心中、感慨にふけっていた。

「どうするか、と？」甫梢《フーシャオ》は驚いて、その言葉をおうむ返しにした。「これはおまえの計画だ。おまえはどうするつもりだったのだ？」

蘇夢《スームン》は力ない声で、

「父上のお導きをあてにしていたのです。街を脱出して地球へ行く、とか」

「ふむ。可能性はあるが、どうかな——それにおまえは地球の状況をなにひとつ知らぬようだ。生き延びることはできまい」

かまうものか。蘇夢《スームン》はそんなことを望んではいなかった。父親といっしょに闘うことを、彼は漠然と思い描いていた。さっきまでの混乱から急に立ち直った蘇夢《スームン》は、現在の状況を認識し、決意を新たにしていた。

「では、いっしょに生産レトルトにもどりましょう。あそこは蜂の巣状の構造で、あちこちに、ほとんど使っていない地域やひとけのない場所があります。父上の隠れ場所くらい見つかるでしょう」

「なんと、ひとつの監獄をべつの監獄と交換するというのか？　いったいどんな益がある？」

父親は顔をしかめた。

「いや、そうじゃありません」

唐突に、目の前に横たわる真の問題が、蘇夢《スームン》の心の中で結晶化した。声に激しい熱情がこもる。

「やらなければならない仕事があります。社会構造を変革するために闘うのです！」

狂人でも見るような目で、父は息子をまじまじと見つめ、

「自分がなにをいっているかわかっておるのか？」

と、衝撃にふるえる声で、ささやくようにいう。

「しかし、父上はそのために罪を犯し、待ち受ける運命からぼくを救ってくださったのではありませんか？」と蘇夢《スームン》が答える。「われわれの生き方が、不公正なものだとは感じないのですか？　人口の半分が、おそまつな娯楽を別にすれば、生産するだけの生活に満足することを強《し》いられ、もう半分がその労働力を搾取《さくしゅ》しているのですよ」

「しかしわれわれは、最高の文明を維持している！」と甫梢《フーシャオ》は唾を飛ばした。「芸術も科学も、ここ、娯楽レトルトでは洗練の極をきわめている。われわれの生活様式の豊かさはいうまでもない。もし必要なものを自分たちで生産することに時間を費やせば、どうしてそんなことがで

「きょう？」

蘇夢(スームン)は、こんな答えが返ってこようとは思ってもいなかった。

「下レトルトの住人も、機会さえ与えられれば、ここの人間とおなじ生活を楽しむことができるのです。それが否定されるのは不公平です。すべての人間が、生産も、高尚な楽しみも、等しく分かちあうべきです」

「しかしそれでは、生産も洗練も、これほど高度なものとはなりえぬ」父親は片手を振って答えた。その声は重く沈んでいた。「恥ずかしい話だが、おまえを娯楽レトルトにとどめたのは、まったく利己的な動機からだった。わが息子に自分とおなじような人生を送らせたかったのだ。社会全体の不公正のことなど、念頭になかった——そのような考えは、当然、分かたれたふたつの社会の両方を見た人間の頭にのみ浮かぶものだ」

「では、下レトルトに降りてきて、ご自分でごらんになってください！」

甫梢《フーシャオ》はためいきをついた。

「おまえを下レトルトに送らず秘密の部屋に隠したとき、わたしは、夢にも思わなかった列車に乗ってしまったらしいな。社会革命か、まったく！」

「では、賛成していただけるのですね？　すぐにここを出れば、しばらくはだれも、父上の脱走に気づかないでしょう」

「すでに気づかれている」

甫梢《フーシャオ》はそういって、ドアの横のパネルを指さした。そのひとつに、琥珀《こはく》色のライトが点灯している。

「時間相転位装置が、おまえの干渉をすでに報告している」

蘇夢《スームン》はさっとふりかえり、息を飲んだ。パネルのところに走り寄り、時間制御装置を仕込んだレトルト・シティの模型をひっぱりだすと、必死にいじりはじめる。

「はやく――やつらがここに来る前に。たぶん、これでぼくたちを転相させることができるでしょう――向こうからは見えなくなる！」

甫梢《フーシャオ》の顔には、さびしさとあわれみと後悔のいりまじった表情が浮かんでいた。彼は息子のあとについてアパートメントの外の廊下に出た。蘇夢《スームン》はそこで時間制御装置を狂ったように操作し、明滅する光のパターンをつくりだしている。

「やった！」蘇夢《スームン》はやがて、満足げな叫び声をあげた。「ぼくたちはこれで、まるまる三十秒うしろに転相しました。急げば一時間以内に下レトルトに着けるでしょう」

甫梢《フーシャオ》はまたためらったが、やがて決心したようにうなずいて、蘇夢《スームン》の機械のつくりだす場の中にはいったまま、息子のあとについて外に出ると、かすかな香りの漂う道を歩きだした。蘇《スー》夢《ムン》は興奮したようすで足早に歩いていたが、親子は一ブロックも行かないうちに、甫梢《フーシャオ》が出会うだろうと予期していたもの――しかし出会わないかもしれないと楽観していたもの――に出会った。

娯楽レトルトではめずらしい光景だった。法執行吏の制服を身にまとった四人の市民。ぴっちりした青いジャケットに高い衿《えり》という、奇妙にいかめしい服装の男たちが、穏やかな自信を顔に浮かべて、通路をこちらに向かってやってくる。

四人の中のリーダーらしい男は、小さな円筒形の道具を持ち、たいまつのように前にかざしていた。それに気づいたときにはすでに遅く、蘇夢《スームン》は、めまいの波を感じていた。ふたたび通常時間に転相されたことをさとって、暗澹《あんたん》たる気分になる。模型に手をのばそうとしたが、その途中で手の力が抜けた。向こうの機械のほうがはるかに強力なのだ。

リーダーは逃亡者ふたりをかわるがわるに見つめた。その顔に、なるほどという表情が浮かぶ。

「ご足労ですが、われわれとご同行ねがえますか?」と、男はていねいにたずねた。「残念ながら、あなたがたは市の道徳を乱したと判断しなければなりません」

青いジャケットの男たちはきびすを返し、囚人ふたりがついていることを疑いもしない態度で、もと来たほうへと歩きだした。蘇夢《スームン》は、これまでの努力のすべてがいかに無駄なものであったかを思って、虚脱感におそわれていた。


船の外部ドアを通りぬけ、信じがたい宇宙都市にはいったその瞬間から、変幻自在の圧倒的な光景が、ロンド・ヘシュケとリアド・アスカーを出迎えた。この街の官能的な美の基準からすれば、ふたりを運んできた船など、簡素で機能一点ばりのものでしかなかった。

空気はさわやかで、魅惑的な香りが満ちている。彼らは、船をがっちりとはさみこんでいるドックのような場所を抜けて外に出た。眼前に広がる光景は、あまりに複雑で、頭がおかしくなりそうだった。平面に平面が重なり、てんでんばらばらな方向に走る壁や衝立が迷路のような複雑パターンをつくりだしている。ところどころに、色とりどりの庭や公園も見える。

この場所は、贅沢《ぜいたく》さのエッセンスを満喫している。花々や、繊細な蘭《らん》がいたるところに咲き乱れ、壁や天井からこぼれだしている。まるで天国の原始的なイメージの中にいるようだ。

ひとりのチンクが彼らを導いて、低いアーチ路を抜け、一台の車に乗るよう身振りで示した。その車は、緑色の翡翠《ひすい》でできているように見え、ヘシュケは仰天した。

車が曲がりくねった道を静かに進んでいくあいだ、窓から街の人々をながめることができた。服装はさまざまだが、男たちのあいだでは、丈の長い、袖のゆったりした、流れるような絹のローブがいちばん多い。年かさの男のほとんどは、長く細いあごひげを生やしていて、その規格はずれの、およそ人間らしからぬ顔だちに、さらに風変わりな印象が加わっている。

女たちの服装は、もっとバラエティに富んでいた。たっぷりした絹の服を着た者、露出度の高いスリット・スカートをはいた者、中にはなにも着ていないに等しいかっこうの女もいる。そして、女たちの全員が、漆黒の髪に花を飾っていた。異種《デヴ》に対して当然抱くはずの嫌悪感にもかかわらず、ヘシュケはその異国的な美しさに魅入られたようになり、男女の優美な装いに見とれた。

異常亜種に対するヘシュケの「教育された」見方は、崩れてゆく一方だった。ガン少尉のように、これらすべてが地球外生物の手になるものであると主張するのは、もはや不可能だ。このチンクたちが、卓越した美的感覚をもっていることは疑いようがない――タイタンの信条によれば、それは〈真人〉のみが持っているとされているのだが。ヘシュケはブレア・オブロモットのことを思った。彼なら、この光景を見ても、まるで動じなかっただろう。

　アスカーは、今度もまた正しかったわけだ。ガンとヘシュケの考えは、一から十までまちがいだった。それに、アスカーが地下組織のシンパでないこともたしかだ。ヘシュケは感想をのべようとアスカーのほうをふりかえったが、彼は周囲のものにはまるで関心を払っていない。うつろな視線を膝の上に落とし、その顔にはいつもの生真面目なしかめっつらが浮かんでいる。アスカーにとっては、この光景も、なんの意味もないらしい。ヘシュケは驚いた。あれだけの知性の持ち主でありながら――アスカーは数字や理論以外のすべてに対してまったく見る目がない。

　車は登りのレールの上を走り、かぐわしい香りのする森の中をつっきって、べつの階に出た。そこにはもう、庭はなかった。無数のサマーハウスがはてしなく広がっている。それぞれは、精緻な飾りの施された、可動式のもろそうな衝立でいくつかの部屋に仕切られている。引率者の指示で、ふたりは車を降り、その吹き抜け式住居の中をすこし歩いた。家具はごくすくない。じっさい、家具が多すぎると、光や風の効果を殺《そ》ぐことになってしまうだろう。この街のものはすべて、完璧な調和をもたらすように配置されているような気がした。

　一行は角を曲がり、かなり小さな部屋にはいった。そこには、あごひげを生やした背の高い老人がいて、冷淡な目でふたりをながめた。老人のそばのテーブルには、いくつかの鉢と、金と銀の細い針がひと組、置いてある。テーブルの反対側には、用途不明の装置。背後の壁には、見かけはふつうのＴＶスクリーンらしきものがある。

老人はふたことみこと静かにつぶやくと、威厳のこもった物腰で、そばの長椅子に横たわるよう、ヘシュケに身振りで指示した。

ヘシュケはしぶしぶそれにしたがったが、チンクが長く細い針をとりあげるのを見て、とつぜんパニックにおそわれた。デヴに対する忘れかけていた嫌悪感が一気によみがえり、はてしなくつづく巧妙ですさまじい拷問に対する恐怖で頭がいっぱいになる。ヘシュケの顔に浮かぶ表情を見て、チンクは手をとめ、小首をかしげた。

なじみのない音節に舌をもつれさせながら、アスカーがなにかいった。ヘシュケは畏敬の念に打たれた。アスカーはこの難解きわまりない言語のいくつかの単語を発音することに成功したのだ。アスカーは、チンクがゆっくりと明瞭に発音してくれた答えに耳を傾け、それからヘシュケに向かって、

「おちつけ。傷つけようってわけじゃない。なにかの治療らしい。言葉を教えてくれるんだそうだ」

すこし安心して、ヘシュケはまた寝そべった。老人がなにかつぶやきながら近づいてきて、耳のすぐうしろにさわった。体から力が抜けていくような感じがする。それから、チンクは手に持った針を使った。その手の動きで、針が皮膚の下、深く深くもぐっていくのがわかる。

脳の中に！

ヘシュケは必死に恐怖感をおさえつけた。優秀な医者らしいはげましと気づかいを見せなが

ら、チンクは一ダースほどの針をヘシュケの体のあちこちに刺した。頭、首、両手、両腕。しかし、施術が進むにつれて、ふしぎなおちつきが生まれ、恐怖感は消え去った。やがて老人はその場を離れ、しばらくしてからもどってくると、ヘシュケの耳にイヤフォンをはめ、目にゴーグルのようなものをかけさせた。ヘシュケの世界は暗闇に包まれた。それから、ぱちんとスイッチのはいる音が聞こえた。

その瞬間、ヘシュケは眠りに落ちた。


どのくらいたったかはわからないが、ヘシュケが目を覚ますと、老人がヘシュケの肌から器用に針を抜いているところだった。アスカーのほうも、おなじ処置をちょうど受け終わったところらしく、もうひとつの長椅子から起き上がると、皮肉っぽい笑みをヘシュケに向けた。

「ようこそ」と老人はいった。「あなたがたおふたりは、われわれの街の賓客《ひんきゃく》です」

彼は例の、歌うようなチンク語をしゃべっていた――なのに、その意味がわかる。

「こいつはほんとにすごい！」

ヘシュケは思わず叫んだが、老人は片手を振って、

「まだお国の言葉をしゃべっていますな。心の中にあるもうひとつの言葉をさがして――もう一度話してごらんなさい」

困惑しつつも、ヘシュケはいわれたとおりに、意識を内側に向けながら、言葉を発した。

「わたしはただ、あなたの療法がすばらしく効果的だといいたかっただけです。いったいなに

をなさったのか知りたいものです」

それから、しゃべっているあいだに、ふとそれを見つけた。〈もうひとつの言葉〉は、喉と舌を動かして、ヘシュケの思考を伝えるべく、心の中に横たわっていた。自国語を話すときとおなじく、言葉は自動的に口をつき、まちがう気づかいもない。最後のふたことみことは、チンクの言語で発せられた。

最初は、妙な感じだった——好きなようにヴィドキャストのチャンネルをひねれるようなもの。

老人は礼儀正しくほほえんで、

「原理は簡単なものです」と説明した。「意識を失っているあいだに、コンピュータでプログラムされた言語学習コースを高速であなたがたの頭に流しました。あなたがたの言語のすべての単語、および表現について、それとおなじ意味を持つわれわれの言語の単語および表現が、おふたりの言語中枢に刻みこまれています」

「たいへん印象的だ」アスカーがこれまた流暢《りゅうちょう》なチンク語で口をはさんだ。「そんな学習法のことはいままで聞いたことがない。こんなことが可能だとは信じなかっただろう——すくなくとも、こんな短時間では」

ヘシュケは、アスカーの口から流れ出る外国語の響きに感嘆し、自分がそれを理解できることにも感嘆した。

「脳がコンピュータ以上の速度で情報を吸収できるという事実は、お国ではまだ知られていないと思います。われわれは、鍼《はり》療法と呼ばれる古い技術の助けを借りてそれを可能にしました。この細い針を」

と、老人はテーブルの上の針を指さして、

「皮膚の決まった場所に刺すことで、神経を選択的に刺激したり無効化させたりすることができます。この方法によって、脳の中に必要な回路を開き、通常のスピードよりもはるかに速く脳がデータを理解できるようにします――鍼灸《しんきゅう》にはほかにもたくさんの利用法があります」

「しかし、ずいぶん原始的なやりかたのような気がしますね」とヘシュケは針を見ながらいった。「あなたの道具はソフィスティケートされているとはいいがたい」

「この技術は、テクノロジーではなく、知識と腕に頼っているのです」と老人は答えた。「たいへん古い技術ですが、ここレトルト・シティで、はるかに磨かれた、応用範囲の広いものになりました。もともとは、古代の哲学者で、発電装置の発明者でもある毛沢東《マオツオトン》が開発した技術だといわれています」

チンクは鷹揚《おうよう》にほほえんで、

「しかし、こういう伝説は、もちろん、信頼に足るものではありません。毛沢東《マオツオトン》は、劉少奇《リユウキヤオキ》と林彪《リンピヤオ》というよこしまな悪魔を追い払ったともいいますから」

アスカーはうなり声をあげ、嘲《あざけ》るような視線をヘシュケに投げ、

「ほらな――歴史なんかただのおとぎ話さ」

ヘシュケはそのあてつけを無視して、

「わたしたちふたりがここに連れてこられたのにはなにか理由があると思いますが」と老人に向かっていった。「それはいつわかるのでしょうか?」

老人はためいきをつき、

「そう、たいへん悲しいことです。しかし、それを伝えるのはわたしの受け持ちではありません。あなたがたは、内閣の代表者と会うことになるでしょう——おそらく、首相その人と。それまでの辛抱です」

「辛抱なんぞくそくらえ」アスカーがわめいた。レトルト・シティの悪態は上品すぎて、彼の好みにはあわないようだ。「おれはいつ、物理学者に会えるんだ?」

罪の重大さにかんがみて、裁判は文悟《ウエンウー》首相みずからが担当した。首相に並んで、ふたりの一般閣僚も列席した。法廷の奥のテーブルには、裁判助言者である、論理と法の専門家たちが控えている。

まず、甫梢《フーシャオ》が喚問され、緑茶をあてがわれたが、彼はそれを拒んだ。彼は監禁から逃れようとしたことについて罪を認め、自分は生産レトルトに赴《おもむ》き、息子の助けを借りて生活するつもりだったとつけ加えた。静かに話す冷静なその口調には、内心の疲れがあらわれていた。

文悟《ウエンウー》は、この裁判に心を乱された。かつては親友だったこの男に対する判決は、どうやらただひとつしかありえないようだ。

「裁判長にひとつだけ申し上げておきたいことがあります」と甫梢《フーシャオ》はつづけた。「わが息子、蘇夢《スームン》は無罪であるということです。息子がわたしを下レトルトへ連れ出そうとしたのは、わたしの指示によるものでしたし、それに応じたのは、子どもとしての情のなせるわざでした――息子は、ふつうの人間が祖父を敬うように、父であるわたしを敬っているのです。さらにいえば、息子の逸脱行為はすべて、もとはといえばわたしの行動に端を発しています。わたしのかつての犯罪がなければ、彼は生産労働者として、ほかの人生を知ることもなく、犯罪とは無縁のしあわせな暮らしを送っていたでしょう。息子になんらかの罰が科せられるとすれば、不公正の誹《そし》りはまぬがれないと考えます」

論理家が手を挙げ、発言を認められて立ち上がった。

「生産レトルトへ連れ出すよう息子を教唆《きょうさ》したとの被告人の主張は矛盾しております」

と、彼は抑揚たっぷりの低い声でいった。

「事実はこうです。甫梢《フーシャオ》ならびに蘇夢《スームン》は、甫梢《フーシャオ》が監禁されていた地区を離れようとしたところを逮捕されました。甫梢《フーシャオ》もこれを認めております。しかし、その動機に対する彼の陳述についていえば、甫梢《フーシャオ》は自分と息子が娯楽レトルトを出る前に逮捕されるであろうことをまちがいなく知っていたはずです――甫蘇夢《フースームン》はおそらく、知らなかったでしょうが。甫梢《フーシャオ》が、自分自身不可能であるとわかっていることを意図したはずはありません。したがって、彼にはべつの動機があったということになります」

「その動機とは？」と文悟《ウエンウー》がたずねる。

「すべてを考慮に入れると、甫蘇夢《フースームン》は父親のアパートメントにとつぜんあらわれ、父親を時間隔離から解放したものと思われます。甫梢《フーシャオ》は、そのとき、ジレンマに直面しました。息子の計画が実行不可能なものであること、息子が厳しい罰を受けるだろうことはわかっていました。それ以来、彼の第一の目標は、息子をその罰から救うことになったのです。ここで、このふたりのあいだに存在する——われわれには不自然と思えるかもしれませんが——なみはずれた強い絆《きずな》を思い出してください。彼は、息子の計画に同調するふりをしました。それによって、みずからが主犯であると見せかけ、息子の肩にかかる罪をすこしでも軽くしようとしたのです」

文悟《ウエンウー》は被告人のほうを向き、

「いまの解釈を認めるか？」

甫梢《フーシャオ》はうなずいた。論理家は、彼の動機をあますところなくあばきたてている。もはやとりつくろってみてもしかたがない。

「甫梢《フーシャオ》のそれにつづく主張は、しかしながら、考慮に値します」と論理家はつづけた。「甫蘇《フースー》夢《ムン》の精神の歪みは、すべて父親の責任であります。しかし、その事実をもって、息子にいかなる罰をも科すべきでないと結論すべきかどうかは、まったくべつの問題です。個人的責任という原則をそうもたやすく看過《かんか》することはできません」

首相はその陳述に注意深く耳を傾け、事件をあらゆる角度から検討した。最後に、彼はまた被告人のほうを向いて、

「被告人は、脱獄教唆ではなく、脱獄に協力したことによって有罪とする。被告人のじっさいの犯罪行為は、本件においてはさほど重大なものではないが、しかし、それは本法廷における

論点ではない。論点は、被告人の真の犯罪が、大きな問題としてふたたび表面化したことである。被告人は、救済不可能と思われる犯罪的傾向を有する人物をつくりだした――すでに、予備陳述で、被告人の息子は、自分が現在の社会構造に全面的に反対すると言明している」

巻きひげを指でしごきながら、首相はしばし黙考し、やがて、

「被告人の罪は、社会の根幹をゆるがす性質のものであるがゆえに、許すことはできない。もしこれを看過し、こうした傾向が助長されれば、われわれがレトルト・シティで享受しているこの文明が破壊される可能性さえある。それにもかかわらず、被告人の先般の犯罪に対する判決は、数世紀来はじめての事件であったがゆえに、寛大なものであった。いま、その寛大さを撤回しなければならない。まことに遺憾《いかん》ながら、本法廷は被告人に死刑を宣告する」

彼は甫梢《フーシャオ》におだやかな目を向けた。

「判決に同意するか?」

甫梢《フーシャオ》はうなずいた。首相の考えていることが、彼には手にとるようにわかった。この判決は、彼だけに対するものではない。文悟《ウエンウー》にとって、それは蘇夢《スームン》を直接罰することなく罰する方策だったのだ。公正と正義の原則はふたつながら満足される。たとえその両者が相争うものであっても。

「では、判決はただちに執行されるものとする」

甫梢《フーシャオ》はきびすを返し、右手のドアから歩き去った。

一、二分してから、蘇夢《スームン》が法廷に喚問された。彼は公式の告発に耳を傾け、有罪を認め、そ

れにつづく陳述で、この件に関する父親の無実を強く主張した。

そのころ、近くの部屋では、甫梢《フーシャオ》が長椅子に寝そべり、さっぱりした抹茶の鉢を手渡されていた。

鉢は繊細そのものの陶器で、指でさわるとやっとわかるくらいの薄い焼き模様は、甫梢《フーシャオ》がことのほか愛したものだった。彼はその香りを楽しみながら、茶を飲んだ。茶の毒が効果をあらわすにつれ、けっして不快ではない脱力感が四肢に広がった。甫梢《フーシャオ》は、近くの低い茶卓にまだ飲み終えていない鉢を置き、静かにことされた。

冷たい声で、文悟《ウエンウー》は蘇夢《スームン》の嘆願をさえぎり、たったいま彼の父親に対してくだされた判決について説明した。

「判決は」と彼は最後にいいそえた。「いまごろはもう執行されているはずだ」

それを聞いた蘇夢《スームン》の反応は、法廷にいた人間すべてに、かすかな嫌悪の情を催させた。それは、けっしてたがいに知り合うことのないはずのふたりの人間のあいだに結ばれた、強い感情の絆を示すものだったからだ。蘇夢《スームン》の顔は死人のように蒼白になり、腹を殴られたみたいに体を折り曲げた。やっとのことで顔をあげると、身を起こし、まだ青い顔で、文悟《ウエンウー》の目をまっすぐ見つめた。

「くたばりやがれ」と奇妙な声でいう。「きさまらみんな、くたばるがいい。おまえらの社会はどこまでも邪悪だ——そしていつか、必ず破壊される……」

　裁判長はうなずいた。

「きみの意見も、その理由も、われわれはよく知っている。きみの態度が矯正不可能《きょうせい》であることもわかっている。そこで、きみをどうすべきかという問題が生じるわけだ。罰は適切ではない。すでに、自分の行為によって父親が死にいたったことを知らされたということで、じゅうぶんな罰が与えられている。しかし、きみが娯楽レトルトで生活することを認めるわけにはいかない、なぜなら、それは法に背《そむ》くことになるからだ。とはいえ、本来の場所である生産レトルトにもどしたら、まちがいなくまたトラブルを引き起こすだろう。したがって、さきほどの問題は解決しない。いったいきみをどうしたものだろうね……?」

9

リアド・アスカーは幼いころから、ただひとつの疑問にとりつかれていた。

時間についての疑問である。

はじめてその謎に、すさまじい力で打ちのめされた日——十歳の誕生日だった——のことは、いまでもはっきり覚えている。ジレンマ。逆説。不可能な、矛盾するパラドックス。移ろいゆく時——過去からやってきて、どこからともなくあらわれた未来へと消え去る。そして、もっとわけがわからないのは、のちに〈回帰問題〉として知るようになった謎だった。時が過ぎるというけれど、過ぎてゆくその先に「時」がないのに、時はいったいどうやって「過ぎる」ことができるのか?

こうした謎に、興味のすべてが注ぎこまれた。この問題について、自分が理解できる書物はすべて読み、それから、残った書物を理解するために物理学と数学を学んだ。アスカーは早熟で、自分から学んでいるどの分野についても、クラスでいちばん先をいっていた。友だちはひとりもできなかったが、物理学のあらゆる方面で、輝かしい経歴をうちたてていたことだろう——もしも彼が、実りのない、自分だけのための研究、すなわち時間の本質に対する研究に没頭することを選んでいなければ。そのおかげで、まっとうな科学者仲間のあいだでは、風変わりな奇人だという風評がたち、アスカーの実験はいつも、資金が底をついて中断することを余儀なくされた。

それから、タイタン軍団の科学研究団体が接触してきた。公平を期していえば、彼らのおかげで、アスカーが研究をつづけることが可能になった。異常亜種との戦いに勝利をおさめたのち、〈真人〉に不可能はないという、科学分野における誇大妄想的な領土拡張論が沸騰《ふっとう》し、その結果、アスカーのみならず、本物の奇人、とほうもない妄想のような理論を唱える、統合失調症一歩手前の自称科学者たちにまで、そのアイデアを実現するための研究資金が交付された。以来、アスカーはいくつかささやかな成果を上げ、それからあの、信じがたい日が訪れた。ぶんどった異星人の乗り物の真の機能が明らかになったのである。

その日は、アスカーの人生にとって、ひとつのクライマックスだった。二度めのクライマックスは、赦鯤辰《シユークンチエン》に紹介された日のことだった。赦鯤辰《シユークンチエン》は、時間の秘密のほとんどすべてを解明した街における、時間の最高権威だった。

赦鯤辰《シユークンチエン》の属する人種を亜人類とみなすよう教育されていたことは、アスカーにとってなんの障害にもならなかった。知りたいことを教えてくれるなら、彼はチンパンジーの足もとにでも、喜んでひざまずいただろう。

アスカーはいま、偉大なるその物理学者の向かいにすわっていた。相手の横の漆塗《うるし》りの卓には、湯気をたてる緑茶を入れた急須。赦鯤辰《シユークンチエン》は片時も緑茶を離さないようだ。

いまふたりがすわっているのは赦鯤辰《シユークンチエン》の観測室で、アスカーの理解しているところでは、時間と空間の双方がここで観測されている。部屋の片側の湾曲した透明な壁からは、空虚な漆黒の宇宙が見晴らせた。反対側には、なにに使うのか見当もつかない装置類がきちんと並んでいる。

同類の中から赦鯤辰《シユークンチエン》を見つけだせといわれても、アスカーには無理な相談だっただろう――アスカーの目には、彼ら中国人《チンク》はみんなそっくりに見える。赦《シユー》の服と見かけはつつましやかなものだった。単純な、飾り気のない絹の室内着は、腰のところを帯で締めている。年輪を重ねて白いもののまじる、絹のような長いあごひげ。しかしその指の爪はなみはずれて長く、色を塗られている。赦《シユー》が自分で直接仕事に手を下すことはめったにないらしい。使う装置のすべては、赦《シユー》自身が設計したものではあるが、どこかべつの場所でつくられ、それ以後は、いまも観測室のすみでぶんぶんせわしない音をたてているロボット・メカニズムによって設置され管理されている。

「ふむ、なかなかおもしろい」

と、赦鯤辰《シユークンチエン》がいった。アスカーが自分の考えた理論と、そこにいたるまでの経緯をかいつまんで説明しようとしているあいだ、老人は礼儀正しく耳を傾けてくれた。説明は言葉に頼らざるをえなかった。アスカーの書いた方程式は、赦《シユー》にとってはほとんど無益なものであることが判明し、かわりに赦《シユー》が教えてくれたものは、アスカーにとっては理解不能だった。どうやら、赦《シユー》の用いている数学体系は、アスカーにはまったくなじみのないもので、鍼《はり》治療補助言語習得コースも、それを理解するにはなんの役にも立たなかった。

　アスカーは腕を組み、いらだたしげにためいきをついて、椅子の上でわずかに体を前後に揺すった。

「つい最近まで、この問題についてのわたしの考えははっきりしていました。古い謎をついに完全に解明したものと思っていたのです。しかし、もうひとつの〈いま〉――反対方向に進むもうひとつの時間システム――を発見して以来、わたしの頭はふたたび混乱し、どう考えてよいのかわからなくなりました。わたしの考えだした理論は、〈絶対現在〉が唯一のものである場合にのみ成立するのです」

　アスカーは赦《シュー》に射すくめるような鋭い視線を投げ、

「教えてください。宇宙は終末を迎えようとしているのですか？」

　赦錕辰《シュークンチエン》のしわだらけの顔におもしろがるような表情が浮かび、よくできたジョークでも聞いたみたいに、くすりと笑った。

「いやいや、とんでもない。宇宙ではない。たんに、地球上の有機生命体が終末を迎えるだけのこと。より正確にいえば、まもなく地球の時間が停止する」

　赦錕辰《シュークンチエン》が片手を振ると、サイバネティック従者の一体が、新しい茶の急須を持ってすべりでてきた。

「そなたはまだ、回帰問題に決着をつけてはおらん、どうやらそなた自身は、すでに解決ずみと考えておるようだがの」

アスカーは眉根にしわを寄せて、

「われわれがおなじ問題を議論していることをまず確認しておきましょう。回帰問題は、時間経過の見かけの不可能性を指摘するものです。それは、このように定義されます。三つの連続した事象、A、B、Cを例にとりましょう。このうちひとつの事象がいま起こっているとすると、あとのふたつは未来、もしくは過去に属することになります。ここで、Bが〈いま〉であるとします。するとAは過去で、Cは未来ということになる。しかし当然、Aが〈いま〉で、BとCが未来という場合もなければならない。そして同様に、Cが〈いま〉で、ほかのふたつが過去という場合もあります。そこで、これら三つの事象を横軸にとると、その三種類の配置を組み合わせた表をつくることができます（下図参照）。つまり、都合九つの升目《ますめ》ができるわけです。しかし、これで終わりではありません。これだけでは、三つの〈いま〉が同時に存在することになってしまう。ところがじっさいには、ただひとつの〈いま〉しか存在し得ない。そこで、この三つの横列のいずれかを選んで、われわれにとっての〈いま〉を割り当てなければならない。ところが、そうした場合、ひとつの事象ではなく、三つの事象の動的な連鎖に対して、拡張された第二のレベルの〈いま〉が生じることになります。〈いま〉の本当の位置を包含《ほうがん》するものです。しかし、そこで終わりにすることもできません。〈いま〉がつねに動いているという事実がある以上、三つの横列のそれぞれが、か

A →	B →	C
現在	未来	未来
過去	現在	未来
過去	過去	現在

わるがわるに、第二レベルの〈いま〉を主張できるからです。したがって、九つの升目を持つこの表全体が、第二レベルの〈いま〉となり、時間の中でのこの〈いま〉の位置を示すためには、そこで、最初の表を三倍した新しい表をつくらなければならなくなる。ＡＢＣのグループが全部で九つあり、各事象は二十七に分割されるわけです。そしてそれがさらに、第三レベルに拡張される。おなじプロセスが、第四レベル、第五レベル……と無限にくりかえされてゆく」

赦錕辰《シユークンチエン》はその説明に、急にいらだって両手を振り、

「その議論ならわしにはおなじみだ。しかし、そなたはどうしてそのパラドックスが解決したと思ったのじゃ？」

「それは……」アスカーはゆっくりといった。「われわれがじっさいに過去と未来に旅し、そこに〈いま〉が存在しないことを発見したとき、わたしは単純に、この議論全体がまやかしのものだったと判断したのです。その事実は、回帰などないということを示していました」

「しかし、なぜ回帰が起こらないのかと自問してはみなかったのか？」赦《シユー》が辛辣《しんらつ》にいった。

「いや。そなたはまるで学生のように結論に飛びつき、問題を忘れてしまった」

アスカーは長いあいだ黙りこくっていた。

「わかりました」とようやく口を開き、「わたしはどこでまちがったのでしょう？」

「そなたの根本的な過ちは、時間が宇宙の普遍的性質であると判断したことにある」

赦《シユー》は一語一語言葉を選び、重々しくいった。

「そなたは〈絶対現在〉を存在全体の三次元的な交点だと想像し、それが宇宙のすべての場所を同時に通過していくのだと考えた。ちょうど磁気テープの上を通過するヘッドが、テープにおさめられた画像に生命を与えるように。それでよいかな？」

「ええ、それはよくできた比喩《ひゆ》ですね」

「しかし、その理論が正しければ、回帰問題が解決しないということがわからぬのか？」

「いいえ」アスカーはのろのろと答えた。「なぜなら時間交点はそれぞれの瞬間をただ一度しか通過しない――」

アスカーはだしぬけに口をつぐんだ。

「ええ、おっしゃるとおりです」と重い口調で言葉をつぐ。「やっとわかりました。われわれの宇宙の一瞬一瞬に対してひとつずつ、同一の宇宙が無限に存在しなければならない。〈絶対現在〉――時間交点――が、ちがう部分を通過しているという点だけをのぞいて同一の宇宙が。各瞬間、過去、現在、未来の各瞬間が、そうした無限に存在する宇宙のどれかでは、いまこの瞬間も、〈絶対現在〉によって充たされている」

「それだけではない」赦《シユー》がアスカーにかわってつづけた。「回帰のつぎの段階の面倒をみるためには、無限を超えた、無限の累乗《るいじよう》の数の宇宙が存在せねばならぬ。すでにわれわれは、超限の世界にはいっておる」

アスカーはいそいでうなずき、

「わかりました。それは認めます。その事実が、わたしの理論の誤りを示していることも認めます。それで、真実はどうなんです？」

「真実は、宇宙は全体として、時間を持っておらんということじゃ。宇宙のあらゆる場所が同時に〈いま〉なのではない。宇宙は基本的かつ根本的に静的で、生命のない、無関心なものだ。過去も、未来も、〈いま〉もない」

赦《シュー》はまた、湯呑みに茶をついだ。そのあいまに、アスカーが反論し、

「しかし、時間はあります」

赦《シュー》は辛抱強くうなずいて、

「局所的かつ偶発的な現象としては存在する。全体としては、とるにたらぬものだ。時間の進行は、ごくせまい地域で、通常は惑星の周囲で、はじまることがありうる。しかし、つねにではない。時間は、一点から他の一点へと移動する〈いま〉というエネルギーの流れ、もしくは波によって構成される。哲学的には、こんなふうに説明できるだろう。宇宙は、陰と陽の力の相互作用として神から発し、完璧で、動かしがたい、調和的な釣り合いを形成しておる。ときおり、そのふたつの力があちらこちらでわずかに均衡を崩し、その結果、均衡が回復されるまでのあいだ、そこに時間エネルギーが流れることになる。そうした波が進んでいく過程で、時間は、われわれが進化として知っているプロセスによって、物質に生命を与える」

「それでは、時間は生物現象なんですね、普遍的なものではなく？」

「むしろ、生物が時間の結果であるというべきだ。生物システムは、時間のつくりだす唯一の現象ではない。さまざまなバリエーションがある。しかし、生命と意識は移ろいゆく現在とい

う瞬間の中から生じ、それとともに進むことができる。

時間旅行が比較的容易であるわけがこれでわかっただろう」と、赦《シュー》はつづけた。「われわれはたんに、移動する〈現在波〉の断片を切り離し、それを非・時間の、静止した真の世界の中で動かすだけなのだ。これはきわめて簡単にできる。なぜならそれは局所的なエネルギーにすぎず、宇宙全体の枠組みの一部ではないからじゃ」

「ええ、われわれも、タイムマシンを動かすためには生物の存在が必要であることを発見しました」と、アスカーがうなずいた。「その理由もこれで納得できます」

「それはたんに、そなたたちの機械が未熟だったからにすぎぬ。レトルト・シティでは、無生物物体に時間旅行をさせることもできる」

「ええ……わかります……」

アスカーは赦鯤辰《シュークンチエン》が開陳するビジョン全体を把握しようと必死に頭を働かせた。

「お話をまとめさせてください」とやっとのことでいう。「宇宙は静的な四次元マトリクスによって構成され——」

「四次元ではない」と赦《シュー》が訂正した。「そなたたちの次元に関する理論は根本からまちがっておる。次元などというものは存在しない。しかし、話を理解しやすくするための方便として使いたいというなら、それもよかろう。その場合には、六次元マトリクスと考えれば、可能性のあるすべての方向を描写するのにじゅうぶんだろう。時間波は、それが生じると、そうした方向のいずれへも向かうことができる——われわれの視点からいえば、前、うしろ、横、上、下、内、外——想像できない方向へも。しかし、波の前線はつねに、その進行にともなって、その内部にいる人間だれにとっても、三次元環境を抽出する。そして、その中にいる観察者に対して、つねに、過去と未来とをつくりだす」

「それで、回帰問題ですが」とアスカーが話をもどし、「あれはどういうことになるんですか？」

「回帰問題など存在しない。時間を宇宙における絶対の要素と考えた場合にのみ、その問題が生じる。しかし、じっさいには、時間は偶発的な、とるにたらぬものでしかない。全体としての宇宙は、時間には頓着《とんちゃく》しない。まったく無関心なのだ。時間がつくりだす、生物をはじめとする現象に対しても同様じゃ。したがって、前とあと、過去と未来、あるいは移動する瞬間に関する矛盾は存在しない。宇宙に関するかぎり、変化はないのだよ。非・時間がささやきひとつなくすべてを飲みこんでしまう」

赦《シユー》は思慮深く、アスカーにじっくり考えるだけの時間を与えた。地球人物理学者は、片手にあごをのせ、じっと床を見つめている。

「では、地球に起こったのは、つまりこういうことですね」とアスカーはとうとう口を開き、「べつの時間システムが地球に根を下ろし、べつの進化過程をつくりだした……ただし、われわれのそれとは逆の方向に向かって。そして、そのふたつが衝突しようとしている」

「そのとおり」

赦《シユー》は感情のない声で答えた。

「逆向きに進むのに、われわれ自身の時間とおなじ効果をもたらす時間という概念が、まだどうもよく理解できないのですが。わたしはこれまで、化学反応や熱力学法則などの物理法則にはたったひとつのかたちしかないと考えていました。たとえば、エントロピーの法則……それが時間に不可逆的な方向性を与えているように思える……」

「それはそなたが、時間を絶対的なものとして見ることに慣れているせいであろう。エントロピーの法則を例にとれば——時間の経過とともに無秩序さが増大するという法則だな——時間波自体がその効果を生み出すのだ。どの時間波にもふたつの対照的なモードがある。まず、無秩序さに向かう傾向、もうひとつは、統合に向かう傾向。後者の結果、生物システムが生まれる。このふたつの傾向は、時間波にあらわれている陰と陽の力によるものだ。しかし、両者は調和するのではなく、たがいにせめぎあっておる。陰は統合への傾向をもたらし、陽は無秩序への傾向をもたらす。両者がたがいの戦いをやめたとき、時間は死に絶える」

「しかし、地球に起ころうとしているのはそういうことではないでしょう?」

「ああ、ちがう。そなたたちの文明は、きわめて不運だった。そして、そなたたちのそれと衝突しようとしている文明のほうもな。妥協しえない力と力の、激しい、破壊的な闘争になるだろう。この宇宙で起こりうる事件の中でも、もっとも奇妙な、もっともファンタスティックなものになる」

「どうなるんです?」

「ほとんどまちがいなく、最終的な結果は時間の停止じゃ。ふたつの時間波の前線は、一種の時間爆発によってたがいを打ち消しあうことになる」

「わたしがいいたいのは」と、アスカーは赦《シュー》の視線を避けながら言葉を継いだ。「その場所にいる人間にとって、いったいどんなものなのか、ということです――波頭がぶつかりあう場所に居合わせた人間は、どんなふうになるのか？」

「どんなふうか知りたい、とな？」と赦《シュー》。「ある程度なら見せてやれる」

赦《シュー》は立ち上がり、研究室の反対側にある、直径およそ八フィートの透明な球のところに行った。

「かつて、レトルト・シティもおなじような事件に遭遇したことがある」

アスカーはぱっと立ち上がり、赦《シュー》のそばに駆け寄って、

「それで、生き残ったんですか？」と叫んだ。

「そなたたちの場合に予想されるほどひどいものではなかった」と、赦《シュー》はおだやかに答えた。「ひとつには、接近角度が小さかったせいもある――われわれが遭遇した存在は、時間の中をこちらに対して斜めに移動していた。そなたたちの場合のように、正面衝突針路ではなかった。もうひとつ、恒星間宇宙に浮かんでいるという、われわれの事情がさいわいした。前もって察知していたから、レトルト・シティそのものを動かして、物理的接触が起きないようにすることができた。それにもかかわらず、時間波の前線は相互に干渉しあい、その効果はきわめて不愉快なものだった。われわれにとって、もっとも殲滅《せんめつ》に近い状況だった」

赦《シュー》は透明な球の前で足をとめ、

「そのときの模様が、全感覚テープに記録してある。地球に、全感覚記録機はあるかの？」

アスカーは、ばかみたいに首をふった。

「その名のとおり、すべての感覚をカバーする装置だ。外部感覚はもちろん、身体感覚その他の内部感覚も含めて。感覚のあるところ、心がある。したがって、この経験は本物と区別できない」

それから、客のほうに向きなおって、

「望むなら、感覚テープのどれかをかけてやろう。断っておくが、かなり不愉快なものだぞ」

「ええ、おねがいします」アスカーは熱っぽい口調でいった。「どうなるか知りたい」

赦《シュー》はうなずいた。その顔はいかめしく、表情は読めなかった。赦《シュー》は、せまい昇降口から球の中にはいるよう、アスカーを手でうながした。アスカーが中にはいると、そのうしろで扉がしまる。

アスカーの目から自分の姿が見えなくなってはじめて、赦《シュー》はかすかな笑みを浮かべた。彼は地球人の訪問者に、予期せぬ喜びを見いだしていた。未開人出身であるにもかかわらず、なかなか優秀な生徒ではないか。

内側からは、球体の壁は不透明になっていた。内部のぼんやりした光で、床に固定された椅子がひとつ見える。そこに腰を下ろしたとたん、照明が消え、アスカーは漆黒の闇の中に残された。

しばらくのあいだ、なにも起こらなかった。それから、またぱっと光がともった。しかし、アスカーはもはや、ガラス球の中にいるのではなかった。明るく風通しのいい、レトルト・シティの典型的な一室に置かれた、おなじような椅子にすわっている。そよ風が、かすかな香りのいりまじった空気を運んでくる。そして、どこからか、この街で人気のある、休止符の多いにぎやかな音楽が聞こえてきた。

部屋の調度をながめているうちに、周囲のようすにどこか妙なところがあるのに気づきはじめた。部屋の比率がおかしい。しかも、一秒ごとにどんどんそれがひどくなっている。壁、天井、床がつくる角度も……まちがっている。ありえない角度だ。まるで、空間自体が歪んでいるみたいな。

アスカーは、細長い花瓶が棚を離れて複雑な軌道を描きながら宙をすべるのを、目を丸くして見守った。そのこと自体は、もはやさほど驚くべきことではない。しかし、それだけではなかった。花瓶そのものが歪み、つぎつぎにさまざまな形をとりはじめたのだ。ようやくアスカーは、自分が見ているのが四次元的に変形した花瓶であることに気づいた――クラインの壺に似た、三次元空間では存在しえない物体。内側もなく、外側もなく、湾曲した表面がつぎの表面へとつながってゆく連続的な面でできている。

自分がそうした形を視覚化できたばかりか、じっさいにそれを見ていることに、アスカーはショックを受けた。

部屋の中のものすべてが、おなじように歪みはじめた。はっとして、アスカーは椅子から立ち上がろうとした——が、できなかった。これはほんとうに起きていることではなく、記録を体験しているだけなのだと、頭のかたすみで自分にいい聞かせた。おそらく、全感覚テープは、ある種の運動力を禁じているのだろう。まもなく彼は、立ち上がろうとする努力を放棄した。歪みは、恐ろしいことに、アスカー自身にも影響しはじめたからだ。

アスカーは、長い、たまぎるような絶叫をあげた。痛い——痛い——痛い——。

そのとき、部屋が崩れ去り、形容しがたいなにものかにとってかわられた。自分の神経系が、まるで足枷《あしかせ》か網の目のように意識される。はっきりした形もなく、多次元迷路の中をちぎれ雲のように漂っている。識別できるものはなにもなく、時間の感覚もまたない。しかし、アスカーの神経は、おそらく侵入してくる時間場がその化学機能に影響を与えるせいだろう、つねに苦痛の信号を発しつづけていた。鋭い、抵抗しがたい激痛。

そして、意識に、なにかが侵入してきた。いまにも彼の意識を破壊しようとしている。**どくん、どくん、どくん**。まるで脈打つ心臓のように、それとも彼の魂を鉄床《かなとこ》にのせてたたくハンマーのように、進んでくる。

周囲のものは、つかのま、なにかの形に結晶化したように見えた。すわっている部屋以上のものが見える。レトルト・シティ全体が、奇妙な非ユークリッド幾何学図形に変形し、壁はもはや視界の妨げとはなっていない。おなじ悪夢にとらえられた数千の人々が、彼ら自身の体もおよそ人間とは呼べないものに変形して、蜘蛛の巣のねばつくジャングルにとらえられた蠅さながらに、壁から、床から、天井から突き出し、一部は家具と融合している。だがしかし、それらばらばらになった人体は、延び切った神経の長い糸でなおもつながったままだ。

そのとき、街がふたたび動いた。おりたたまれ、歪み、すべった。海の泥から生まれた不定形の怪物のように。


球体の台座に備えつけられた小さなスクリーンでテープをモニターしていた赦鯤辰《シユークンチエン》は、その瞬間を選んで再生を止めた。これ以上つづけると、精神的にも肉体的にもアスカーに損傷を与える危険がある。

赦《シユー》は球体の内部照明を切り、ハッチをあけた。リアド・アスカーは、憔悴《しょうすい》しきった顔で息をあえがせながら、よろよろと出てきた。

「このへんでじゅうぶんだろう」と赦《シユー》はおだやかにいった。「もっとひどくなる、しかし、そなたを精神病患者にしたくはないからの」

「もっとひどくなるんですか？」

「ああ。そなたが経験したのは、接近するエイリアン時間場の、もっとも初期の段階の影響だ。すべてが終わるまでには、われわれの人口は激減しておった。しかし、もし、われわれ同様に時間を操ることのできる〈斜行存在〉が方向を変えてくれなかったら、そんななまやさしいものではすまなかったはずじゃ」

アスカーはハッチの端によりかかったまま、

「地球もこんなふうになるのですか？」とたずねた。

「いや、そなたの星では、ここで起きたことなどくらべものにもならないほどひどくなる。われわれの場合はただかすったただけで、ニア・ミスに毛が生えたようなものだ。そなたたちの星がどんなふうになるかは、ほとんど想像を絶しておる」

「なんてこった《ホーリー・マザー・アース》、くそっ」

アスカーは、かぼそい声で口汚く毒づいた。

10

着席した文悟《ウエンウー》内閣の閣僚たちは、熱のこもらぬ視線でふたりの地球人を見ていた。彼らの表情はおだやかで、どこかしら傲慢なところがある。レトルト・シティの人間すべてに共通する、閣僚たちの超然とした態度を前に、ロンド・ヘシュケはいささか気力をくじかれていた。まるで、ほんとうはなんの興味も持っていないとでもいうようだ。

「では、きみたちの惑星が直面している状況は理解したわけだね」
文悟《ウエンウー》が気さくな口調で、おだやかにいった。ひまな一、二時間、なにをしてつぶそうかと相談しているみたいに。

「数か月前、赦錕辰《シユークンチエン》が地球の方向をたまたま観察していたおかげで、レトルト・シティははじめて、その事実に気づいた。だから、さらにくわしく観察するために、地球の軌道上に時空船を周回させたのだ」

「どうしてわれわれは、あなたがたの船に気づかなかったのです?」アスカーが鋭くたずねた。
「われわれの追尾ステーションは太陽系全体をつねに監視しているのに」

「船の軌道は、時間の中で楕円軌道をとっていた」と、首相は答えた。「空間的に惑星の周囲をまわるだけではなく、過去から未来へ、未来から過去へと時間的にも周回していたのだ。きみたちの監視ステーションに探知されることはぜったいになかった」

「なるほど」アスカーがひとりごとのようにつぶやいた。

文悟《ウェンウー》は話のつづきにもどり、

「つい最近、われわれは、可能なかぎりの援助を地球に提供することを決定した。われわれは、きみたちのイデオロギーにとって、人種的に受け入れがたい存在であるから、その目的をはたすためには、きみたちの政府が信頼する特使が必要になる。というわけで、きみたちふたりに、このレトルト・シティまで来てもらったしだいでね。こちらの観察者が、非・時間を通過するきみたちの悲劇的な旅を目撃し、きみたちがもっとも適任だと判断した。きみたちは地球でも重要な人物であると同時に、ある程度までは事実を見抜いていたからね」

「わたしたちになにをさせたいのです?」とヘシュケ。

「ただ、地球にもどり、政府に事実を説明し、われわれが提供できる援助のことを話してくればいい」

「で、その援助というのは、いったいどういうものになるんです?」アスカーが疑い深げにたずねた。

「きみたちの文明にとって、唯一の生存手段は、われわれが採用しているのとおなじ形の社会を築くことだ」と文悟《ウェンウー》。「つまり、宇宙空間の、人工的な都市に住むということだよ。災厄がおそいかかるまえに、惑星を離れなければならない」

ヘシュケの顔は蒼白になった。

「しかし、実際問題として、そんなことは不可能です！　全員を宇宙に連れ出すことなどとうてい無理だ！」

「全員は無理だよ、たしかに。しかし、われわれが力になれる。ここの生産能力は、きみたちの文明全体のそれとくらべて、まさるとも劣らない。生産レトルト――この都市の下半分だ――を循環時間に置くことで、地球の工場の一操業期間内に、数操業期間を終えることができる」

「宇宙都市の建設方法も伝授しよう」と、高齢の閣僚が口をはさみ、「それに、われわれの資源も提供する」

文悟《ウエンウー》がうなずいて、

「ふたつの時間システムが衝突するまでには、まだ数世代ある。それだけ時間があれば、おそらく二億の人間を宇宙に定住させることが可能だろう。もっと増やせる可能性もある。しかし――」と、なげやりに手を振って、「不幸にもきみたちの文明と衝突する運命にあるもうひとつの文明にも、われわれはおなじ申し出をすることになる。下レトルトの生産体制では、そこまでが限界だろう」

「二億人――それでは、地球の人口のほんの一部にしかすぎません」

「しかし、きみたちの文化を存続させるにはじゅうぶんだよ、まちがいなく。われわれの動機のひとつは、興味深い文化を無為に消滅させたくないということなのだ」

「興味深い文化?」ヘシュケは当惑し、おうむ返しにいった。「しかし、わたしの文化の基準に照らせば、あなたがたは生物学的異常なんですよ。怪物です。そして、絶滅させるべきものなんです。それなのに、われわれを助けたいと?」

「きみたちの宗教上の信念がどうあろうと、われわれに関係はない」文悟《ウエンウー》が、いつもの冷たい、しかし深みのある声でいった。「われわれは、理性によって、すなわち、実行可能なことによって動かされる。感情によってではない——すくなくとも、そうありたいと願っている」

「うまくいきっこない」アスカーが辛辣《しんらつ》な口調で、議論にけりをつけるようにいった。「タイタン軍団は耳を貸さないよ。地球は彼らの女神だ。どんなことがあったって、地球を見捨てやしない」

「残念ながら、アスカーのいうとおりではないかと思います」ヘシュケはためいきをついた。「ほかに方法はないのですか? あなたがたは時の支配者です。衝突そのものを起こらないようにすることはできないのですか?」

「それは不可能な願いだ」と文悟《ウエンウー》はいった。「われわれは、それほど強力な支配者ではない。この都市をおおう程度の大きさの時間場をコントロールすることは、ああ、たしかに可能だ。しかし、地球上のふたつの時間流の双方をそっくり包みこむほど大きく強力なものとなるとね……。地球そのものを動かそうとするようなものだ。そうではないかね、リアド・アスカー?」

「赦鯤辰《シュークンチエン》の話では、そうでした」と、アスカーはなげやりな口調でいった。

「で、われわれの政府が拒否したとしたら?」ヘシュケがたずねた。

文悟《ウエンウー》は、小さく肩をすくめた。

「それならそれでよい。あとは彼らの問題だ。もうそれ以上、われわれが興味を持つことはない」

文悟《ウエンウー》は立ち上がると、手を振ってサイバネティック従者に合図した。機械はもろそうな引き戸のところにすべっていって、パネルを引きあけた。

「きみたちだけで地球に帰そうというのではない」と文悟《ウエンウー》。「われわれのひとりがきみたちといっしょに行く。当然、われわれの連絡係として、だ。もしきみたちが任務に成功したら、彼は地球にとどまり、われわれと地球との共同作業の調整に手を貸すことになる」

部屋にはいってきたのは、甫蘇夢《フースームン》だった。


ヘシュケは低い長椅子の上に寝そべり、氷を包んだ布で眉をぬぐった。頭痛と疲労に悩まされている。長い休息が必要だ。しかし、あしたには地球に向かって出発する予定になっている。

明日、明日、明日……。

時間など、幻想にすぎない。

かたわらには、アルコール分の低い、桃の香りのする酒の瓶。ヘシュケはすでに、一杯ためしていた。のどごしはきりりとさわやかで、元気が出てくる。とはいえいまの気分は、それを飲むどころではなかった。

アスカーはしかし、その酒をうまそうにぐいぐい飲んでいる。

「ひどいやつだ」とヘシュケはなじった。「こんなときに約束を破るなんて。これまでのきみの行動もひどいものだったが、しかしそれでも、場合が場合だから、こんどだけはまともな人間らしい責任感を見せてくれると思ったのに」

アスカーは、ヘシュケといっしょに地球に帰るつもりはないと宣言していた。赦鯤辰《シュークンチエン》は、彼を生徒として受け入れた。アスカーは、偉大なる師のもとで物理学者として学ぶために、レトルト・シティの計画からあっさり手を引いてしまったのである。

彼はヘシュケの抗議を笑いとばして、

「タイタンがどんなやつらかはわかってるだろう。この計画そのものに、まったく見こみはないね。見こみのない目標めがけてがんばるには、おれはもう年を食いすぎてる——あんたは、ひとりで大失敗の指揮をとる能力がちゃんとあるからな」

たぶん、アスカーのいうとおりだろう、とヘシュケは心の中でつぶやいた。わたしにしても、このところころたてつづけに、じゅうぶんすぎるほどの精神的動揺を経験している。アスカーほど不安定な人間なら、なにもかもに背中を向けてしまうのも無理はない、自分の種族全体、いや自分の惑星全体にも。

ヘシュケがいまだに、自分を人種差別主義者だと考えているわけではない。考古学者として、ヘシュケはレトルト・シティ版の地球史を徹底的に検討した。彼らの歴史は考古学的推論ではなく、記録された事実だった。そして事実は、異星人の侵略など一度たりともなかったということだった。同様に、〈真人〉などというものも存在しない。人類文明は、みずからの本性によって、興隆と、野蛮な暴力への堕落とを、何度も何度もくりかえしてきた。それが、人類のパターンなのだ。レトルト・シティ文明は、そのパターンにはまらなかった唯一のシステムであり、何千年にもわたって滅亡をまぬがれてきた唯一の社会なのだと、この街の長老たちは主張している。

異常亜種については、ブレア・オブロモットの説が正しかったことが、いまのヘシュケにはわかっている。さまざまな亜種に放散していくのが、種の進化の自然の傾向だ。全地球的交通が可能だった時代には、ごくふつうに、あらゆる人種のあいだで混血がおこなわれていた。しかし、しばらく前、とくに激烈だった崩壊のあと、地理的に孤立した人間の集団が生まれ、その状態がかなり長くつづいた。自然の突然変異発生率は核戦争の連続の結果残された放射線によって加速され、はっきりした特徴を持つ人種に進化した。

そして、ヘシュケの属する亜種は——タイタン人種科学界では〈真人〉と呼ばれている——古代の人間、たとえば三万年前に存在したホモ・サピエンスに、ほかの人種と比べてとくに似かよっているわけではなかった。たんに、もっとも個体数の多い人種というだけのことでしかない。

「文悟《ウエンウー》の計画には、異種《デヴ》文化を救うことまで含まれているんだろうか?」ヘシュケは、アスカーに自分のふるまいを反省させようとする無駄な努力をあきらめて、話題を変えた。「地球に地下組織があるのは知ってるか? タイタンに対抗して、デヴを救おうとしている?」

アスカーは顔をしかめ、

「ああ、知ってるよ。汎《はん》人類連盟だろう。ばかどもの集まりだ」

「まあ、デヴたちはもう、どんな種類の助けも及ばないところまでいっているだろうな」ヘシュケは氷を置いて、眉をタオルでふいた。「なあ、リアド、われわれのホストたちのことをどう思う?」

「どう思うかって? そりゃもちろん、すばらしい連中じゃないか!」

「わたしは彼らのことが好きなのかどうかよくわからない。どこか冷たいところがある。あまりにも論理的で、あまりにも洗練されている。頽廃《たいはい》的で、文化が進みすぎている……あれは本物の同情じゃない」

アスカーは鼻を鳴らして、

「タイタンの教育テープを聞いてるみたいだぜ」

「たぶんな。しかし、彼らの社会システムがどんなふうに動いてるか聞いたか? 労働者兼技術者として育てるために、子どもたちを手放すんだよ」

ヘシュケは、そのシステムについてはじめて説明されたときに感じた恐怖と嫌悪を、いまもはっきり覚えている。ふたつのレトルトは、べつべつの時間層にある。娯楽レトルトの子どもたちは、生まれてすぐに親から引き離され、二十五年間過去にもどされる。成長すると、通常は二十五歳ごろに自分の子どもを持つ……そしてその子どもが娯楽レトルトへと送られる。娯楽レトルトの人間は、自分の赤ん坊を捨てたその日に、かわりの赤ん坊を受けとる——自分の孫を。

「魅惑的だと思うがね」といったアスカーの顔には、めずらしく笑みが浮かんでいた。「彼らは時間をありとあらゆるやりかたで操っている。彼らは生産レトルトをいくつかの時間相に分けて、その中でループさせている――前とかうしろとかだけじゃなく、ある意味での横向きにも。べつの次元で……どういうことかわかるか？　この娯楽レトルトでは、製造に六か月かかるものを注文したら、五分後には配達されてくるんだ。赦錕辰《シユークンチエン》はしじゅうそんなことをやっている。すばらしい！」

「すばらしいだろうさ、きみが赦錕辰《シユークンチエン》だったらな！」ヘシュケは腹立ちをこめていった。「だがもし、そういう連中の気まぐれを満足させるために一生働きつづける男だったとしたら？」

　こういうやりかたにくらべたら、タイタンの人類に対する――いや、ともかく〈真人〉に対する――計画でさえ、情け深いものに思える。少なくともタイタンは、ある種の粗雑な民主主義は信じている。そして彼らは文化を――労働者たちに対しても――信じている。

「ああ、下の連中だってうまくやってるさ」アスカーは漠然としたいいかたをした。「彼らはちゃんと面倒をみられているし、しあわせだ。それに、おれたちが下にいるわけじゃなし、どうしてそんなことを気に病むんだ？」

「さしつかえなければ」アスカーの狭量さに根負けしたヘシュケは疲れた声でいった。「ちょっと眠っておきたいんだが。あしたは朝早く出発するんでね」

「そうか。おれが警告したということは忘れないでくれよ」

アスカーは背を向けて部屋を出ていった。別れを告げようともせずに。

11

大きな部屋の窓越しに、交通量の多い下の通りの喧騒《けんそう》がつぶやきとなって伝わってくる。

タイタン軍団内の地位の一般的基準からいって、その部屋――リムニッヒ個人の執務室――は、けっして贅沢《ぜいたく》なものではなかった。いやむしろ、ぱっとしないといってもいいくらいだ。惑星指導者は、つつましい生活ぶりと、人前に出たがらないこととで知られている。彼の執務室は、政治局本部《ビユボルブロツク》の中にさえなく、新築の都市行政区画の外側の、二百年前の建物の一室にかまえられていた。リムニッヒはここに、収集した頭蓋骨や、人種に関する研究書類、それ以外のさまざまなコレクションや身のまわりのものを置いている。

ここ二、三日、執務室はかつてないあわただしい活動の場となり、ニスを塗った黒い木材とやわらかなぶあついじゅうたんに囲まれて黙考する静かな時間は失われていた。リムニッヒその人が、徹底的にゆさぶられている。城内での威厳に満ちた会議のための時間などなかった。なにもかも、いますぐに実行しなければならない。さしせまった空前の戦いにそなえてリムニッヒがタイタン軍団を再編成したその日から、執務室はこの惑星の神経中枢となったのである。

老いた将軍たちの多くが、退役するか、イニシアチブをあまり必要としない閑職に飛ばされるかして、その地位を去っていた。リムニッヒはその後任に、柔軟で鋭い頭と、すりきれていない情熱とをあわせ持つ若い男たちをすえた。たとえば、時間プロジェクトに最初から携わっているブラスク大佐（緊急事態が発生する以前は大尉だった）。彼のようなタイプの男が、いま、すべての中心にいて、未曾有《みぞう》の時間的な最終戦争を準備している。

ブラスクはいま、リムニッヒといっしょにいた。リムニッヒのデスクの背後の壁スクリーンには、エイリアン時間システムの進行を示す時間地図が表示されている。それは動画式の地図で、接近スピードと衝突の瞬間とを劇的に表現していた。

リムニッヒは、迫りくる時の壁をおそるおそるながめやり、骨の凍るような恐怖を感じた。

「では、われわれには二世紀ほどしか残されていないのか？」

「全面的な衝突までに、ということでしたら、そのとおりです」とブラスクが答える。「しかし、そのはるか前から、影響が出はじめるでしょう。いまの段階では、われわれの知識はまだ不充分ですが、干渉効果はあと約五十年で顕在化するものと見ています。百年後、われわれの作戦活動がどうなっているかは確言《かくげん》できません。おそらく、ゼロでしょう」

「ありがたい、かろうじて手遅れになる前に真実を発見することができたわけだな」

リムニッヒは、スクリーンからブラスクに目を移した。オフィスの灰色の照明の下では、ブラスクの奇妙に歪んだまぶたはグロテスクにさえ見えた。もしこれほど才能のある男でなければ、こんなまぶたをしているというだけで、タイタン軍団への道は閉ざされていたはずだ。しかし、すべての傍系にわたって徹底的におこなわれた家系調査の結果、この障害は遺伝的な性質のものではないことが明らかになっていたから、リムニッヒはあえて異をとなえなかった。

リムニッヒは、狂信的な人種差別主義者であるにもかかわらず、なんらかの利点がある場合には、何度か寛大さを発揮したことがある。げんに、新しく編成されたコマンド・チームの将校――エドラシュ大佐――には、ロリーンの血が流れている。しかし彼は、〈真人〉にとって貴重な、狂暴きわまる戦士であり、自分が混血であるという事実を知っているがゆえに、ますますその凶暴性に拍車がかかっているような印象があった。エドラシュの〈真人〉に対する貢献はきわめて大きなものだったから、リムニッヒは彼を首にすることはできないと判断した（そして、惑星大統領もそれに同意した）。こうして、その汚れた血筋にもかかわらず、エドラシュは、将来〈真人〉の子孫の血を汚《けが》すことがないよう、精管切除手術を受けただけで許されたのである。

オーク張りのドアが開いた。

「ハット大佐が参りました、指導者閣下」と、リムニッヒの秘書官が告げる。

リムニッヒがそっけなくうなずくと、タイタン大佐ハットが入室した。ふたりは右腕で敬礼を交わし、それからリムニッヒが腰を下ろした。

「情報公開問題についてですが、指導者閣下……」

リムニッヒはまたうなずいて、

「決断を下した。平均的人間のかぎられた知性では、真実のすべてを一度に理解することはできない。公式発表は、時間の本質に関する、大幅に制限された情報のみとする。未来から攻撃が加えられること、異星人干渉者がふたたび地球植民を試み、それを未来で成功させていることなどが公表事項となる」

「いいかえると、一般大衆には、われわれ自身がつい最近まで知っていた事実が伝えられるわけだ」と、ブラスクがつけ加える。「いずれ、もっと知識が増えた段階で、すべての事実を明らかにできるだろう」

「わかりました」タイタン大佐ハットはいった。

「もうひとつある」とリムニッヒがつづけて、「この緊急事態は、人類が直面した未曾有の規模のものであり、したがって、大きな政治的危機を意味する。すべての政治工作は強化されねばならぬ。反体制分子は完璧に抹殺する必要がある。この問題に決着をつけるために、われわれの知る事実のすべてを、秘密ルートを通じて汎人類連盟に伝えるよう命令する」

「事実のすべてを、ですか、指導者閣下?」ハットは困惑して、おうむ返しにいった。「しかし、なぜです?」

「土台から揺り動かしてやること以上に効果的な攻撃手段があるかね?」リムニッヒの目は魚のように無表情で、にこりともしていない。「ひとたび真実を知れば、連盟メンバーの大部分が脱党し、我が方につくだろうことはまちがいない」

理解の兆《きざ》しが相手の顔に浮かんだ。

「そのとおりです、指導者閣下。たしかにおっしゃるとおりです」

ハットは、この古狐がいまだにその能力を失っていないことに感心した。リムニッヒの人心操縦術はあいかわらず巧緻《こうち》をきわめている。

　リムニッヒのほうは、内心、狂気の淵に落ちこむまいと懸命だった。ふたつの時間システムがあいまみえる、理解を超えたぞっとするような光景が、頭の中になおも渦巻いている。〈地球母〉の観点からすると、すなわち、彼が一点の曇りもなく信奉している神の目から見ると、この事態がどんなふうに見えるかということは、まだ考えはじめてさえいなかった。そんなことは考えたくもなかった。

「ありがたい、手遅れになる前に真実を発見することができて！」

　彼は低い声でまたくりかえした。しかし、それがなにかの役に立つだろうか？　なにか救いの道があるのだろうか？


　未来の地球にいるエイリアンへの接近は、タイタンに対して計画されていたものにくらべると、準備不足にならざるを得なかった。首相によって選ばれた、王涯涔《ワンヤーツエン》と李麗散《リーリーサン》のふたりの若い哲学者の使命は、デリケートなものだった。

　ふたりはまず、キツネザルに似たその生きものたちに、自分たちが彼らを脅《おびや》かしている文明から派遣されてきたのではないということを納得させなければならなかった。これは生易しいことではなかった。当然のことながらエイリアンたちは、人種間の体形の細かな相違には鈍感だったからだ。しかし、すでにエイリアンたちの言語（じっさいには、複数存在した）は、前回の探査旅行のさいに電磁波送信の分析を通じて解読されており、ふたりはあらかじめ言語コースのテープで学習していた。その結果、王涯涔《ワンヤーツエン》と李麗散《リーリーサン》は、切れめの多い、鳥のさえずりのようなその言葉に、かなり習熟していた。もっとも、ふたりの発音は、かろうじて理解できなくはないという程度だったが。

エイリアンは最終的に納得したらしく、ふたりの若者は他の人間の囚人たちといっしょに収容されていた監獄病院（正確には生物研究所だが、そこで囚人たちに対しておこなわれている実験は、身の毛もよだつようなものだった）から連れ出された。

いまふたりがすわっているのは、石造りの円錐形の部屋だった。エイリアンはむきだしの石や円錐形の建物を好むらしい。ドアはすべて三角形で、人間には低すぎて身をかがめなければ通れない。数少ない部屋の調度は、直線的な形の木材と板でできている。エイリアンたちの技術的進歩は、建物の内装に対する興味とはまるで別物のようだ。

しかし、粗末な厚板のテーブルをはさんでレトルト・シティの若者たちと向かいあうふたりのエイリアンは、彼らの社会でもっとも高い地位にある人物だった。王涯涔《ワンヤーツエン》はふたりに冷静な視線を向け、いつものことながら、彼らの神経の繊細さに魅惑された。その脆弱《ぜいじゃく》な体はなにかあるたびにふるえ、細かい鼻髭《はなひげ》はぴくぴくと揺れる。

「なぜわれわれにこのような申し出をする？」と、ひとりがさえずった。「なぜそれほどまでしてわれわれを救《たす》けようとするのだ？　狡猾《こうかつ》な罠でないとどうしてわかる？」

「ひとつずつ質問にお答えしましょう」李麗散《リーリーサン》が答えた。「われわれが助力を申し出ているのは、たんに、おなじ知的種族としての敬意からにすぎません。ふたつめのご質問ですが、われわれが誠実であることの証《あかし》は手配できます。われわれは、もう一方の人類文明に対しても、同様の申し出をおこなっています。あなたがた双方が同意すれば、たがいに争うかわりに協力しあうことができます」

「お望みなら、あなたがたの大使をわれわれのＩＳＳにお連れしましょう」王涯涔《ワンヤーツェン》が穏やかに言葉をはさんだ。「そうすれば、自分の目で確かめることができます」

キツネザル型生物は最後の提案を無視して、

「われわれが敵前から退却すると思っているのか？　われわれの星を見捨てると？」

母音の発音が、かなりの激情を示していた。その手足は、瀕死《ひんし》の動物のそれのように、目に見えてふるえている。

「ここはわれわれの星だ、時のはじまりから、われわれのものだ。最後まで守りぬく」

もうひとりのキツネザル型生物がさらにつづけて、

「われわれは、けっして敵前から退却しない。数日前、彼らは――おまえたちの生物学的親戚だ――こちらの大都市のふたつに攻撃をかけてきた。放出されたエネルギーの激烈さから判断すると、原子核融合を利用した兵器を使ったらしい。われわれの都市は完全に壊滅し、そこらじゅうに放射性物質が降り注いでいる。しかし、われわれは逆襲する！　きっと逆襲してやる！」

超然とした、分析的なものの見方をするように育てられてきたレトルト・シティの若者たちは、ふたりとも困惑した。

「しかし、歴史的居住地に対するそのような感情的態度が、現在の状況には不適切なものであることはおわかりのはずです」王涯涔《ワンヤーツエン》がいった。「あなたがたのいう『敵』は、あなたがたがおこなった攻撃に対して、まったくおなじように反応しているにすぎません。どちらの側にとっても、撤退が唯一の希望です」

「それが唯一の希望であるなどということは認めん」キツネザル指導者が、かんだかいさえずり声でいった。「敵の生命体がわれわれの未来にいることはわかっている。そして、もし彼らが生存しつづけるなら、われわれが滅びることも。したがって――われわれは敵をかたづける！」

「しかし、どうやって？」李麗散《リーリーサン》が単刀直入にたずねた。

「敵の全生物相を死滅させるウイルスを開発中だ」とキツネザルがいった。「われわれはそのウイルスを広範囲にわたってばらまく。われわれの時間システムが予定される衝突時点に達するころには、敵の生物環境は消え去っているだろう。われわれの時間波の通過を邪魔だてするものはなにもなくなる」

たがいに顔を見合わせ、王涯涔《ワンヤーツエン》と李麗散《リーリーサン》は、双方ともに任務が失敗に終わったと結論したことを知った。ふたりは立ち上がった。

「どうやらあなたがたの決定は理性に導かれたものではないようです。われわれの提案は拒絶されたものと考えます」王涯涔《ワンヤーツエン》は、なおも「友好的」な言葉使いをしながら、そう宣言した。

「では、もはやわれわれが長居をする理由もなくなりました。お許しいただければ、こちらの宇宙艇を呼び寄せて、仲間のもとに帰還したいと思います」

「いや、それはだめだ！」とキツネザルがきいきい声で叫んだ。「われわれの不利になる情報を握ったままここを出すわけにはいかない。おまえたちは、われわれの敵とおなじ種族だ——だから、生物研究所にもどってもらう！」

そして、ふたりの若者は、二度と出られぬ運命の、〈生物学福祉研究センター〉へとふたたび移送された。


酒蔵のアジトにはいったとたん、ソブリー・オブロモットはなにかがひどくおかしいことに気づいた。

今度の会議はソブリーの地元、サナンの街で開催されることになっていた。こういう古い酒蔵は、官憲にはまったく知られていない。何年も前の再開発計画のあいだに封鎖され、以来そのままになっている。隠された入口はごくわずかしかなく、それを知っている者も、信頼の置ける連盟メンバーに限られる。

印刷機が止められている。ソブリーはまず、その静けさにショックを受けた。ソブリーの知るかぎり、これまで、この場所が騒々しい話し声に満たされていなかったことはない。そのかわり、熱っぽい興奮がその場を支配していた。白く洗われたレンガ壁が、熱気で輝いているようにさえ思える。

小人数のグループがいくつか、立ったまま興奮したようすで話し合っている。痩せた、背の低い男が、そのあいだを縫ってソブリーのところまで走り寄ってきた。

「オブロモット！　来たか！」

「どうしたのです？」ソブリーは敬意をこめた口調でたずねた。

「わたしがきみの立場なら」と相手の男は声をひそめていった。「出ていくよ——いますぐ。ガールフレンドを連れて。というのも——」

しかし、その言葉は、とつぜんソブリーのすぐ横にあらわれた男にさえぎられた。

「じゃあ、来られたんだな、オブロモット。遅かった。もう聞いたのかもしれないと思いはじめていた」

「聞くって、なんのことです？」

「ニュースは全ネットワークを駆けめぐっている。地球全体に、だ。おしまいらしい」

困惑して説明を求めるソブリーをしたがえて、男は部屋を横切り、低いアーチ路を歩いていった。ドアが開き、ソブリーが通るとふたたびその背後でしまった。

汎人類連盟最高幹部会議のメンバーが席についていた。陰鬱《いんうつ》な視線がソブリーに注がれる。全員そろってはいないことに、ソブリーは気づいた。メンバーの約三分の一は出席していない。

居並ぶ顔の中に、ひとつ見覚えのない顔があるのに気づいて、ソブリーははっとした。正体不明だったメンバーが、いまはじめて、マスクも音声変調器もなしですわっているのだ。

これほど大きな方針変更が、いったいなぜ起きたのだろう？　好奇心にかられて、ソブリーは男の顔を見つめ、そして、ショックを受けた。目鼻立ちのくっきりした、意志の強そうな顔。

さらに特徴的な、真っ白な肌と青い目、亜麻色の髪——タイタンの理想像の完璧な一例。つまり、この男はタイタンでしかありえない。そういうことなのか。高い地位にある、著名なタイタン将校が、秘密裏に汎人類連盟の一員となっていたわけだ。ソブリーは、その顔に見覚えがあるのを、ぼんやりと思い出した。高級雑誌の表紙やヴィドキャストで中継される式典などに登場する、偶像化された英雄のひとりだ。

「すわってくれ、オブロモット」と、議長はいった。その声は、重く張りつめていた。

「まさか！」というのが、ソブリーの最初の反応だった。「信じられません」

「信じられないことだが、真実なのだ」

「たしかなのですか？　またタイタンのでっちあげでは？　いかさまでは？」

「真実だとじゅうぶん考えうる根拠がある」かつては匿名だったメンバーが口を開いた。「ふたつの情報源からおなじ話が伝わってきている。タイタンは、彼らの持っているルートを通じて、意図的にこの情報を連盟に流してきた。しかしわたしには、軍団における地位を利用して、独自にその情報を確認する手段があった。われわれ連盟の動揺など、タイタンの中で起きていることとはくらべものにならない。それは保証する」

音声変調器を通さないで聞くそのタイタンの声は、よく通る力強い声で、成熟しているが、どこかまだ若々しい響きがあった。

「いまおっしゃった科学的な説明をすべて理解できたわけではありませんが」とソブリーは議

長に向かっていった。「しかし、それは文字どおりの真実なのですか、われわれが全滅してしまうというのは？　エイリアンの……未来から来る……時間波によって？」

「われわれだけではなく、地球上の全生命が全滅することになる——それを止める方法を発見できないかぎり」

「それで、われわれはどういうことになるのです——連盟は？」

「きみがはいってくるまで、そのことを議論していた」重々しい沈黙のあと、議長はいった。「タイタンの偏執狂的な妄想にすぎないとわれわれが考えていた仮説が、けっきょくは正しかったと証明されたわけだ。この事実を否定してもしかたがない。われわれはたしかに、エイリアンの力によって脅かされているのだ、たとえそれが、タイタンも予想しえなかったほど異様なかたちをとった、圧倒的なものであるにしても。われわれの目標はもはや不毛だ、無意味とはいわないまでも……」

「連盟は自発的に解体して、タイタン側につかなければならない」と、だれかがいった。「放っておいても、われわれのメンバーの大半はどのみちそうするだろう」

「この会議に出席できなかったメンバーは、おそらくすでにそうしているのだろう」と議長がつけ加えた。

ソブリーはその話にショックを受けた。憎むべきタイタンに協力するだと！　人種的平等という歴史ある目標を放棄するだと！

「しかし、そんなことはできません！」ソブリーは訴えた。「われわれには神聖な使命があります！」

タイタンのメンバーが口を開き、

「わたしの見るところ、選択の余地はほとんどない。もはや、存在を脅かされている亜種を救うといった問題ではないのだ。生涯タイタンとともに生き、つねに彼らを憎んできたわたしだが、しかし、いまやわれわれを救えるのはタイタンだけだといわざるをえない。彼らが、人類に残された唯一の希望なのだ。いまから、わたしは忠実なタイタン将校になる」

ことの成り行きに不満を表明した声は、ソブリーのそれだけではなかった。ふたりが同時に声をあげ、連盟の理想に対するこの裏切り行為を、強い調子で告発した。

ソブリーはその非難につけくわえて、

「それで、異常亜種《デヴ・サブスピーシーズ》はどうなるのです？」と嚙みついた。「アムラックは、ウルキリは、他の亜種は？　彼らは見捨てるのですか？」

「遺憾《いかん》ながら、彼らのことはあきらめるしかない」マスクを脱いだタイタンが平板な声でいった。「これほどの規模の危機に際しては、そのような些末《さまつ》な問題にかまけている時間はない。どの亜種の、でもなく、人類そのものの存亡がかかっているのだ」

口々に不満の声があがり、激しい議論になった。そして、策謀の連続の人生でそれぞれにけわしくなった顔に、やがて決意の色が浮かびはじめた。

いつ、どんなふうにして銃撃がはじまったのか、ソブリーにははっきりわからない。銃は、何人もの手に同時に出現したように思えた。弾丸が、タイタン将校の胸をとらえ、彼はテーブルにばったりとつっぷした。彫りの深い端整な顔が、激しいショックに歪んでいる。耳を聾《ろう》する銃声が部屋をつんざく。議長は、銃をとりだし引き金をしぼった瞬間、肩を撃たれて苦痛の絶叫をあげ、ひっくり返った。

いささか遅れながらも、ソブリーはテーブルの下に身を伏せ、自分の銃を抜いた。議論でソブリーの側に立っていた声はすべて絶えている。全員、死んだのだ。

ソブリーはシャツを引きあけ、その中に手を入れて、ゆっくりと立ち上がった。

銃口がいっせいにこちらを向く。ソブリーは片手をシャツから抜いて、ボディー・パウチからとりだしたs手榴弾《しゆりゆうだん》を高々とかざした。

「動くな、ひとりも」ソブリーは緊張した声でいった。「動けば全員道連れだぞ」

一歩一歩戸口に向かってあとずさるソブリーを、彼らのうつろな目が見つめている。ものの数秒でドアまでたどりつくと、ソブリーはうしろ手に引きあけ、洞窟のような酒蔵の中を走りだした。

銃声に狼狽《ろうばい》した仲間たちが、青ざめた顔でソブリーを見つめる。その口は、ぽかんと開かれていた。ソブリーは銃を振りまわし、まだ追っ手がかからないことをいぶかしみながら、人ごみのあいだをかきわけて進んだ。二十秒もしないうちに、もよりの出口にたどりついた。そこに身をすべらせ、暗いトンネルを一ヤード一ヤード這《は》うようにして昇っていく。

トンネルの突き当たりにある隠し戸は、使われていない倉庫の地下にある、もうひとつの酒蔵に通じていた。ソブリーはやがて、サナン郊外の裏通りに姿をあらわした。そこから急ぎ足で人通りの多い道に出ると、ソブリーは目についた最初の映話ボックスの前で足を止めた。

レイラの顔がスクリーンにあらわれる。ソブリーの姿を見て、レイラの目は大きく見開かれた。

「あなた。どうしたの?」

「レイラ、いますぐアパートメントを出るんだ」

レイラははっとした表情になり、

「どういうこと?」

「たったいま、そこを出るんだ。なにもかも置いて、すぐに出ろ——持ってくるのは現金だけでいい」ソブリーはちょっと考えてから、「コチン広場の時計の下で落ち合おう。いいな?」

青ざめてはいるが、おちついた表情で、レイラは、

「ええ」

「よし」

ソブリーは映話を切った。一瞬後には、混雑した通りを早足で歩いていた。あらゆる角度から状況を検討すべく、頭は猛烈に回転している。レイラを連れて、サナンを離れなければ。それもできるだけ早く。そして——ちくしょう、いったいどこへ行きゃいいんだ? なにもかも大混乱だ。ネットワークはずたずたになる。ほとんど全滅だろう。

ソブリーは地下鉄に乗り、コチン広場から少し離れたところで地上に出た。レイラが着くまでにかかる時間を頭の中でざっと計算し、広場までの道をゆっくりと歩いてゆく。ソブリーが

着いたときには、レイラはもう来ていて、そわそわした神経質なようすで待っていた。地味な茶色のコートを着ている。

「どこに行くの？」

レイラは、まるいアムラックの目で見つめながらたずねた。

「ジョーブ・ガンダットのところだ」とソブリーが答える。「彼なら助けてくれる」

連盟のある程度は生き残るはずだ、とソブリーは自分にいい聞かせた。しぶとい連中がいるはずだ、ソブリー自身やジョーブのように、けっしてあきらめない人間たちが。なんらかの形で組織が存続できる程度の数は残るだろう。

ジョーブが信頼に足る男であり、ふたりを助けられるのはまちがいない。サナンのネットワーク（おれのネットワークだ、とソブリーは沈痛な思いでふりかえった。おれの指揮下にあった命令系統）は完全に崩壊するだろうが、ジョーブはその中にははいっていない。彼はソブリーの、外界との連絡役だった。ジョーブなら、どこか安全な場所を知っているかもしれない。

広場を横切るあいだ、レイラはソブリーの腕にしがみついていた。最初、ソブリーは、コチン広場の入口にちょっとした人だかりができていることにも、広場の片側に目立たないように駐車してある、記章のついていないグレーのヴァンにも気づかなかった。しかし、その人だかりにはいろうとした刹那《せつな》、ふたりは荒っぽく腕をつかまれ、車のほうへ連れていかれた。

ヴァンの後部は開いていた。中にはずんぐりした小男がいて、展望鏡ごしに広場を走査している。ソブリーは心臓をぎゅっとわしづかみにされたような気分を味わった。うわさには聞いていたが、じっさいに出くわしたことのない、タイタンのねずみ捕りにひっかかったのだ。徘《はい》徊《かい》人種街頭検査。そして、そのずんぐりした男が、あの半伝説的な異種専門家《デヴ》だ――デヴやデヴの血の交じった人間を、ひと目で見破ることができる。

デヴ専門家は、汚いものでも見るように、レイラの体を上から下までながめわたした。

「まちがいない」男は辛辣《しんらつ》な、ちょっと鼻にかかった声でいった。「いままでどうして見つからずにいたか、見当もつかんな」

ソブリーは苦悩の叫びをもらした。レイラを道連れに、s手榴弾を使うべきかどうか、思い悩む暇はなかった。平服姿のタイタンふたりがソブリーの両腕を押さえつけ、もうひとりがシャツの下に手を入れて、死の武器をすばやくとりだしてしまったのである。

「おもしろい」リムニッヒが低い声でいった。「そして、リアド・アスカーはまだそこで生きている、と?」

「はい、そうです、指導者閣下」

「なるほど。むろん、星々のあいだに人類の植民地が存在する可能性があることはわかっていた――その中にはデヴのものもあろう。〈永劫《えいごう》の知〉には、恒星間飛行を示す記録がある――しかし、もちろんそれはきみも知っているだろう、市民ヘシュケ」

「はい、指導者閣下」

かすかに当惑を感じながら、ヘシュケはまた、おなじ答えを返した。これまで何度か謁見《えつけん》をたまわった経験から判断すると、惑星指導者リムニッヒは、〈真人〉の歴史にかかわるすべてに対して、憑《つ》かれたような関心を持っている。考古学にかけては、リムニッヒの知識はヘシュケのそれと張りあえるくらいだ。

ヘシュケは、デスクごしに惑星指導者と向かいあい、慇懃《いんぎん》な言葉で話しかけてくるリムニッヒと言葉をかわしている。甫蘇夢《フースームン》も同席しているが、彼は部屋のすみの椅子にすわらされ、その両脇を衛兵にかためられている。惑星指導者リムニッヒは、けがらわしいものでも見るように、ときおり蘇夢《スームン》のほうに視線を投げる。自分のオフィスにデヴがいることにがまんならないのだ。

「それで、その、彼らの計画について、きみはどう思うのだね、ヘシュケ？　彼らの秘密の目的は？」

「秘密の目的など彼らにはないと、わたくしは心から信じております、指導者閣下」ヘシュケは率直に答えた。「彼らは地球に対して、どんな下心も持ってはいません。それどころか、われわれの惑星に対して、直接の関心などないのです。奇妙に思われるかもしれませんが、彼らはただ、苦況にある隣人に救いの手をさしのべたいという感情に動かされているだけなのです」

「悪魔のようにずるがしこいチンク、か」リムニッヒはヘシュケにも聞こえる声でそうつぶやき、満足げにひとりうなずいた。

「はい、そのフレーズなら前に聞いたことがあります」

ヘシュケはかたい声でいった。

リムニッヒの背後には、ブラスク大佐が立って、あの日、タイタン少佐ブルルンのオフィスでしていたように、じっと前を見つめている。しかし、甫《フー》に向けるその視線には、むきだしの嫌悪があらわれていた。

「で、どんなものなんだ……チンクと暮らすというのは？」とブラスクがたずねた。

ヘシュケはおちつかなげに身じろぎし、

「彼らは……われわれとはちがいます」と認めた。

「もちろんちがうとも」

「しかしながら、彼らがわれわれに提供しうる援助の大きさには、感銘を受けました」とヘシュケがつけ加える。

ブラスクは冷ややかな蔑笑《べっしょう》を浮かべた。リムニッヒが答えて、

「彼らの意図がなんであろうと、その計画は今度は失敗に終わったようだな。もちろんわかっているだろうが、市民ヘシュケ、〈真人〉のために地球を守るという使命をわれわれが放棄することはぜったいにない。息子は母親を見捨てはせぬ、たとえみずからの命を失うことになろうとも――そして、その両者に迫る危険がどれほど深刻なものであろうとも。

みずからの生得権を守る力を、われわれはいま準備しつつある。その防御は総力戦――おそらくは、すべてを犠牲にして、持てる力のありったけをつぎこむことになるだろう。しかし、その戦力は圧倒的だ。ここにいるタイタン大佐ブラスクは、たまたま、タイタン軍団クロノス部隊編成の責任者だ。時をつかさどる古代の神にちなんで名づけられたこの部隊は、数世紀の

時を超えての攻撃を可能にする――その攻撃はすでにはじまっているのだ。われわれがまだ敗れ去ったわけではないことを、彼から教えてもらうがよい」

「しかし、来たるべき災厄がどのようなものであるかはごぞんじのはずです！」ヘシュケは叫んだ。「自然の災厄なのです、生ける敵によるものではなく。そのようなものを、どうやって撃退なさるというのですか？」

「すでに計画はできている」ブラスクが横柄《おうへい》な口調でいった。

「どんな計画です！　ぜひ聞いてみたいもんだ！」

カリスマを帯びた最高位の人物の前にもかかわらず、ヘシュケはつい侮蔑《ぶべつ》的な口調になるのをおさえられなかった。

「われわれの目的は、敵の生物圏を殲滅《せんめつ》することだ。徹底的な核攻撃によって、細菌一匹余さず、敵の全生命を根絶させる。彼らの時間システムは、生命なしでは成立しえない。したがって、エイリアン支配圏の全生命を根絶やしにして彼らの時間波をとりのぞくことで、われわれの存在を脅かすものを一掃できる」

ヘシュケはふりかえって、甫蘇夢《フースームン》に物問いたげな視線を投げたが、レトルト・シティの技術者は肩をすくめただけだった。ヘシュケはブラスクのほうに向きなおり、

「もし数千の核爆弾が爆発したら――」

「数十万の、だ」ブラスクが抑揚を欠いた声で訂正する。

「――もし、四世紀未来に対してそんな攻撃をおこなったら、われわれの時間波がその時点に

達したとき、どうなるんです？　こちらの時間波はその爆発に向かって進んでいるのでは？」

ブラスクはかすかにほほえんで、

「時間に特有の性質のひとつでね。われわれがそこに達した〝時〟には、その影響はすでに消え去っている――われわれが敵の時間前線を葬りされたとしての話だがな。もしそれに失敗したら――どのみち関係はない」

ヘシュケがぽかんとしているのを見て、ブラスクはさらに言葉をついで、

「奇妙に聞こえるのはわかっている、しかし、時間とはそうしたものなのだ、どうやら」

ヘシュケがまた蘇夢《スームン》に目をやると、彼はうなずいて、

「その人のいうとおりです――逆向きの時間システムを破壊できたとして、の話ですが」

「今度はわれわれの目的を疑うのかね？」リムニッヒの低い声には面白がるような響きがあった。「今度の戦いは、われらが栄光の頂点となる。われわれに立ち向かおうとする者すべてに、それを思い知らせてやるのだ――」

リムニッヒは両のこぶしをかたく握りしめ、ぶるぶるとふるわせた。いまのリムニッヒは――これまでにも何度となくそうなっているのだが――狂気の一歩手前にある、とヘシュケは思った。

われわれは狂気の種《しゅ》なんだろうか？　ヘシュケはむっつりと自問した。おそらくそうなのだろう。おそらく、こんな種は滅びてしまったほうがいいのだろう。そして、その思いの中で、ヘシュケは、かつてブレア・オブロモットが喝破《かっぱ》した、タイタンの精神に潜む死への衝動を感

じとった。

「謁見いただきありがとうございました、惑星指導者閣下」ヘシュケはへりくだった口調でいった。

「きみの冒険はきわめて並はずれたものであったから、当然のことをしたまでだ」

リムニッヒは寛大さをうかがわせる言葉で応じた。デスクの上の小さな金のベルを鳴らして、

「このふたりをまたビュポルブロックにお連れしろ」

と、はいってきたふたりの衛兵に命じた。

ビュポルブロックの地下レベルを、それぞれの独房に向かって連行される途中、ヘシュケはとつぜん足を止めた。

やはり衛兵につきそわれて、廊下を向こうからやってくるのは――一瞬、見慣れた顔に思えて、ヘシュケはもう一度、記憶の糸をたぐった――一度だけ会ったことのある男だ。ブレア・オブロモットの兄、ソブリー。

「オブロモット！」と叫ぶ。

相手はこちらに視線を向けた。一瞬遅れてその顔に暗い笑みが浮かぶ。双方をひったてていこうとするそれぞれの衛兵たちに、ヘシュケはきっとなって、

「この男と話をする許可を要求する！　わたしは囚人ではないはずだ！」

「たしかに」衛兵のひとりが、どうでもよさそうな口調で答える。「市民ヘシュケは監視つきの勾留者にすぎない。それに、惑星指導者閣下と直接話のできる立場だ」

衛兵たちは、たがいに目と目を見交わし、それから、中のひとりが、手近の部屋のドアをあけた。

「こちらへ」

被監視者たちを分けることは拒絶され、甫蘇夢《フースームン》もいっしょに押しこまれた。衛兵たちは戸口に立ち、警棒をぶらぶらさせながら三人を見張っている。

衛兵を無視するのは思ったより簡単だった。最初の遠慮がなくなると、ヘシュケは、ブレアが死んだときの状況を説明した。だが、ソブリーはむっつりうなずくばかりだった。そのことはもう知っていたのだ。

ソブリーは早口で、あったことをなにもかも話した。汎人類連盟とのかかわり、アムラックの血が流れる恋人のこと、逮捕され、プラドナのビュポルブロックに連行されてきたこと……。「やつらはおれと取り引きしようとしている」ソブリーは最後に苦い口調でいった。「汎人類連盟を永久に消し去ってしまいたいんだ。もしまだ見つかっていない連盟メンバーの居所を吐けば、レイラはアムラック居留区で生きていくことができる——犬のように片づけられるかわりに」

「きみはその場所を知っているのか？」

「知っている、しかし……ああ、くそっ……」

ヘシュケは悲しげなためいきをもらし、

「まあ、すくなくとも、彼らも文明人らしいふるまいの痕跡は見せたわけだ」とおだやかにいった。「拷問することもできたわけだから」

ソブリーは驚いたような目でヘシュケを見つめ、それから、まさかというような笑い声をあげて、

「やつらに良心があるなんて思っちゃいないだろ。たんに、時間の問題だよ。それだけさ！いまじゃ忙しすぎて、ビュポルブロック2の拷問機能はオーバーワークになっている。おれがおとなしくなるまで待っているひまがないだけだ！」


ヘシュケがタイタンにかけあった結果、特別待遇のもう一例として、彼と蘇夢《スームン》は隣接した行き来のできる独房にとなりあわせで収容されることになった。ふたりは、ソブリー・オブロモットと別れてから、ちょっとのあいだ言葉をかわした。

「あのふたりがかわいそうだ」とヘシュケはいった。「絶望的な状況に置かれている……タイタンは、好きなようにふたりを切り刻める。ここは邪悪な世界だよ、蘇夢《スームン》」

「どんな世界にもそれぞれの悪があるんですよ」と蘇夢《スームン》は答えた。

「たぶんな。どっちにしても、わたしは、押しつけられてくる役割をはたすには年をとりすぎている。やれるだけのことはやった。あとは放っといてほしいよ」

ヘシュケは粗末な寝床に身を横たえ、目を閉じた。

「お友だちの計画は失敗しますよ」と、蘇夢《スームン》が声をかけてくる。「根本的にまちがっている。時間波は有機生命に依存しているんじゃない、その反対です。生命は時間システムの副産物で

あって、その原因ではない」

「それで?」

「敵の生物圏全体を破壊したところで、事態に変わりはない。時間波はあいかわらず迫ってくるんです」

「そういうことなら」ヘシュケはものうい声でいった。「わたしになにができると?」

数秒後、ヘシュケは眠りに落ちていた。


もう夜も更けていたが、リムニッヒはまだデスクに向かって、疑問の生じたタイタン将校たちの遺伝系統図に見入っていた。地球の支配エリート層の人種的純血に意を用いることは、リムニッヒの個人的関心事のひとつだった。

戸外では、地上交通の喧騒も静まり、夜のしじまを破るのは、ときおり走りすぎる車の遠いうなりだけ。だが、そのときとつぜん、リムニッヒははっと身をこわばらせ、ショックに息をあえがせた。

半分照明を落としたオフィスの向こう側に、ヘシュケが宇宙から連れ帰ったデヴのチンクが立っていたのだ。

招かれざる客が、この建物の内部に侵入できる可能性があるなど、この目で見ないかぎり信じなかっただろう。そのチンクは、空気から実体化したように見えた。リムニッヒは、つねにデスクの下の棚に置いてあるピストルをつかみ、ふるえる指で銃口を侵入者の腹に向けた。

「いったいどうやってここまで忍びこんだ？」とかすれた声でいう。

「悪魔のようなずるがしこさで」

蘇夢《スームン》はにっこり笑って、リムニッヒの言葉を引用した。

じっさい、蘇夢《スームン》にとって、ここまで来るのは朝飯前だった。タイタンは彼を徹底的に身体検査したが、しかし、蘇夢《スームン》が身につけていた、過去の時間にある装置類は発見できなかった。一分間過去に同調させることで、探知不可能になっていたのだ。使えるようにするには、それをまた現在の時間に合わせるだけでよかった。

装置類の主役は、コンパクトな携帯用時間相転位機だった。生産レトルトを脱出するさいに使ったものと似ているが、もっと小型で、もっとしゃれた形をしている。それを使って、自分自身の時間を一分遅らせると、独房のドアのロックを解除し、ただまっすぐ歩いてビュポルブロックを出た。衛兵や秘書たちに見とがめられることもなくリムニッヒのオフィスにたどりつくと、蘇夢《スームン》はまた自分を標準時間に同調させたのだった。

蘇夢《スームン》のとつぜんの出現を魔術かなにかのように思っているこの男に、いったいそれをどう説明したものだろう？

「自分を不可視にする機械を持ってるんです」と、気やすい口調でいう。「そんなに警戒しないでくださいよ、惑星指導者閣下。危害を加えるために来たんじゃありませんから。ひとつ取り引きをしたいんです、ぼくたち双方の利益になると思いますが」

リムニッヒは右手の銃をデヴに向けたまま、この生物と同席していることからくる嫌悪感をおさえようとしていた。左手は、助けを呼ぶ金のベルの手前でためらっている。だがやがて、理性が本能的な嫌悪感に打ち勝った。リムニッヒは左手を引いて、椅子の背にもたれると、ほっそりした若いチンクの、ぞっとするほど非人間的な顔を見つめた。

「つづけろ」と低い声でいう。

「あなたがたの文明は、ひどい災難に見舞われています、惑星指導者閣下」蘇夢《スームン》はあっさりいってのけた。「あなたがたが計画されている、未来地球エイリアンに対する水爆攻撃は、敵を壊滅させることはできるかもしれませんが、それだけのこと。根本的な問題が解決するわけじゃありません。水爆をもってしても、強力な時間流を吹き飛ばすことはできないのです」

リムニッヒは蘇夢《スームン》の言葉に注意深く耳を傾け、それを真剣に受け止めたようだった。

「ほんとうか？　ふむ、まあしかし、われわれは進歩してきている。それに、まだ五十年か、おそらくは百年、事態に対処するための時間が残されている……」

言葉は途中でとぎれ、リムニッヒはなにごとかじっと考えはじめた。その視線が蘇夢《スームン》の顔を離れ、デスクの上に落ちる。右手の銃のことは、すっかり忘れてしまったようだ。

「ISSレトルト・シティのことを話させてください」と蘇夢《スームン》がいった。「そこの社会システムは、非人間的で、不公正で、残酷です。ぼくがなぜ、地球を訪れる任務に選ばれたか、ごぞんじですか？　ぼくは背教者なんです。わが街の支配者たちにとって、困惑の種なんです。彼らは喜んで、ぼくをやっかいばらいするチャンスに飛びつきました――レトルト・シティの社会体制を変えるためなら、ぼくがどんなことでもやるからです」

リムニッヒは大きく鼻を鳴らした。

「まったく、どこにでもいるのだな」

「はあ？」蘇夢《スームン》は物問いたげに小首をかしげた。

「破壊活動分子だ。木材を食い荒らす虫のようなもの。どんな社会にも必ず潜んでいる。しかし、それがわたしとなんの関係がある？　手短にすませてくれ。やることが山ほどあるのだ」

「わからないんですか」蘇夢《スームン》はおだやかにつづけた。「レトルト・シティがあなたにとってどれほど役に立つ道具となりうるか？　レトルト・シティの生産能力は莫大なものです。あなたがたの惑星全体の生産高を二倍にすることも可能です。それだけではなく、レトルト・シティのテクノロジーからも、多くのものを手に入れることができる。時間を支配するわれわれの技術は、あなたがたのそれよりはるかに進んでいます」

蘇夢《スームン》は片手のてのひらにすっぽりおさまっている、なめらかな卵形の物体を差し出してみせた。

「ぼくがどうやって自分を不可視にして、ここまでやってきたと思います？　レトルト・シティに侵入し占領する方法を教えてあげましょう、もしそのかわりに、レトルト・シティの社会体制を打ち壊して、もっと公平な社会を築いてくださるのなら」

リムニッヒはとうとう右手の銃をデスクに置いた。

「どうすれば侵略できる？」そうたずねたリムニッヒの目は丸いレンズの奥で大きく見開かれている。「何光年か離れた場所にあるんだろうが」

「それだけではなく、時間的にも離れています。しかし、あなたがたはロケット推進の宇宙船をお持ちですね？　それでじゅうぶんです。あなたがたの技術者に、その船に設置できる時空間推進装置のつくりかたを教えましょう。ぼくは——」

と、思いついたようにつけ加えて、

「たっぷり経験を積んだ技術者です。そういう船を三、四十隻用意して、武装した兵士を二、三千人も送りこめば、レトルト・シティは制圧できます」

惑星指導者は沈思黙考して、この驚くべき申し出をあらゆる角度から検討した。取り引きの結果生ずるであろう莫大な利益を理解するにつれて、しだいに興奮がわきおこってくる。

甫蘇夢《フースームン》のとほうもない裏切り行為については、毛ほども驚くにはあたらない。この生物はチンクだ。裏切りは自然の性向なのだ。それに、デヴの街についてのロンド・ヘシュケの報告も、この男の言葉を裏づけている。

「よろしい、承知した」だしぬけに、リムニッヒはいった。「望みはかなえよう——おまえの約束どおりにことが運ぶなら」

一瞬、デヴの顔が勝利に輝いたが、すぐまた、いつもの無表情にもどり、

「交渉がここまで進んだ以上、もうひとつ条件を追加させていただきたいのですが。善良な人間としてぼくの尊敬するロンド・ヘシュケは、ビュポルブロックに拘禁されているふたりの友人の苦況を悲しんでいます。ソブリー・オブロモットと、レイラ・フロークです。彼らを死刑に処するかわりに、ロンド・ヘシュケの願いを入れて、ふたりを居留区で生かしてやってほし

いのです」

「なんだと！　このうえくだらぬ条件をつけようというのか？」

リムニッヒは自分が亜人間に指図されていることに気づいて、相手をにらみつけた。

「おまえの善意にすがるとでも思ったか？　これ以上要求するなら、てっとりばやくおまえを拷問にかけ、無理やりにでも協力させてくれるわ」

その顔に浮かぶ醜い表情は、リムニッヒが本気であることを示していた。

「われわれは、あなたがたとはちがうんですよ」と蘇夢《スームン》は冷たくいった。「ひょっとしたら、ぼくは拷問に耐えられるかもしれない。ぼくがそもそもなぜこんなことをしているのだと思います？　わが種族の中で、人間同士の強い結びつきの意味を理解しているのは、ぼくひとりらしい。だからぼくは、ビュポルブロックにいるその男女に共感する——そのふたりにも、そういう結びつきがあるからです。おなじ絆《きずな》が。父とぼくとのあいだにも絆があり、そのせいで父は命を落とすことになりました。だから、こんなことをしている——ぼくが、父の息子であればこそ。おわかりのはずです。こういう感情は、あなたがた種族にはおなじみのものでしょう」

リムニッヒはすぐには答えなかった。しかし、そのときはじめて、かすかな笑みが、それも友好的な笑みが、リムニッヒの顔に浮かんだ。

「ああ」と嘲《あざけ》るようにいう。「わかるとも」

「もうひとつ、ちょっとした問題があります」

蘇夢《スームン》が眉根にしわを寄せていった。

激的だ。

「なんだ？」

リムニッヒは奇妙におちついた気分で、椅子の背に体をあずけていた。いまなおこのチンクに対して感じる肉体的な嫌悪感（最初のうちは、吐き気と闘わなければならなかった）にもかかわらず、このチンクとの交渉に屈折した喜びを見出していた。悪魔との取り引きのように刺激的だ。

「ぼくたちを運んできた船が、まだ地球の軌道上にとどまっています。まちがいなく、われわれの艦隊を発見するでしょう」

「破壊できないのか？」

「不可能ではありませんが、怪しいものですね。それに、もししくじれば、船はただちにレトルト・シティに警告しにもどるでしょう。着いたときには、向こうは迎撃態勢を整えていることになる」

「では、その障害をとりのぞく必要がある。船にコンタクトして、先に基地へと帰らせるのだ」

「ぼくかロンド・ヘシュケが乗らないかぎり、船はもどりません。規則違反になりますから」

蘇夢《スームン》はどうしたものか途方にくれた。

「そうか。では、ヘシュケを帰らせればいい」

リムニッヒがいらだたしげにいった。こんなこまかいことでわずらわされるのは、リムニッヒの気性にはあわなかった。

「彼がもどりたがるとは思えません」

「なるほど」リムニッヒはしばし考えて、「彼はその船にコンタクトできるのか?」

「ぼくのコミュニケーターを貸せば、できます」

「よろしい。では、彼が帰りたくなるようにしてやろう。さっき、彼の友人を異種居留区《デヴ・リザベーション》に送るよう手配してほしいといったな? よろしい、そうしよう――そして、ヘシュケも、そのふたりに加わってもらう」

「どういうことです?」

惑星指導者はユーモアを欠いた笑みを浮かべた。

「異種居留区はあと二、三週間で閉鎖される。被収容者たちはかたづけられる。ヘシュケには前もってそのことが警告されるように手配する。そうすれば、彼はあわてて、軌道上のおまえたちの船に泣きつくだろう」

蘇夢《スームン》はおちつかない気分になった。

「彼を駒に使うのは気が進みません……」

「人間はみんな駒だ」リムニッヒは低い声でいった。「ヘシュケが居留区に発つ前に、コミュニケーターをわたしておけ。船を呼んで、いっしょに帰るようにと説得するんだ。おまえの街に使命の結果を報告しにもどらなければならないとでもいっておけ。しかし、われわれのほんとうの計画を気取《けど》られないよう、くれぐれも気をつけることだ」

リムニッヒは蘇夢《スームン》に考え深げな一瞥《いちべつ》を投げた。

「けっきょく、おまえたちチンクも、それほどずるがしこくはないのかもしれんな」

12

無味乾燥な黄色っぽい地平に、太陽が沈みかけていた。目につくものといえば、骨のような裸の木々と、点在するれんがや土造りの家々だけ。ロンド・ヘシュケは、赤れんがを積んだ飾りけのないバンガローの裏手にあるベランダに腰をおろし、その光景をながめながら、思いがけない心の安らぎを味わっていた。

ヘシュケ、ソブリー、レイラの三人がやっかいになっているこのバンガローのあるじ、アムラックのヘリックが、軽々とした足どりでこちらのほうに歩いてくる。その体の動きはアムラック特有のものだ。いきなり純血の異種《デヴ》を目にしても、いまの満足感がいささかもそこなわれないことに、ヘシュケは自分でも軽い驚きを感じた。

最初のうちは、ひどいショックだった。人種的純粋性を示す証明書を持つ、尊敬されるべき市民たる自分までもが、レイラたちといっしょくたにされて異種居留区《デヴ・リザベーション》へと送られる——そもそも、そんな事態が起こりえたことに対して腹を立て、困惑した。だが、ヘシュケの抗議はあっさり無視された。そんなことになったのは、どうやらオブロモット兄弟との友情のせいらしい。けっきょくソブリーにしても、レイラと関係したことだけで、もうすこしで追放されてしまうところだったのだ。

ああ、最初はたしかにショックだった、アムラックたちの中に放りこまれるというのは。レトルト・シティの中国人《チンク》たちとすごした経験である程度免疫ができていなかったら、発狂していたかもしれない。

しかし、いまは……。

ヘリックがベランダへの階段を昇ってくる。彼は、頭の先から爪先まで、まじりけなしのアムラックだった。赤い肌、小さなまるい頭部、耳たぶの大きな、異国ふうの耳。ひょろながい、奇妙にアンバランスな体形や、軽々した身のこなし。しかし、それがまるで気にならない。魅力的な種族の魅力的な人物としてヘリックを受け入れることは、ヘシュケにとってまったく自然だった――おそらく、彼らが魅力的に見えるのは、いまにも死滅しようとしている文化を代表しているせいもあるのだろう。

「やあ、ロンド」きついアムラックなまりで、ヘリックがいった。「ソブリーは中か？」

ヘシュケがうなずくと、ヘリックはいつものあいさつ抜きで中にはいっていった。ヘシュケは、沈みゆく太陽をなおも見つめながら、生き延びたアムラックたちがいかにうまく環境に適応しているかに思いをめぐらしていた。さしわたし約二百マイルのこの居留区で、三百万のアムラックが生活している（その彼らも、かつてはふたつの大陸にまたがって暮らしていたのだ）。

ヘシュケはすでに、居留区の大部分を訪れていたが、どこも耕作不可能な不毛で痩せた土壌だった。しかしアムラックは、水耕栽培を採用することで、その問題を解決していた。種族全体をまるごとひとつの小さな共同体に組織しなおして、中小の町をつくり、ささやかな産業を再興している——すべて、ごく小さなスケールの、必要を満たすだけのものでしかないけれど。彼らはみな、自分たちの生活が、征服者の気まぐれに依存していることを重々承知している。

前々から、アムラックが進んだ技術を持っていることを知ってはいたが、それは〈真人〉の発明をまねる才にたけているだけだと思いこんでいたから、ヘリックの家に滞在しているあいだに、アムラックたち自身、いかに発明の才にめぐまれているかを目《ま》のあたりにして、ヘシュケは驚いた。ヘリックはよく、アムラック戦役当時のことを話題にした。まだ彼が若き科学者として、アムラック最後の防衛作戦のために働いていたころの話だ。ヘリックは、けっして実を結ぶことのないプロジェクトの典型——核弾頭を防ぐエネルギー・バリアの開発——に携わっていた。

「きみら〈白《ホワイト》〉が勝てたのは」と、一度、ヘリックがヘシュケにいったことがある〈白〉というのは、アムラックのスラングで〈真人〉を意味する)。「中央の権力に服従する能力があるからだ。そのおかげできみらは、ひとつの方向に結集することができた。われわれの社会組織はゆるやかすぎて、きみらに対抗できなかった。最後の最後になっても、われわれのエネルギーは、無数のばらばらの作戦に浪費されていた」

「その説には納得できないな」と、そのときヘシュケは反論した。「じゃあ、ロリーンはどうなんだ?」

「たしかに、ロリーンはきみら以上にその能力がある。しかし、あのときは、われわれがきみらに手を貸してロリーンを打倒したんだ。きみらだけでは勝てなかっただろう」

そのことをいわれると、ヘシュケには答えの返しようがなかった。〈真人〉対他種族というタイタン版歴史観とはちがう考えかたを持つ人間にとってさえも、これは奇妙な事実だった。公式の歴史では、亜種との同盟はつねに軽く扱われ、結果において重要な役割をはたしえたとはぜったいに認められていない。〈真人〉はだれの助けも借りず、数知れぬ恐ろしい敵を打ち破った——と、歴史書は伝える。

ここに来てまもなく、ヘシュケは相争うふたつの考えと格闘するのをやめてしまっていた。あんなことすべてからおさらばできてほっとする。

ヘリックは、手に入る部品ならなんでも使って、戦争のおかげで中断された古いプロジェクトに再挑戦している。ヘシュケもときおり、その作業現場を見物した。トランスミッターもカメラもない、受像機だけのTVシステムをつくるというのが、ヘリックの計画だった。

長距離の干渉技術を使えば、離れた場所の光を電波やUHF波に変換できることを、ヘリックは発見していた。電波やUHF波の形になれば、光をコントロール・ステーションで捕捉することもできる。いいかえれば、数百マイル離れたなにもないところから、画像をとらえることが可能なのだ。

ヘシュケはよく、ヘリックの仕事場に何時間も腰をすえて、彼がおんぼろの機械をいじるのをながめた。たまに、ぼんやりした、一瞬、形のわかる映像が映ることがある。山の稜線《りょうせん》とか、海の断片とか。どこの画像をとらえるかは、ほとんどコントロールできない。どうやら地球の磁場の状態しだいということらしい。

　太陽が地平線の下に没した。寒くなってきた。ヘシュケは立ち上がり、ひとつ伸びをして、家の中にはいった。

　ヘリックとソブリーがテーブルについていた。ふたりとも、むっつり押し黙り、深刻な表情をしている――ソブリーのほうがとくにふさいでいるみたいだ、とヘシュケは思った。はいってきたヘシュケに、ソブリーは目を上げて、

「悪い知らせのようだ、ロンド」と、ヘリックを身振りで示した。「たったいま、プラドナから連絡がはいった」

「連絡網はまだ生きてるのか？」

　ヘシュケの問いに、ソブリーはうなずいて、

「この二、三週間で、タイタンの大量殺戮《さつりく》をまぬがれた連盟の生き残りとコンタクトすることができた。ゆっくりとだが、組織が再編成されはじめている。そのおかげで、また行政府内部の情報がはいってくる」

　ソブリーは言葉を切った。三人がアムラック居留区に住む手配をソブリーがやすやすとやってのけたときにも、ヘシュケは驚いたものだ。汎人類連盟のネットワークは、異種居留区のほとんどをカバーしているらしい。ヘリック自身もその一員なのだ。

「リムニッヒは、全居留区を撤廃する命令を出した」ソブリーが静かにいった。「アムラック

にとっても、われわれ全員にとっても、これでおしまいだ」

「遅かれ早かれ、いつかこうなることは、最初からわかっていた」ヘリックが淡々とした口調でいう。「われわれにできるのは、それを受け入れることだけだよ」

ヘシュケ自身も、こういうことになるのではないかと疑っていた。

ヘシュケはポケットに手を入れて、蘇夢《スームン》がわたしてくれた小さなコミュニケーターをとりだした。あの若者は、こうなることをある程度予期していたにちがいない。最後に会ったとき、奥歯にもののはさまったようないいかたで、このコミュニケーターを使って地球を離れろとしつこく念を押していたのも、それで納得がいく。

蘇夢《スームン》はどうやら、なんらかの方法でタイタンにとりいることに成功したようだ。彼の身の安全を心配するヘシュケに、蘇夢《スームン》はだいじょうぶだと手を振ってみせた。あいまいないいかたではあったけれど、蘇夢《スームン》はリムニッヒと気脈を通じたのだ、というような意味のことを口にした。リムニッヒのために、なにか重要な仕事をやっていると。およそ想像のつかないような協力関係だと、そのときヘシュケは思ったものだ。

ヘシュケはコミュニケーターをテーブルの上に置いた。

「ここを出ていけるよ」と、ソブリーに向かっていう。「前に話した宇宙都市に行けばいい。彼らは受け入れてくれるだろう。とても親切な人たちなんだ」

「沈みかけた船を見捨てるネズミみたいに逃げだすのか？　いや、おれは行かない。当然、きみは行くべきだ。そもそも、きみがここにいる理由はまるでないんだから」

「いや、わたしは残る」ためいきをついて、ヘシュケはいった。「べつに英雄になりたがってるわけじゃない。この狂った世界には、もうさんざんふりまわされてきた。最近の世の中は、中年の考古学者には激しすぎることばかりだ。もううんざりだよ。この居留区は、わたしにとって、休息できる唯一の場所なんだ。だから、ここにいたい」

「ロンドのいうとおりだ」ヘリックは深みのある低い声で、ソブリーに向かっていった。「脱出する道があるなら、それに従うべきだ、ソブリー。必ずしもきみのためではなく、レイラのために。彼女まで犠牲にするのは悪《あ》しきヒロイズムだよ、彼女にはなんの罪もないんだから」

そうだ、レイラのことがある……。ソブリーはじっと考えこんだ。

「何人か、アムラックをいっしょに連れていくことはできないか?」と、恥ずかしそうに、ソブリーはいった。「二、三組……子孫を残せるカップルを?」

ヘリックは苦い笑みを浮かべて首を振った。

「失われた種族の孤独な生き残り、か? そんな役を果たそうという人間は見つかるまい。われわれはずっと前から、種《しゅ》の絶滅という考えを受け入れてきたのだから」

「わたしが報告書を書こう」と、ヘシュケが口をはさむ。「きみたちふたりが、わたしと蘇夢《スームン》のかわりに、レトルト・シティへの使節になればいい。どのみち、リムニッヒの回答は向こうに伝えなければならないんだから」

「きみにも来てほしい」

「いいや。宇宙や時間の中をうろつきまわるのはもうこりごりだ。死ぬことは気にならない。

タイタンの手がのびるまで、ただのんびりと、生きていることを楽しませてもらうよ」

迷路のように入り組んだ巨大な洞窟の中は、機械のたてるうなりや咆哮《ほうこう》で耳を聾《ろう》さんばかりだった。監視台の上からそのようすを見下ろしていたリムニッヒは、満足げにうなずいた。〈世紀作戦〉にかかわる十三の主な設備をこれまでに視察していたが、その結果は、組織の効率のよさを証明するものだった。

リムニッヒは進行状況報告書にすばやく目を走らせ、目につく数字をめざとくピックアップしていた。

「ゼロからはじめて、スケジュールより十二パーセント先を行っているようだな」と、リムニッヒはいった。

ごつごつしたいかつい顔の監督官は、リムニッヒの脇で直立不動の姿勢をとったまま、「そのとおりであります、惑星指導者閣下」と、誇らしげにいった。

「同率の進歩を期待する。つまり、つぎの同期にも、予定生産高に対して十二パーセント上乗せしてほしい——現在の生産高にプラスして、だ」

「指数関数的に生産量を増加させることになります、閣下。しかし、資財および部品が、予定どおりに届けば——」

「届く」

リムニッヒはぶっきらぼうにいった。不可能に近いことを命令することによって、しばしば奇跡が起こることを、リムニッヒは経験から学んでいた。

　視察を終えると、リムニッヒは監督官をともなって監視台の端まで歩き、トンネルを抜けて、隣接する洞窟へと出た。そこが、クロノス部隊の訓練場のひとつだった。整然と並ぶ真新しい時間旅行戦争機械の列の前をつぎつぎに通りすぎてゆく。どのマシンも、一刻もはやく未来に向かって飛び立ちたいとはやるように、発射装置《ランチャー》から突き出している。

　前方から、荒々しい叫び声や、足を踏み鳴らす音が聞こえてくる。兵士たちが、神経の感度を最高にするため、心理学者によって考案された教練を受けているのだ。タイタン大佐ブラスクが、教練用洞窟の入口でリムニッヒを出迎えた。一礼してから、くるりと背を向け、それぞれの小隊に命令して散開隊形をとらせ、気をつけの号令をかけた。

　リムニッヒはじっくり時間をかけて視察してまわった。ほとんど全員の前でいちいち足を止め、それぞれが身につけている時間戦闘用の特殊装備を点検する。その一方、もうひとつべつの洞窟からは、くぐもったすさまじい騒音が響いてくる。数十機の時間旅行機がウォーミング・アップしているのだ。

　ようやく、リムニッヒは満足した。ブラスクは彼を案内して、三番めの洞窟へと向かった。そこでは、デモンストレーションの準備を整えたクルーたちが自機のかたわらに立っていた。ブラスクの合図で、いっせいに乗機する。

　数秒後、くぐもった騒音はさらに大きくなり、そして、時間旅行機はいっせいに消えた。非・時間の中を、編隊を組んで驀進《ばくしん》してゆくのだ。

「すばらしい」とリムニッヒがいった。「じつにすばらしい」

「限界ぎりぎりまで水爆を搭載して、敵の時間に襲いかかるときには、もっとすばらしいながめになるでしょう」ブラスクが鋭利な満足をこめていった。

ブラスクは自分のオフィスに惑星指導者を招き、細部を詰めた。ふたりがそこにいるあいだに、内線映話《ヴイドカム》が鳴り、リムニッヒへのメッセージを伝えた。

デヴのチンクの黄色い顔がスクリーンにあらわれた。甫蘇夢《フースームン》だった。ブラスクの顔に、習い性となった表情がかすかに浮かんだが、リムニッヒは顔色ひとつ変えない。

「計画はうまくいったようですね、指導者閣下」蘇夢《スームン》はいった。「ぼくの計器によると、レトルト・シティの船がアムラック居留区に小型艇を送りました。その船がいましがた軌道を離れたところです」

「こんなに早くか?」リムニッヒは驚いたようにいった。「こちらがリークした情報は、まだヘシュケのところまで届いてもいないはずだ。まだ生きている情報網があるようだな——それとも、居留区の暮らしにがまんできなくなったのか!」

リムニッヒは不愉快な笑みを浮かべた。

「では、これ以上、出発を遅らせる必要はなくなったわけですね?」と蘇夢《スームン》がたずねる。

「そのとおり。必要な命令を下すとしよう」

残っている仕事は、せいぜいあと一、二週間でかたづくはずだ、とリムニッヒは思った。駆動装置は、すでにこのチンクの設計図に従って建造されており、いますぐにでも宇宙空間に輸送して、そこで待機している恒星間宇宙船に積みこむことができる。兵士、兵器、組織――準備万端とととのっている。

壮大な冒険の旅になることだろう。リムニッヒは心の中でつぶやいた。自分もいっしょに行けないのが残念なくらいだ。


ヘリックは、再建されたネットワークからもたらされたテープを持ってきた。

「ブーゲル居留区が閉鎖されたときの模様が録画されている」

ヘリックは、ヘシュケに向かってちょっと弁解するように、

「見たくなければ見なくてもいい」

「見せてくれ」

胃がきりきりと痛むのを感じながらも、ヘシュケはいった。

ヘリックはテープをセットし、再生ボタンを押した。

「いつものルートから来たものじゃない。ひょっとすると、リークかもしれない」

「リーク?」

「ああ。タイタンがこれを見せたがっているのかもしれん」

テープが動きはじめ、スクリーンに画像が映しだされた。公式記録班の複数のカメラが撮影した映像を、ざっと編集したラッシュ・フィルムらしい。順番はでたらめで、音声解説もついていない。ほんの数分で、ヘシュケは目を閉じてしまいたくなった。

スクリーンに映る風景は、ここの戸外とそれほど変わらない。荒涼としたむきだしの大地が広がっている。タイタンの軍勢が前進するにつれ、そのうしろの地平線を、土ぼこりが雲のようにおおい隠す。

ブーゲルは、赤銅色《しゃくどういろ》の肌の、ピグミーに似た種族で、文化程度は比較的低い――はっきりいえば、野蛮人に毛の生えたようなものだ。最盛期でも個体数はそれほど多くはなく、彼らの居留区は小さなものだった。容赦のないタイタンの装甲車の前に、ブーゲルたちは右往左往して逃げまどうばかり。みずからの終焉《しゅうえん》に威厳をもって立ち向かうのではなく、興奮と恐怖に支配されている。

タイタン兵士は、ブーゲルたちを柵の中に囲いこんでゆく。集められたブーゲルは注射されるか銃で撃たれて、石灰坑に埋められる。

おなじ運命が、この地におそいかかる日のことを、ヘシュケは想像した。土煙を上げて迫りくる死刑執行人たちの隊列（異種戦争のあいだ、異種居留区前線での作戦行動に従事する部隊は、ＳＭＤ――特殊測量分隊《スペシャル・メジャー・デタッチメント》と呼ばれていた）、化学薬品、はてしなく長い名簿（もっともブーゲルの場合には、高貴な家柄の人間のみしかリスト・アップされていない）と照合して捕虜の名前を確認する事務官、注射する医療技術者、死亡証明書にサインする医師。

表情を見るかぎり、タイタンたちもこの仕事を楽しんではいない。不愉快で、骨の折れる、しかし、やらなければならない仕事だと思っているようだ。相手が人間なら、もっと不愉快な任務だっただろう。しかし、相手はただの不潔な動物なのだ。

いったいどうして、タイタンはこのテープをアムラック居留区に送りつけてきたのだろう。ヘシュケは不思議に思った――もしもヘリックの疑っているとおり、これが意図的なリークであればの話だが。嘲笑《ちょうしょう》するため？　恐怖をあおりたてるため？　いや、たぶん、だれか憎しみにこりかたまった将校が考えた、たちの悪いいやがらせなのだろう。

ヘリックは煙草をくゆらせながら、冷静に画面を見つめていた。なにかべつのことを考えているみたいに。

13

敍錕辰《シュークンチエン》とその有能な助手、リアド・アスカーが、もうすこしで全感覚転移装置のセッティングを終えようとしていたとき、観測室の反対側にある映話機が鳴った。サイバネティック従者が、文悟《ウエンウー》首相の顔を映したスクリーンを携えて床をすべってきた。

「邪魔してもうしわけないが」と、文悟《ウエンウー》は非礼を詫《わ》び、「きわめて緊急を要する事態が生じた。あの若者、甫蘇夢《フースームン》を、ここでは〝もてあまし者〟だという理由で地球に派遣したのは、どうやら失敗だったらしい。あの男は侵略艦隊を引きつれてもどってきた」

「それは、わしの観測室の窓の外を、ここしばらくぶんぶん飛びまわっている、あのずんぐりした船のことのようだな」敍《シュー》はいらだちを含んだ声でいった。「きみがまた、なにか不用意な計画に着手したものとばかり思っていたが。さいわい、近距離移動には反動エンジンを使用しているようだから、こちらの計器にはもう障害はないがね」

「あれはすべて、甫梢《フーシャオ》の息子と、彼の新しい友人諸君のしわざだよ」文悟《ウエンウー》が請け合った。「あの親子は、つぎからつぎへと面倒を引き起こす才能に恵まれているらしい。侵略者たちは、ドックを制圧して、すでに四隻の船の乗員を上陸させた。他の船からも続々と下船しつつある。

この騒ぎを聞いていないのか？　きわめて破壊的な一行のようだ」

「ふむ、およそ威厳があるとはいいがたい騒音にはずっと前から気づいていたし、何度か、静かにするようにとの要求を出している」赦《シユー》は辛辣《しんらつ》にいった。「それで、わしに何の用だ？」

「ああ。きみは閣僚だろう」と文悟《ウエンウー》は事実を指摘した。「集まって状況を討議する必要があると思う。甫蘇夢《フースームン》は、無条件降伏を要求するメッセージをよこした」

首相の言葉と同時に、遠くから低い咆哮《ほうこう》が聞こえた。爆発の音だ。

「わかった」赦《シユー》はあきらめたようにうなずいた。「すぐに行く」

従者が映話機を下げると、赦《シユー》はアスカーのほうに向きなおり、

「まったくうんざりさせられる話だ」と不満を鳴らした。「そなたの同胞のあいだでは、こういうふるまいがあたりまえなのか？」

「残念ながら」アスカーは短く答えた。

「野蛮人どもめ！」赦《シユー》が吐き捨てるようにいった。

「ご不在のあいだ、わたしひとりでつづけてもかまいませんか？」アスカーは丁重にたずねた。

「ああ、もちろんかまわん……わからないことはないな？」

「ええ、比類なき師を得たおかげで」

赦錕辰《シユークンチエン》が観測室をあとにすると、アスカーはそそくさと仕事にもどった。従者の仕事を点検し、モニターにあらわれる、流れるような表意文字の列を注意深く見つめつづける。

デスクワークからおさらばできて、ほんとうにせいせいした。もうずいぶん長いこと、行動に飢えていたのだ。

タイタン少佐ブルルンは、入り組んだ広場のような広いコンコースに立って、人間、物資、兵器の洪水を見つめていた。よく訓練された一糸《いっし》乱れぬ動きで、ドッキング・ポートからあふれだしてくる。花や灌木《かんぼく》、ミニチュアの木、淡彩画の描かれた衝立《ついたて》などなどは、すべて踏みしだかれ、わきに放り出されて、宇宙都市の内懐《うちぶところ》へとなだれこんでいく流れに道を譲っていた。占領地域は厳重に防御され、重機関銃から軽量級の大砲までが、ぐるりをとりまいている。刻一刻、各地域が無抵抗で陥落したという報告が集まってくる。

このペースなら都市全体を一日で制圧できるだろう。

ブルルンはすでに、占領地域の視察をすませていた。そこで目にしたすべてが、彼の直感を裏づけている。予想していたのとまったくおなじ。頽廃《たいはい》。それ以外の何物でもない。頽廃した芸術、頽廃した科学、頽廃した慣習。ここのチンクどもは、洗練の極をきわめた柔弱な連中で、官能的な快楽に溺れている――この街全体が、女々しい美の狂宴にすぎない。そして人々は、侵略に対処するすべを知らないらしい。〈真人〉を偉大な存在たらしめている粗野で健康的な活力は、かけらもない。

ブルルンは、作戦本部を設営した、ドッキング・ポートに隣接する小さなビルのほうへと歩いていった。本部では、甫蘇夢《フースームン》が、前もって準備してあった詳細な街路図の上にかがみこんでいた。報告がはいるたびに、各地域を青で塗りつぶしている。しだいに増えていく青色は、

〈占領地域〉のしるしだ。

作戦プランは、おおむね蘇夢《スームン》の発案になるものだった。娯楽レトルトの支配者たちに、額を集めて効果的な防衛策を考えだす時間を与えず、街全体を支配下に置く――それが、蘇夢《スームン》の作戦の基本だった。ふたつのレトルトの結合部にあたる瓶の首に向かって一気に侵攻して、生産レトルトへの退路を断つと同時に、兵器の注文を不可能にする。いったん娯楽レトルトを押さえてしまえば、タイタンの小隊を引き連れて、蘇夢《スームン》みずから生産レトルトに赴くことができる。知らせを聞いた生産レトルトの住人たちは、歓呼をもって迎えてくれるだろうと、蘇夢《スームン》は考えていた。

「異状はないか?」ブルルンがたずねた。

蘇夢《スームン》は、ずんぐりした、樽みたいな体つきの将校を見上げてうなずいた。

「驚くほどすんなりと、予定どおりに進行しています」

「すんなり行きすぎるな」ブルルンは不機嫌そうな声を出した。「ちょっとは戦いがいのある抵抗をしてほしいもんだ」

蘇夢《スームン》はその発言を無視して、地図に注意をもどした。文悟《ウエンウー》と他の閣僚たちはどこにいるのだろう。

タイタン軍曹が戸口にあらわれ、鮮やかに敬礼して、

「白人を発見いたしました、少佐殿」

ブルルンは好奇心にかられてふりかえったが、ふたりの兵士に両脇をかためられて立ってい

たのは、知らない顔だった。背が高く、やせた体つきで、おちついた目をしている。身にまとったマントは、見慣れないデザインだ――基本的には地球スタイルだが、おそらく、この宇宙都市で仕立てられたものだろう。

「何者だ?」とブルルンは吠《ほ》えた。

相手はちょっと間をおいて、低い声で答えた。

「市民ソブリー・オブロモット」

タイタン少佐は男をにらみつけ、それから、もうすこしおだやかな態度で接することにして、

「ふむ、こんな場所で白人に出会うのは、たしかにいい気分転換になるな」とぶっきらぼうにいった。「どうやってここに来た?」

「チンクの船に乗って」とオブロモットは答えた。「アムラック居留区から」

「アムラック? おまえはアムラックなのか?」ブルルンは驚きのあまり、思わず威厳を忘れそうになった。「正直、まさかそんなことが――」

「いや、おれはアムラックじゃない。追放されたんだ……政治的な理由で」

「なるほど、そういうことか」ブルルンは顔をしかめた。「じつのところ、わたしの部下は、きみではなくロンド・ヘシュケを連行してくるはずだったのだがな、考古学者の。当然彼も、きみとおなじ船に乗っていたのだろう?」

「いや……」オブロモットはゆっくりといった。「ロンドは残った」

ブルルンの顔に、落胆の色が浮かんだ。

ソブリーの陰鬱《いんうつ》な視線が、ブルルンの作戦本部内を見わたした。永遠にタイタンからおさらばしたと思ったのに、彼らがレトルト・シティにまで押し寄せてきたのを目にするとは、がっくりもいいところだ。一瞬、タイタンが宇宙を制覇するのではないかという、妄想めいた恐怖にかられた。

最初に頭に浮かんだのは、レイラのことだった。レトルト・シティの衣裳を着ていてさえ、レイラは目立つことこのうえない。しかし、女たちのグループがレイラをどこかにかくまって、面倒をみてくれている。運がよければ、しばらくはタイタンに見つからずにすむだろう。

なぜか、ソブリー自身は、逃げる気になれなかった。ロンド・ヘシュケの敗北主義に感化されたんだろうか。

テーブルについていた若い将校がふりかえり、タイタン少佐になにか話しかけた。ソブリーははっとした。あれは、甫蘇夢《フースームン》じゃないか――それも、タイタンの制服を着ている！　まじりけなしのチンクがタイタン少尉のかっこうをしている驚くべき姿に、ソブリーは思わず大声で笑いだした。

ブルルンがじろりとにらんでソブリーを黙らせ、重々しい足どりで地図のところまで歩いていった。兵はすでに街の中心に達している――すくなくとも、街のこちら側半分の中心には。ここの支配者たちがもしなんらかの防衛手段を組織しているにしても、いまのところ効果はまったくあがっていない。

「すばらしい、じつにすばらしい」ブルルンはつぶやいた。「ふむ、そういうことだ。実際問題、仕事はほとんど終わった」

蘇夢《スームン》が立ち上がり、うやうやしい口調で口を開き、

「少佐、作戦がこの段階まで進んだ以上、小隊を率いて、下レトルトの状況を確認しに赴くお許しをいただけるでしょうか？」

ブルルンは下卑た笑い声をあげた。

「しっかり腰をおちつけてるんだな、チンク。おまえさんはどこへも行かないんだから」

蘇夢《スームン》の黄色い顔に、さっと警戒の表情が浮かぶ。

「わかりませんね、少佐。惑星指導者リムニッヒ閣下は、かたい約束を――」

「われわれは、デヴと約束などしない」ブルルンは鼻で笑った。「動物が役に立つように、デヴも役に立つことはある。おまえは職務をりっぱにはたしてくれた、感謝するよ」

ブルルンはあごをしゃくって、部屋のうしろに控えていた大男の衛兵ふたりに合図した。ふたりはすみやかに進み出てきて、蘇夢《スームン》の両脇で直立不動の姿勢をとった。

この子はどうしようもないお人よしだ、とソブリーは思った。どういう種類の人間を相手にしているか、まるでわかってなかったんだ。いやそれをいうなら、人種差別主義のなんたるかさえ、いまだに理解していないのだろう。

その証拠に、蘇夢《スームン》はいまも、だまされた子どもみたいな顔でぽかんとしている。

「これは――これは公然たる背信行為だ！」と息を切らして叫ぶ。いまにも気絶しそうに、体がふらっと揺れる。「リムニッヒの耳にはいったら――」

「リムニッヒ、リムニッヒ、リムニッヒ！」とブルルンがからかう。また大声で笑い、「おまえが出発したあと、閣下はオフィスを消毒させたんだぞ！」

「下レトルトの協力を得るためには、ぼくが必要なはずだ――」

「下レトルトは、ここと同じ扱いを受けることになる――それもまもなく」

じっさい、もし宇宙船用のドックを持たないという事情さえなければ、生産レトルトのほうから侵入していたはずだった。とはいえブルルンは、やっかいに出くわすとは思っていなかった。支配者が臆病なら、奴隷はそれ以下だろう。

「まだなにか役に立ってもらうことがあるとすれば、通訳として、だろうな」と、蘇夢《スームン》に向かっていいはなつ。「二、三人、通訳が必要になるからな」

ブルルンは衛兵に合図した。

「監禁しろ。それからこいつ、オブロモットもだ。こいつの処置はあとで決める」

蘇夢《スームン》は、しばらく茫然としたまま立ちつくしていた。それから、やおら驚くべき行動に出た。一歩うしろに下がると、なめらかな動きで両手をふたりの衛兵の首筋にあてる。衛兵は瞬間びくっとふるえ、それからあおむけに倒れて、意識を失った。

若者はしなやかに歩を進めて、ソブリーについている衛兵たちの前に出た。蘇夢《スームン》の手は相手の体にほとんど触れたようすもなく、ただひらりと動いて優雅なアラベスクを描いた。しかし、そのアラベスクにとらえられた兵士たちは、手足をもつれさせてよろめき、部屋の反対側で気を失った。

上レトルトの人間は、芸術をはじめとするあらゆる精神的快楽をたしなむ。下レトルトの人間は、スポーツをたしなむ。蘇夢《スームン》が使ったのは、ホカ——数千年にわたって発達してきた格闘技の頂点に位置する武術だった。生産レトルトの達人にくらべれば、蘇夢《スームン》など初心者にひとしいが、それでも、神経の上を軽くなでてやるだけで、相手を気絶させることが——あるいは、（禁じられていることだが）必要とあれば殺すことも——できる。蘇夢《スームン》の手にかかれば、訓練を積んでいない人間の体など、ひとりでに壊れるスイッチを集めてできた機械のようなものだ。

ブルルンの手には銃があった。蘇夢《スームン》のほうも、軽い一挙動でコーゲル・オートマティックを抜いた（タイタンは、蘇夢《スームン》に与えられた名誉階級をジョークのネタにして、タイタン軍曹が身につける全装備を、おもしろがって彼にあてがった。「人種的純血の名誉ある証拠」とされているこの自動拳銃もその装備のひとつだった）。それから、足を開いて前傾姿勢をとり、慎重にねらいを定めて、相手の腕を撃ち抜いた。ブルルンは苦痛のうめきをもらしてその場にくずおれた。

蘇夢《スームン》はソブリーの肩甲骨のあいだに手をあて、ドアの外へと押し出した。ソブリーは考えることを放棄して、蘇夢《スームン》のあとに従って広場を横切り、起伏のある道をがたごと進んでゆく、銃とトラックの流れに向かって走った。

うしろをふりかえったソブリーは、ブルルンがよろよろと戸口まで出てきて、脇柱によりかかっているのを見た。蘇夢《スームン》は片手を上げ、横柄な態度で、通りかかった一台の軽トラックをとめた。

運転手は好奇の目で蘇夢《スームン》を見やったが、この妙ちきりんなデヴ将校のことは、うわさ話で聞いたことがあるようだった。ソブリーの存在さえ注意をひかなければ、蘇夢《スームン》がヒッチハイクしても不審に思われないですむだろう。蘇夢《スームン》は相棒をせきたてて、幌のついた荷台に上らせ、自分もすぐあとにつづいた。運転台をどんどんとたたき、タイタンの運転手に車を出させる。

トラックの荷台は半分、弾薬の箱で埋まっていた。車ががたごと揺れるたびに、ふたりは箱にしっかりつかまって体をささえた。

「この地域を離れたら、すぐに降りて、歩いて進もう」蘇夢《スームン》が低い声でいった。

ソブリーはうなずいた。とくに危険な気配もないまま、トラックは数分間走りつづけた。ようやく考える時間のできた蘇夢《スームン》は、落胆と怒りのありったけをソブリーに向かってぶちまけた。「だれかに相談すればよかったんだ」ソブリーがさとすようにいった。「ばかなまねにもほどがある、タイタンと手を組もうとは」

「父の死を犬死にに終わらせたくなかったんだ」と蘇夢《スームン》が答える。「もう二度と、息子を愛したためにだれかが死ぬようなことは……」

蘇夢《スームン》の言葉がとぎれた。こんな話をしても、ソブリーにはなんのことかわかるまい。なにごとか考えこむように、蘇夢《スームン》の額に深いしわが刻まれた。

「たぶんタイタンも、望みのものを手に入れたら出ていくだろうな」

「まさか。やつらはきっと、この街を太陽系まで飛ばして、軌道に乗せるね。そうすれば、レディ・メイドの生産システムがまるごと手にはいることになるからな。しかも、数百万の奴隷つきだ。それから長い年月、たっぷりと、利用できるだけ利用しつくす。放棄するときが来たら、そのときにはだれひとり生かしてはおかないよ。やつらの考え方からすれば、きみたち種族は自然界の汚点なんだ。そんなこともわからんとは、驚きだね」

「ある種の生物学的信条を持っていることは知ってた」蘇夢《スームン》は不承不承認めた。「でも、そんなことは関係ないと思っていた。ぼくたちの取り引きは、純粋に現実的なものだったし、双方の利益になることだ――と思っていた。利害の対立なんかなかったのに」

「ふむ、考えてみると、きみがどんな種族に属していても、たいしたちがいはなかっただろうな」ソブリーはためいきをついた。「タイタンはつねに、自分たちの利益のみを追求する――相手のことなど考えもしない」

蘇夢《スームン》はしばらく黙っていたが、やがて口を開き、一語一語しぼりだすようにして、「それだって、レトルト・シティの社会体制のせいだ。ぼくは閉じた社会の中で育てられたおかげで、他の世界の基準に適応することができない」

「とはいえ、きみのいうことは正しいよ」ソブリーは疲れた笑みを浮かべた。「きみに必要なのはチャンスだけだ。それにしても、おれたちはいったいどこに行くんだい?」

「自分の街に災厄をもたらしてしまった以上、なんとかそれを復旧するのが、最低限ぼくのつとめだ。こんなことになってしまっても、まだとりかえしはつくだろう」

「どうやってやるのか教えてほしいもんだね、相棒」

蘇夢《スームン》は考えこんだ。しばらくして、荷台のうしろから外をのぞいて、

「ここで停めろ」と命令した。

ふたりはトラックからぴょんと飛び下り、ちょっとよろめいて、それから柳の林の陰をめざして走りだした。コンボイはとまることなく走り続けている。

林の奥には、ローズウッドでよろい張りされた壁に左右をはさまれた並木道が通っていた。ふたりはその道にはいり、蘇夢《スームン》は迷いながらも、ソブリーを導いて、娯楽レトルトの奥深くへとつづく迷路のような道を進んでいった。

まだレトルト・シティになじみのないソブリーには、見るものすべてが新鮮だった。もっとも、この街の美しさも、いたるところにいる黒と金のタイタンの制服によって、ある程度は減《げん》殺《さい》されていた。驚いたことに、ふたりを逮捕せよという命令は、まだ全軍にくだされてはいないらしく、蘇夢《スームン》は何度か、パトロール中の兵士からきびきびした敬礼を受けた。

街には非現実的なムードが漂っている。やってきたばかりの征服者たちとは対照的に、この街の住人たちはまるで警戒するようすがない。苦労して砲床をすえつけているタイタンたちの前で笑ったり冗談をいったりしている。ここの人間の精神的な洗練の度合いを知らなければ、なにが起きているかも理解できない愚かな子どもだと思ってしまうところだ。

とうとうふたりがたどりついた場所は、ソブリーの目には育児室のように見えた。サンルームの壁ぎわにベビー・ベッドがずらりと並び、そのほとんどに赤ん坊が寝ている。みんな新生児のようだ。

なぜ蘇夢《スームン》が産婦人科病棟なんかに連れてきたのか、ソブリーには想像もつかなかった。近づいてきた若い女が、小首をかしげて、低い声でまくしたてる蘇夢《スームン》の言葉を聞いている。眉をひそめた女の顔には、いぶかしげな表情とうさんくさげな表情が交互にあらわれた。それから、女と蘇夢《スームン》は、いっしょにどこかに行ってしまった。

ソブリーが不安に思いはじめたころ、ようやく蘇夢《スームン》がもどってきた。

「やっと納得してくれた」と蘇夢《スームン》はいった。「ああいう人に、緊急事態だってことをわからせるのはたいへんだよ。力ずくでやらなきゃいけないかと思った」

「納得したって、なにを?」

蘇夢《スームン》のあとを追いながら、ソブリーがたずねた。ふたりは、かぐわしい香りのただよう廊下を歩いて、大きな部屋に出た。なにか、ソブリーには見当もつかない目的に使う部屋らしい。無数のゆりかごがレールの上に並び、そのレールは壁の向こうへと消えている。かろうじてそれとわかるほどかすかに、ハム音が部屋を満たしていた。

「これから生産レトルトに降りる」

と、蘇夢《スームン》がいった。部屋にはいってきた男たちが、ゆりかごをはずして、ずらっと座席が並んだ台車をかわりにすえつけはじめた。

中のひとりが愛想よく蘇夢《スームン》に笑いかけて、

「こいつを使うのはずいぶんひさしぶりだよ」

蘇夢《スームン》の指示にしたがって、ソブリーは席のひとつに蘇夢《スームン》と並んで腰をおろした。目の前の壁が巻き上げられ、正面に向かって長くのびるトンネルがあらわれた。

蘇夢《スームン》の表現はそのものずばりだった。台車がトンネルの中へとすべりだした。中には照明がなく、すぐに真っ暗になる。

台車はなめらかに進んでいった。加速は感じない——それをいうなら、頬にあたる風さえも感じなかった——が、ソブリーはやがて、異常な感覚に気がついた。まるで、持ち上げられると同時に押しつぶされているような感じ。ハム音が大きくなる。

二分ほどたったころ、頭上にライトがつき、さっき出てきたのとおなじような部屋に着いたのがわかった。

蘇夢《スームン》は座席からとびだすと、興奮した声で、受付窓口の若い女たちになにか叫んだ。女たちはふたりの到着に、あっけにとられているようだ。ソブリーは、隣接する部屋へと駆け出していく蘇夢《スームン》のあとにつづいた。どこか近くから、生まれたばかりの赤ん坊の泣き声が聞こえる。

しかし、ソブリーがはいった部屋には、赤ん坊はひとりもいなかった。バケット・シートとデスクのまわりに、道具や操作機が職人の仕事場ふうに一列に並べられている。そのシートに、操作係がすわっていた——もっとも、娯楽レトルトで見慣れた贅沢《ぜいたく》な衣裳ではなく、単純なデザインの青い服を着ている。

蘇夢《スームン》はすごい勢いで操作係を突きとばすと、シートにすわり、一心不乱に操作盤をいじりはじめた。床に倒れた操作係は、よろよろしながら立ち上がり、ぽかんとした顔でそれを見ている。

かろうじて聞こえる大きさで間断なくつづいていたハム音が、ぱったりやんだ。蘇夢《スームン》は満足そうな表情になり、銃を抜くと、メインスイッチめがけて何度か発砲し、現在の時間設定を（すくなくとも一時的には）固定した。

ふたつのレトルトは、これで完全に、時間の流れを異にした。両者をつなぐ時間要素はまったくない。蘇夢《スームン》とソブリーがたったいま通ってきたトンネルを含めて、タイタンがどんなルートから侵入してこようとも、生産レトルトの、人間のいない未来に到着するだけだ。

蘇夢《スームン》はいましがた手荒に扱った操作係のほうをふりかえって、

「いっしょに来てくれ。とにかく、生産レトルトの監督官たちに話をしなければ！」


「支配者一味をとらえました、少佐殿」

「よし。見せろ」

ブルルンは、スクリーンにあらわれた、従容《しょうよう》とした表情の老人の顔を見つめた。どじょうひげと真っ白なあごひげを生やし、サテンとシルクの衣服をまとっている。

「どうしてこいつが支配者一味だとわかった？」とブルルン。

熱意満々の若い将校がスクリーンに顔を出した。

「自分から認めたのです、少佐殿。われわれは、地球語をいくつか知っているコンピュータを発見しました」

「なに？　どの程度知ってるんだ？」

「残念ながら、有益な尋問ができるほどではありません」

「そうか。ふむ、いまのところは監禁しておけ」

「はい、少佐殿」将校はさっと敬礼し、接続を切った。

ブルルンは視線を落とし、三角巾《きん》で吊った腕におそるおそるさわってみた。尋問できない相手を捕虜にしてなんの意味がある？　甫蘇夢《フースームン》を逃がしてしまったことが、いまさらながらに悔やまれる。あのときはどうでもいいことのような気がして、追跡や捜索命令さえ出さなかった。しかし、それを気に病むこともあるまい。あのチンクは、まっさきに制服を脱ぎ捨てて、人ごみの中にまぎれこんでしまったにちがいない。ここのチンクどもを見分けることなど、実際問題とても不可能だ。

もうひとつ方法がある、とブルルンは自分にいいきかせた。リアド・アスカーがまだこの街のどこかにいるはずだ。遅かれ早かれ、部下が発見するだろう。アスカーはどうやら、手におえない、アンバランスな人格の持ち主らしいが――地球を立つ前のブリーフィングで、ブルルンは、アスカーが「あてにならない」人間だという注意を受けていた――しかし、ヘシュケ同様、彼もここの言葉を知っているだろう。言葉を覚える必要があったはずだ。

内線映話《ヴィドカム》がまた点灯した。ブルルンはそちらに向きなおり、

「本部。ブルルン少佐だ」

真剣な面持ちの技術将校が、こちらを見つめている。

「下レトルトへの出撃隊から報告がはいりました、少佐殿」

「それで？」

「下レトルトは無人だそうであります。工場や作業所がところせましと建ち並んでいます――しかし、人間はただのひとりもいないとのことです」

「無人だと？　どこかに隠れているんじゃないのはたしかか？」

「どうもそういうことではないようであります。それに、まだひとりも見つかっておりません」

「では、チンクのくそ野郎がうそをついてたんだ」とブルルンは答えた。「下の街はそっくり全部自動化されている可能性もある――人間の労働者はいっさい抜きで」

「おそらくは――しかし、またくりかえしますが、どうもそういうことではないようなのです。たったいまは、歯車ひとつ動いておりません。老朽化の兆候がうかがえます。まるで、街全体が五十年も前に見捨てられたような感じなのです」

ブルルンは考えこむような表情になった。

「それでは筋が通らん」と、深みのある低い声でいう。「まったくもっておかしな話だ。都市のふたつの半分は、時間が同調していないはずではなかったのか？」

「こちらの部隊は、全長三分の一マイルのトンネルを通っていきました」と技術将校が答える。「しかし、ほかにもルートはあります。工場生産物が仕分けされる転轍場があります。さらに調査を進めさせます」

「そうしろ。連絡を絶やすな」

いますぐリアド・アスカーの居場所がわかればじつに好都合なのだが、とブルルンは思った。

アスカーは興奮にふるえていた。

　この二、三週間で、かつてレトルト・シティを全滅させそうになった〈斜行存在〉について、アスカーは赦鯤辰《シュークンチエン》からたっぷりと学んでいた。じっさい、老科学者自身が知っていることすべてを学び終えていた。アスカーは、自分も全感覚転移装置を使って、その奇妙な知性体のもとを訪れたいと懇願したが、赦《シュー》はそのときを引き延ばしていた。装置はまだ完全ではない、細かな調整が必要だ、といって。

　そこでアスカーは、老科学者の指示にしたがって辛抱強く研究をつづけ、考えを深めた。〈斜行存在〉は、人知を超えた力を持っていると、赦《シュー》はほのめかしていた。それは、生物学的知性ではない。惑星とも、どんな天体とも関係していない。物質的構造を有してはいても、その本質は、人間にはやすやすと理解されないものなのだ。

　転移装置の性能を向上させるふたりの作業が最終段階にさしかかったところで、タイタンがＩＳＳを侵略してきた。あいかわらずものに動じない赦《シュー》は（どんな事件が起きようと、どんな深刻な問題が生じようと、娯楽レトルトの人間がけっして冷静さを失わないことに、アスカーはつくづく感心した。赦《シュー》によると、彼らにとっては、生きることまで含めてすべてが道楽なのだとか）、作業をつづけるようアスカーを残して去った。そしてアスカーは、移動の便をよくするためにタイタンが町並みを破壊する騒音がしだいに近づいてくる中で、ひとり作業をつづけていた。

　この三十分ほど、進軍の騒音はぱったりとだえている。どうやら、娯楽レトルトは完全にタイタンの手に落ちたらしい。ということは、まもなく彼らがこのドアをノックしにくるということだ。その前に、なんとしても旅を成就《じょうじゅ》したかった。タイタンに捕まれば、もう二度とこの装置を使うチャンスはないだろう。アスカーはたんなる知的好奇心以上のものにつき動かされていた。しばらく前、彼は赦錕辰《シュークンチエン》に、物質宇宙に関する〈斜行存在〉の知識は、人類のそれとくらべてどうなのか、とたずねた。

赦錕辰《シュークンチエン》はしばし考えて、こう答えた。人類の知識にくらべれば、〈斜行存在〉の知識は、「そなたたちの古代の神々の知識」に匹敵する、と。

アスカーの胸には、この存在にたずねようと思っている、ひとつの明確な質問があった。

アスカーはついに、秒読みを終えた。赦《シュー》はすでに、新しい装置のテストをすませている。アスカーがやらなければならないのは、最終確認だけだ。

ちらつく表意文字の列がようやく固定した。装置の準備は完了。アスカーは目をこすった。赦《シュー》の使っている特殊な表意文字はわずか数分の学習で読めるようになっていたが、流れる文字の列に焦点を結ぶのはなまやさしいことではない。

アスカーは、積み木に似た、ぴかぴか光る巨大な全感覚転移装置に視線を投げた。観測室の中央に無造作に置かれたその機械は、くぐもったアイドリング音をたてている。これを建造するには、ゆうに二年はかかったはずだ。それなのに、赦《シュー》が設計図を送ったわずか一時間後には、もう届いていた。つまり、そういう種類の労働力を、赦《シュー》は自由に使うことができる。

赦《シュー》の無頓着《むとんちゃく》さ、勝手気ままさにはいつもびっくりさせられる。つくる手間ひまのことなどまるで考えず、新しい機械を注文する。つぎからつぎへと複雑きわまる設計図を書き上げては、さまざまな（ときにはたんなる思いつきの）アイデアをためすために、じっさいに作動するモデルを要求する。赦《シュー》の倉庫にぎっしり詰めこまれている機械の多くは一度も使われたことがないし、二、三度気まぐれに実験しただけで、スクラップにすべく送り返してしまったものもたくさんある。

〈斜行存在〉はすでに、進んでコミュニケートする意思を示して、こちらの接触用時間流に同調している。サイバネティック従者は装置を操作する所定の位置についた。胸が高鳴る。アスカーは透明な球体の中に足を踏み入れた。中央の椅子にすわると、背後でハッチがしまり、周囲は闇に閉ざされた。

転移装置が彼の五感をとらえ、それを知覚可能な時間の中からひきずりだして、どんな羅針《らしん》盤《ばん》にも示すことのできない方向へと放り投げた。

はじめのうちは、あいかわらずの暗闇で、沈黙が広がっているばかりだった。と、闇の中から、とつぜん声がした。

「わたしはここだ。おまえは到着した。望みはなんだ？」

大きな声だが、口調はなめらかで、自信たっぷり。すぐ耳もとで——それも、同時に両方の耳もとで——話されているようだ。その声のほかは、沈黙があるだけ。しかし、その沈黙の背後に、ときおり無線送信にまじるさらさらというノイズのような、ごくかすかなささやきが聞こえるような気がした。

「あなたの姿が見たい」アスカーは闇に向かっていった。

「どんな姿を見たいのだ？」

一瞬、質問の意味がわからなかった。それから、アスカーは答えて、

「あるがままの姿が見たい」

「よかろう。これがわれわれの物質的実在だ」

変化はおそろしく唐突だった。アスカーはいきなり、長い通路の、騒音のただ中にいた。彼は膝立ちになっていた。通路の高さはわずか四フィートしかなく、左右の幅も、ほぼそれとおなじくらい。だが、前方に向かっては、無限に延びているように見える。そして、左右、上下にも、おなじような通路が無数に走っているのが、壁や天井をなしている鉄の構造物のすきまからのぞくことができた。そして、その鉄の枠組みには――。

アスカーは鋼鉄の複合体にじっと目をこらした。アスカーの見るかぎりで、いちばん近いものにたとえれば、機械ということになる。じっさい、無数の通廊は、はてしなく入り組んだ動きでがたがたと音をたて回転しシャッフルする、休むことのない機械プロセスの、保守管理用の通路なのだ。アスカーは、咆哮《ほうこう》を上げる、壮大な規模の密集した工場のただなかにいる。まるで工業化された地獄のような場所に。

「あなたがこれをつくったのか？」

アスカーは虚空に向かってたずねた。

「ちがう」

と、そくざに答えが帰ってきた。耳を聾《ろう》する騒音にもかかわらず、はっきりと聞きとれる。

「これがわれわれなのだ──わたしのほんの一部。時間の進行とともに、これらすべてはひとりでに存在をはじめるようになった。わたし／われわれは、生物ではない」

アスカーは自分の体が前進しはじめるのを感じた。膝が触れる床は、なんの摩擦も感じないが、熱い風が顔をなぶる。速度が上がるにつれ、はてしない通路が飛ぶように背後へと流れてゆく。閉所恐怖症になりそうな無限のかなたへと、彼はまっしぐらに突き進んでいった。

それから、なんのまえぶれもなく、いきなり止まった。機械複合体は、鋸歯《きょし》状の壁となって背後にそびえたっている。こうして離れてみると、通路は、金属の中の原子の列ほどの幅しかないことがわかる。

正面には、巨大な淵が横たわっていた。その深淵から、荒れ狂う沸騰が、肌を焦がす熱い雲と酸性の蒸気を吹き上げている。はかり知れないほどの大きさだった。アスカーの体はまた動きはじめ、この地獄の穴の外縁に沿って進んでいった。やがて、その穴のもう一方の境界にぶつかる。第二の壁。それは、ぎっしりつまった機械状の物体だった。しかしこんどは、蜂の巣状のその構造に、せまい通路は一本もない。巨大なそのかたまりには、どこも通れるところがない。アスカーがはいれるほど大きい隙間はどこにも見当たらなかった。

規則正しい巨大な騒音に、アスカーは頭上を見上げた。ベルトコンベアか高速印刷のプリントアウトのようなものが、頭上を斜めに横切り、すさまじいスピードで、うなりをあげて動いている。全長百マイルはあるにちがいない。

「ちがう環境のほうが、おまえには好ましいかもしれぬな」

〈斜行存在〉の声がしたかと思うと、すべてが消え去り、べつのものがとってかわった。

アスカーは、ほどほどの広さの部屋にすわっていた。薄青の壁には、白いコーニスがついている。見えない光源から放たれる光はまばゆく、日光のようだ。目の前に、磨きこまれたウォルナットのテーブルがある。

ドアが開いた。はいってきた若い女は、アスカーの向かいに腰をおろした。肌は銀青色。口もとにはかすかな笑み。目も明るい青、しかしその視線は、まるで盲人のそれのように、アスカーの向こうを見ている。

「こんにちは」女は歯切れのいい、よく通る声でいった。「こっちのほうがお気に召すかしら？」

アスカーは一瞬遅れてわれに返り、

「でも、あなたのほんとうの姿じゃないいんだろう？」

「ええ、ちがうわ」

アスカーはなんとなくがっかりした。

「じゃあ、全感覚受容機をとおして送り出している幻影でしかないということか。おれがわざわざこんなところまで来たのは、幻影を見るためじゃない」

「いいえ、幻影なんかじゃないのよ、正確にいうと。わたしはこの環境を物理的実在としてつくりだし、それからあなたの感覚をその中に投影したの。この女だって、本物の生きた女」

アスカーは心底仰天した。

「そんなことができるのか――ほんの一瞬で？」

間があった。

「正確にいうと、一瞬ではない。この女をつくりだすには百年かかった。時間が円環をかたちづくれるなら、存続は結果じゃないのよ」

そういうことか。生産レトルトとおなじだ、ただし、はるかにスケールが大きい。ここでは、長いプロセスのはじまりと終わりを折り曲げて、連続した瞬間にくっつけることが可能なのだ。

アスカーはもう一点をじっくり考えた。

「あなたは自分のことを『わたし』と呼んだり『われわれ』と呼んだりする。あなたは何者だ、単一の知性なのか、それとも共同体なのか？」

「わたしはひとりの個人でも複数の個人でもない」と〈斜行存在〉が答えた。「『わたし』も『われわれ』も、わたしの本質をあらわすにはふさわしくないの」

「じゃあいったい、あなたは何者なんだ？」

女は小首をかしげ、壁の向こうを見通すような目をした。かすかな、奇妙にゆがんだ表情がその顔をよぎる。

「この舞台でも、不満は残るようね。もう一度やってみましょう」

女は立ち上がり、アスカーの背後でひとりでに開いた二番めのドアを指さした。

「廊下をずっと歩いてきてください」と女はいった。「もうひとつ、部屋を用意してあります」

疑り深い視線をもう一度だけ女に向けてから、アスカーはその指示にしたがった。最初のうち、廊下はこれといって特徴のないものに思えた。灰色で、ドアはなく、二百ヤードほど先の曲がり角――あるいは突き当たり――までまっすぐのびている。しかし、進んでいくにつれ、奇妙な幻影がはじまった。視界のすみに、いくつものアーチ路の入口が見え、その下を、魚に似たかたちが、緑の支柱のあいだや揺れる木立の中で飛びはねている。しかし、ふりかえってそれをまっすぐ見ようとすると、なにもない壁が目にはいるだけ。

とらえどころのない魚のかたちが、外界ではなく、自分の心の奥で飛びはねているかのような、奇妙な感覚におそわれはじめる。しかし、二、三十ヤード進むと、幻影は消えた。が、それと同時に、廊下の性質が微妙に変化しはじめた。さっきまでのように没個性的ではなくなり、見慣れた感じがしてくる。とつぜん、アスカーは足を止めた。目の前にドアがあった。22号室、とステンシルで書かれたドア。

あたりを見まわしてみる。廊下のすぐ先はT字路で、矢印のついた掲示板が、左右それぞれにあるセクションを示している。もう一度、22号室のドアに目をやる。そのひっかき傷や、ペンキのむらには見覚えがあった。

サーン研究所の廊下だ！　あるいは、その完璧な複製か。

どきどきしながらドアをあけた。中は、こぢんまりした船室のような部屋で、寝棚がひとつ、椅子がふたつ三つ、大きなノート一冊とメモや報告書が雑然と置かれたテーブルがひとつ。左手の壁には、専門書の並ぶ本棚。

アスカーが五年間住んだ部屋兼避難所だ。

ゆっくりとドアをしめ、お気に入りの椅子に腰をおろしながら、〈斜行存在〉はおれの記憶からこの部屋の細部をひきだしたにちがいない、と考える。

ドアの上には、サーン研究所で館内連絡用に使われていたスピーカーがある。〈斜行存在〉はいま、そのスピーカーを通して話しかけてきた。

「おまえの質問に答えよう」最初の男の声で、それはいった。「わたしの有する意識のタイプは、個の意識でも、集合意識でもない。また、個の集合体でもない。おまえたちの言葉で、いちばん事実に近い形容をさがすとすれば、『われわれ』とか『わたし』とかではなく、たんに『ここ』と呼ぶのがいいだろう。したがって、わたしは、今後、『ここ』という言葉を人称代名詞として使うことにする」

アスカーはしばらく考えてからうなずいた。〈斜行存在〉のもくろみは、うまくいったようだ。この部屋にすわっていると、さっきまでよりリラックスした気分になれる。現実にはここがサーン研究所ではないという事実を忘れてしまうことさえむずかしくなさそうだ。

「おれの心が読めるようだから、頼みたいことはもうわかっているだろう」とアスカー。「教えてくれ、地球についてどの程度知っている？」

「ここは地球のすべてを知っている」と〈斜行存在〉は答えた。

「おれの心を読んで、なにもかもわかったということか？」

「いや。ここはすでに地球のことを知っていた。直接観察することによって」

「では、地球になにが起こるかも知っているんだな?」

「ああ」

「では」と、アスカーは注意深く言葉を選び、重々しい口調で、「時間の流れをそらすか止めるかする方法は——どんな方法でもいい——あるのか? なにか、衝突を避ける方法は?」

〈斜行存在〉は、すぐには答えなかった。かわりに、スピーカーから大きなハム音が流れだしてきた。とつぜん、周囲のすべてが爆発した。アスカーは、不完全な虚無の中を漂っていた。周囲には、色とりどりのさまざまなかたちが泳ぎまわり、火花のように視界から見え隠れする。

体が、風にたなびく煙の筋さながらの姿に、無限にひきのばされていくように思えた。それは、長い長いあいだつづくように思われた。そして、またしても唐突に、アスカーはいごこちのいい部屋のお気に入りの椅子にもどっていた。

「おまえにできることはなにもない」〈斜行存在〉がいった。

ついに時空観測室に押し入ったブルルン配下の兵士たちは、全感覚転移装置の透明な球の中にすわったままのリアド・アスカーを発見した。

数分の苦労のあげく、兵士たちはハッチを開くことに成功した。アスカーの目には彼らの姿が映らないようだった。意味不明のひとりごとをぶつぶつぶやくばかりで、両脇をかかえられてひきずりだされたときにも、抵抗するそぶりひとつ見せなかった。

「こいつがアスカーにちがいない」と軍曹がいった。「チンクどもの機械で頭がおかしくなっちまったんだ！」

「きっと、チンクのパズルにやられたんですよ」と兵士のひとりが助け舟を出す。

「はあ？　どうしたんだ？」

アスカーが意識をとりもどし、そういった兵士をうさんくさげな目つきで見やった。

「こいつを連れ出せ」軍曹が命じた。「ブルルン少佐は、この男にいますぐ会いたいとおっしゃっている」

兵士たちはアスカーを観測室から連れだした。と、そのとき、思いがけない物音がして、兵士たちは足をとめ、なにごとだろうという顔で目と目を見合わせた。この数時間、街は静まりかえっていたのに、いまは、どこか離れた場所でとつぜんはじまった激しい銃撃戦の音が、たえまなくつづいている。


ヘシュケは煙草を受けとり、香り高い煙を吸いこみながら、深い喜びを感じた。

文字どおりのさよならパーティーだった。あしたには、いくら遅く見積もってもあさってには、タイタン軍が押し寄せてくることを、全員が知っている。ヘリックは何人かの友人を、（彼の言葉を借りれば）「種《しゅ》の絶滅を祝うために」招いていた。

一座の空気はくつろいで、陽気なものだった。避けがたい運命を受け入れる、アムラックたちの冷静そのものの態度は、尊敬に値する。たぶん、これほどの威厳を保てるのは、それが避けようのないことだからだろう、とヘシュケは思った。もし一縷《いちる》の希望でも残されていたら、パニックが起きたかもしれない。

会話の大部分は、ヘシュケがまだあまり堪能《たんのう》ではないアムラック語でおこなわれた。しかし、ヘシュケへの礼儀として、ヴェロリア語（いまや地球全土で用いられている、白人の標準語）も合間合間にはさまれたから、のけ者にされたような気持ちは味わわずにすんだ。

すらりとしたアムラックの娘が、完成したばかりの製法で合成されたワインを飲みながら、話しかけてきた。

「プラドナから来た人には、わたしたちの村なんてきっと退屈でしょうね」といって、にっこり笑う。

「プラドナに住んでいたわけじゃないんだ。ほとんどの時間は、異星人遺跡の野外調査をしていたからね。それに、ほんとのところ、プラドナはおよそ活気のない街だよ。わたしはここのほうがずっと好きだ――どんな運命が待っていようと」

最後のひとことを口にしてから、しまったと思った。ここの人間にとってはタブーなのかもしれない――あのことに触れるのは。しかし、娘はなんの屈託もなく笑って、

「プラドナってほんとにひどいところなのね、あれのほうがいいなんて」と、冗談にしてしまった。

ヘリックは、作業室の観音開きのドアをあけたままにして、中でトランスミッターのないTV受像機をいじっている。ヘシュケはばつの悪さをごまかすために、ヘリックのそばに行って作業を見物した。ヘリックは磁波にあわせて装置を調節し、おなじみの砂嵐ではない、はっき

りした絵をキャッチしようとしている。

「今夜は驚くほど状態がいい」やがてヘリックが、ちょっと驚いたような声でいった。「波節がとくに強い。ほら、いいのが出た」

画像は、例によって、空中からの眺めだった。建物の配置から見て、そこそこの大きさの街の郊外らしい。太陽の位置からすると、午後三時ごろ。

「どこだかわかるかい?」ヘリックがたずねた。

ヘシュケは首を振った。どこの街でもおかしくない。

きれいな映像が出ても、ふつうは二、三秒で消えてしまうのだが、今度はちがった。さらに画像を安定させようと、ヘリックがしばらく装置をいじっているうちに、本物のヴィドキャスト並みの鮮明さになった。

「とうとうやったぞ」ヘリックが悲しげにいう。「残念だな、いまごろになって――あれはなんだ?」

画像自体はあいかわらず鮮明で、安定している。しかし、その中のものが薄れようとしていた。見守るふたりの眼前で――ヘシュケは、観音開きのドアの向こうから、自分の肩越しに見ている視線をぼんやりと感じていた――映像の中の建物ぜんぶが溶け去り、むきだしの地面が残ったように見えた。建物ばかりか、草地といっしょに森も消えてしまった。

残されたのは、むきだしの、荒れ果てた地面だけ。

「システムの影響かい?」ヘシュケはおだやかに水を向けた。

「どうしてこんなことになるのか見当もつかん」ヘリックがひとりごとのようにいう。「こういう効果をつくりだすことのできるTVシステムはある——画像の中の要素を保存するメモリ・バンクを使って、ひとつひとつ絵をつくっていくんだ——しかし、おれが使っているのは単純な走査方式だ。ほら、建物があった場所を見てみろ。まるで街ひとつそっくり虚空に消えてしまったみたいだ」

「じゃあきっと、ふたつのべつべつの映像が重なってしまってるんだよ」とヘシュケ。「片方がフェイド・アウトして、もう片方が残った」

「ああ、それで説明がつくかもしれん」ヘリックは、まだ納得できない顔でうなずいた。「そうとしか考えられない。しかし、これほど完璧に重なるなんて——それに、チューニングの問題は、ぜんぶ解決したはずなのに」

ヘシュケは、装置のそばでまだ考えにふけっているヘリックを残して、作業室を出た。ベランダに出て、砂漠を見下ろす。夜空は奇妙な、ちらちらする光を帯びているように見えた。まるで、地平線の向こうで稲妻が戯《たわむ》れているみたいに。

ブルルンが指揮する作戦本部にもどろうとする試みは、骨がおれた。

小隊の装甲車で半マイルばかり進んだとき——タイタンは、レトルルト・シティの公共交通システムをばかにして、自分たちでは使おうとしなかった——この街の新しい支配者にとって便利なように、障害物をすべて排除した幹線道路のひとつにぶつかった。轟音とともに、ハイウエイを車の列が走っていた。どの車両も、爆発と銃撃の音がする、生産レトルトとの連結点の方角に向かっている。

「前線に向かってるんだ」と軍曹がつぶやいた。

軍用車の揺れる銃架にしがみつくタイタンたちの真っ青な顔が、状況の深刻さを物語っていた。街の人間はひとりも見えない。おそらく、事態が急変してからタイタンたちが見せた野蛮さに怖《お》じけをふるって、みんなどこかに身を隠してしまったのだろう。たとえば、タイタンの兵士は、緊急事態だと思えば、たまたま前方に立ちふさがるかたちになった人間をだれかれかまわず平気で撃ち殺すのだ。

「いったいぜんたい《イン・ザ・マザーズ・ネイム》、どうなってるんです、軍曹」兵士のひとりがたずねた。

「なにかでかいことにちがいない」軍曹は考えこんだ。「たぶん、チンクが反撃してきたんだろう」

軍曹は運転手の背中をつついて、

「われわれの任務はこの男を本部まで連行することだ。車の列がとぎれたらハイウェイを横断して、脇道に出ろ」

ハイウェイは、ドックのそばの主補給所に通じている。本部のある場所は、街の中央部ではなかった。一行はようやく、交通量の多い高架道路を横断して、走行をつづけ、ひとけのない居住層やギャラリーや広場の前を通過した。

「ここにいると背筋がぞくぞくしてくるぜ」とだれかが愚痴った。「プラドナにもどりたいよ」

前方に、機銃ポストが見えてきた。そこにいた兵士たちが大声でこちらに呼びかけ、停止を求めた。

「向こうには行けないよ」と、伍長がいった。「分断されている」

「だれに？」

「チンクの軍隊だ」と、伍長が無感動にいう。「なにもかもめちゃくちゃだ」

とつぜん、機銃が短く一連射した。

「来たぞ！」と射手が叫ぶ。

軍曹は装甲車の中に手をつっこんで、サブマシンガンをとりだした。彼の目にも、並木道のはしから出てきたチンク兵士の姿が映った。ラフな青い軍服に、つばの広いヘルメットをかぶっている。

軍曹は大声で命令を下した。装甲車はゆっくり大通りを進みはじめた。クルーは銃眼から発砲する。軍曹はマシンガン射手のそばに残り、片膝をついて、バリケードの陰からサブマシンガンを発砲した。

そのときとつぜん、なんのまえぶれもなく、チンクたちが周囲をとり囲んでいた。まるで、非在の空から飛び下りてきたみたいに。

ドックのそばの、まにあわせのせまい場所から、街の中心にほど近い豪奢《ごうしゃ》なビルに作戦本部を移したのが戦略上の失策だったことは、タイタン少佐ブルルンもすでに気づいていた。

そのときには、もっともな考えに思えた。街の占領は終わったのだ。占領軍司令部が必要だったし、ドックのそばでは間尺《ましやく》に合わない。

しかしいま、斥候《せっこう》全員が無人だと保証した生産レトルトの連結点から、よく訓練されたチンク兵士の大軍が押し寄せてきた。この軍勢がどこからやってきたのか、ブルルンはまだ薄々見当がついているだけだが、いまの状況では、合理的説明を見つけることなど、優先順位のはるか下のほうにある。

反撃が深刻なものであることがはっきりしてすぐ、必要とあればいつでも船で街の外に出られるように、ドックまで撤退しようと考えた。しかし、無念なことに、ドックは、敵が最初におさえた戦略地点のひとつだった。ブルルンの手勢は、いまなおそれを奪回しようと戦っている。

ほかの場所でも、おなじ災厄のくりかえしだった。侵入してきた敵軍の力は圧倒的で、軍事的支配権を維持しようと打った手は、どれひとつとして効果がない。チンクは影のようにあらわれたり消えたりすることができ、どんなにかたい防壁を築いても、らくらくと侵入してくる。彼らの装備は軽火器とナイフだけだが、素手の戦闘技術を使うだけで、味方の兵士はばたばたと死んでいく。ブルルンの長い経験でも、これほど危険な格闘術ははじめてだった。

ひとつまたひとつと占領区画が陥落していく不愉快な報告を聞きながら、ブルルンの胸に怒りがこみあげてきた。前線からの報告では、敵軍はあらゆる場所に同時に出現したらしい。ブルルンは、全地区の司令官たちにつながる回線をコントロールするキイにこぶしをたたきつけた。数分前から、彼らはしつこく指示をあおぎつづけている。

「動くものはみんな殺せ！」ブルルンは咆哮《ほうこう》した。「わかったか？　動くものは皆殺しだ！」


「どこかで会わなかったか？」

生産レトルト軍の軍服を身にまとった白人をけげんな目で見つめながら、リアド・アスカーはいった。

「ソブリー・オブロモットだ」と、男はほほえんだ。「二度会ってるよ、二、三日前に。ともかく、きみにとっては二、三日前だ。おれにとっては一年以上前の話になるがね」

「ああ、そうだった」アスカーが声をあげる。「地球の、ロンド・ヘシュケのところから来た男だな。すまない、顔を覚えるのが苦手なたちでね」

大儀そうに手を振って、

「じゃあ、なにもかもタイタンの思わくどおりに運んだわけじゃないんだな？」

ソブリーは、つつましやかながらも、勝ち誇った表情になった。

「やつらはなにをやられてるのかもわかってない。下レトルトの達成した技術のことは、もちろんきみも知ってるだろう――数分以内に完成品を必要とする場合でも、必要なだけの時間をかけてものをつくることができる。反撃部隊を組織するには一年しかかからなかったが、必要とあれば二十五年かけることだってできた」

「ああ、そんなようなことだろうと思っていたよ」とアスカー。「タイタンがそんな離れ技にやられる隙をつくったとは驚きだ」

「やつらには止めようがなかったのさ。甫蘇夢《フースームン》って名前の若者を覚えてるか？　タイタンは彼を地球から連れ帰った。やつらにとっては、置いてきたほうがよかったんだ。蘇夢《スームン》はふたつのレトルトのあいだのタイムトンネルを遮断して、タイタンの侵入を不可能にした。すくなくとも、娯楽レトルトの標準時では、ね。やつらの新しい船を使えば、いつかは侵入方法を発見できただろうが、なにが起きたか把握できないでいるうちに、こっちはやつらの首ねっこをおさえた。娯楽レトルト時間では、蘇夢《スームン》とおれがもどったのは、脱出から一時間後――それも、フル装備の訓練を積んだ軍隊を引きつれて、だ！」

アスカーがぼそっと、

「リムニッヒの配下のだれかがへまをやらかしたんだな。ま、そんなことはどうだっていい」

アスカーは伸びをした。アスカーはタイタンの捕虜からは隔離されて、もっと豪勢な部屋に監禁されていた。たぶん、身分の高い抑留者用の部屋だろう。しかし、オブロモットの訪問は驚きだった。

「思い出したよ」とアスカーはいった。「あんたはたしか、どこかの革命野郎だった。異種愛《デヴ》好家だ。そうだ、まちがいない」

「なんとでもいうがいい。おれはひとりじゃない。蘇夢《スームン》も革命分子だ。ここでは、状勢が変わりつつある」

「生産レトルトの労働者が反乱に足並みそろえると思ってるんなら、忘れちまいな。このＩＳ

Sの人間は、社会の成り立ちってものをちゃんと心得ている。秩序があるんだ」

「ま、いずれわかるさ。蘇夢《スームン》は、いろんな意味で人並みはずれた人間だ。彼が下レトルトで防衛部隊を組織した手際には驚いたよ。そして、おれたちはレトルト・シティを救ったんだ！」

ソブリーの声には、われ知らず、誇らしさが忍びこんでいた。

「あそこじゃ、みんな組織されるのが自然なのさ」と、アスカーがいい返す。「そんなこと、なんの意味もありゃしない」

アスカーはあくびをした。疲れている。

「ともかく、あんたはレトルト・シティを救ったってわけだ。よし、じゃあ、おれの前にひざまずきな、ご同輩。あんたの前にいるのは、地球を救った男だぜ！」

「きみは……」

問い返そうとしたソブリーは、部屋の外からの呼び鈴《りん》にさえぎられた。はいってきたのは甫蘇夢《フースームン》だった。アスカーに軽蔑の視線を投げると、ソブリーのほうを向いて、

「万事順調だよ。レトルトはこっちのもの、まだ二、三、抵抗している地区があるけどね。それに、地球人が娯楽レトルトの閣僚たちを監禁していた場所も見つかった。もうすぐここに来るはずだ」

「そいつはよかった！」アスカーが元気よくいった。「このちょっとした混乱が終わったんなら、わが師敉錕辰《シューククンチエン》も観測室にもどって、はるかに重要な問題に専念できるというものだ。さ

しつかえなければ、おれもいっしょにもどりたいんだがね」

「ああ、きみならそういうだろうよ」蘇夢《スームン》がいった。「きみは、自分の種族を助けるより、抽象的な問題に没頭するほうを選んだ男だ。勝手にするがいい。ここでは、きみのような人間は必要ない」

若者の態度のはしばしに、以前にはなかったたくましさが加わっていることに、アスカーは気づいた。この一年が、彼を変えたのだ。

「待ってくれ」ソブリーが口をはさんだ。アスカーに向かって、

「さっき、地球がどうとかいってたのはなんの話だ?」

アスカーは頑固な表情で腕組みした。

「敉錕辰《シユークンチエン》に会いたい」

「きみの考えていることはお見通しだ」一拍おいて、蘇夢《スームン》がいった。「きみの敬愛する先生を含めて、ぼくが閣僚全員を処刑すると思ってるんだろう。心配ない。それはぼくじゃなくて、民衆が決めることだ。たぶん、敉《シユー》は、工場で働くことになるだろう、労働がどんなものかを学ぶために」

蘇夢《スームン》の指示を受けたソブリーが、数分後に、敉《シユー》を連れてもどってきた。老科学者はもぐもぐとおざなりなあいさつをしてはいってくると、アスカーに向かって、

「計画を実行する時間はあったか?」

「かろうじて」とアスカー。「ともかく、〈斜行存在〉のもとを訪れました」

「で、なにかいい知識を学んだ?」

「どういう見方をするかによりけりですが——ええ、そういっていいでしょう」

アスカーはソブリーのほうをふりかえって、

「あんたは地球人だ。だから、なんとか説明してみよう。おれがやっていたことは、あんたたちが思うほど、現実的な問題からかけ離れたものじゃなかった。ここから数光年離れたところに、ひとつの……知性がある。ずいぶん前から、レトルト・シティにとってはおなじみの相手でね。〈斜行存在〉と呼ばれている——時の中に、斜めに存在しているからだ。われわれの目標——おれと、赦《シュー》の目標——は、この存在と良好なコミュニケーションを確立して、実際的な知識を交換することだった。〈斜行存在〉の時間に対する認識は、われわれのそれよりもはるかに深い。だから、そいつがおれたちを助けてくれるかどうか、目前に迫った衝突を回避できるように、突進するふたつの時間システムの針路をコントロールする方法があるかどうかを知りたかった」

「わかる……と思う」

ソブリーはためらいがちにいった。アスカーを誤解していたことに、かすかに決まりの悪さを感じていた。いまのいままで、この男を、ただのドロップアウトとしか思っていなかったのだ。

アスカーは先をつづける前に、赦《シュー》のほうを見て、

「驚いたことに、〈斜行存在〉はすでに地球のことを知っていました。どうやら、生命の芽生

えた惑星を観察することを趣味にしているようです。やろうと思えば来たるべき大変動を未然に防ぐことができるとそれが認めたときには、さらに耳を疑いました。〈斜行存在〉は、時間の方向に影響を与えることができるんです、たとえ相手が、地球ほど大きく、遠く離れたシステムでも。どうやるのかはわかりません。しかし、この力は、人類にはけっして使い方を学ぶことのできない種類のものだと明言しました」

「しかし、それじゃあ神様みたいじゃないか！」

ソブリーが、信じられないというように叫んだ。

「ああ、たしかに神様みたいなもんだ」

アスカーは、唇の端をかすかに歪めて答えた。それは、あのときアスカー自身がもらした言葉とそっくりおなじだった。〈斜行存在〉の答えは、いまでも耳にこびりついている。ここはおまえ同様とるにたりぬ存在だ。神は、わたしのことになど気づかぬ、おまえに気づかぬのとおなじように。

「彼の話はほんとうですか？」ソブリーはすがりつくように、赦《シュー》にたずねた。「あなたがたが観測室でやっていたのは、ほんとうにそういうことだったんですか？」

赦《シュー》は、見下したような冷たい声で、

「まさしくそれが、われわれの計画だった。はるかむかしから、わしは、〈斜行存在〉がわれわれには未知の力を持っているのではないかと考えていた」

「機械《デウス・エクス・マキナ》じかけの神」とソブリーがつぶやいた。

「ああ」とアスカーが抑揚を欠いた声でいった。「本物のデウス・エクス・マキナだ。しかし、〈斜行存在〉は、基本的に観察者であり、非干渉主義者であるといいはった。その力をわれわれのかわりに使ってくれと頼むと、〈斜行存在〉は拒絶した」

重い沈黙が部屋にたれこめた。やがて、蘇夢《スームン》が身じろぎし、

「きみたちの惑星のことは残念だった」と、かたい声でいった。「しかしながら、失礼をいわせてもらえば、レトルト・シティはこれからも存続するし、ぼくにはやらなければならない仕事がある」

「話はまだ終わっていません」蘇夢《スームン》が部屋を出ていってすぐ、アスカーは赦《シユー》にいった。「わたしはさらに議論をつづけました」


アスカーの心は、まだ記憶に新しい、そのときのことへともどっていった。最初のうちは、すべてに倦《う》み疲れた彼のシニシズムが勝っていた。心の中で肩をすくめ、地球のことはあっさりあきらめた。

しかしやがて、そうやすやすとあきらめてしまうことはできないのがわかった。アスカーの中のなにかが、そうさせてはくれなかった。おかげで彼は、その前では自分がちっぽけな蟻になったように感じる存在に対して、自分の抱えている問題をなんとかしてくれと頼みこむことになった。這いつくばって懇願したわけではない——いや、懇願というのは正しい言葉ではないだろう——しかし、それに近いところまでいった。

〈斜行存在〉は、脈打つ声で答えた。

「目下の地球の状況には、相当のドラマがある。わたしは、そのドラマのじゃまをしたくない」

議論しているあいだ、アスカーのすわっていた部屋は揺らいで消滅し、彼はすさまじい騒音に包まれた機械のあいだを、塵《ちり》のように漂っていたり、ちらちらするかたちが泳ぎまわる暗黒の虚無の中に浮かんでいたりした。〈斜行存在〉が、彼をこわがらせようとしたり、怒りを示そうとしたりしているわけではないらしい、と最終的にアスカーは判断した。単純に、〈斜行存在〉の思考が、ときおり、感覚データをレトルト・シティの受容機に転送することから離れてしまい、アスカーはランダムなイメージを拾い上げているだけのことなのだ。しかし、〈斜行存在〉が話しはじめるたびに、アスカーはすみやかに、サーン研究所の自室のシミュレーションにもどされていた。

そして最後に、〈斜行存在〉の声が変わった。またあの女の子の声が、今度はスピーカーから響いた。鈴を鳴らすような笑い声。

「あなたがやったような試みは、報われてしかるべきね」と彼女はいった。「わたしは、こうするつもり」

それから、〈斜行存在〉が、それを見せてくれた。言葉ではなく、映像で。その単純なデモンストレーションは、彼の意識を直接揺り動かした。時間流から分かれた無数の支流が、四方八方に広がって、砂漠に生命をもたらしてゆく。そして、もともとの本流は、おなじ勢いを持つもうひとつの本流のほうにめがけて突き進んでゆく。やがてはすさまじい渦巻きに巻きこまれて、破壊されてしまうことになる……。

アスカーがそれを説明すると、赦《シュー》はうなずいて、しばらく黙考した。やがて、赦《シュー》は口を開き、

「みごとだ。それに、論理的でもある。〈斜行存在〉はまちがいなく、正義のなんたるかを知っておる」

「わかりません」ソブリー・オブロモットが不平をいった。「まるっきりわかりません」

赦《シュー》はソブリーのほうを見やり、それから、袖に手を入れて、

「素人にはむずかしかろう」と、低い、考えこむような声でいった。「こういう説明をしてみよう。時間は前に進む、つねにひとつの方向に。しかし、本物の宇宙には、それ以外にも無数の方向がある。〈絶対現在〉がつくりだすたった三つの次元だけではなく、六次元と定義しうる。したがって、過去から未来へと進む時間流の外側には、時間の川が流れる大地に相当する、非・時間の広がりがある。現実的にいい直せば、五次元世界には、いくつものべつの地球が存在する。そなたの知っている地球ととなりあわせに。これらの地球に、住人はおらぬ。生命は存在せず、時間も存在しない。時間の川の向きを変えて、そうしたべつの地球のひとつに注ぎこむようにすることは可能だ。さすれば、衝突は回避できる。そなたたちの問題にとって、理想的な解決法だ」

「しかし、そうはならない、ということですか？」

抽象的な概念と闘いながら、ソブリーはいった。

「残念ながら、そのとおりだ。〈斜行存在〉は、地球の時間本流には手を触れない。本流から何本か支流を引いて、それぞれの流れを別の地球へと導くことのみに同意した――膨大な数の、大なり小なりおなじような地球がある。そうした支流に導かれた人間は、不毛の惑星の上で、自分たちが小さな生命の島を構成していることに気づくことになる。しかし、いつかはその生命が、惑星全体をおおいつくすまでに広がることだろう。それぞれの地球について、新しい世界が誕生することになる」

赦《シュー》は、賢者にふさわしい態度で無意識にうなずいて、

「われわれは、それよりも愚かな解決策を選んでいたかもしれぬな」

「まだ存続している異種居留区《デヴ・リザベーション》それぞれにひとつずつ、世界が与えられることになる」アスカーがソブリーに説明を補足した。「〈斜行存在〉は、人類亜種のすべてに対して、他種族の干渉を受けない、自分たちだけの未来を与えることにした。タイタン文明の代表者に対してさえも、彼らが支配できる地球が与えられる――タイタンの大志を邪魔だてする異星人干渉者も未来地球エイリアンもいない地球を。未来地球の種族に対しても同様だ。彼らの中にも、さまざまな党派や国家がある。そのうちのいくらかは救われる」

「それで、その残りは――全滅？」

「そう――大部分は」眼前にその光景を見ているように、アスカーの目に輝きがともった。「アーマゲドンが、時を超えた大戦争が起こる――それは、時が衝突するのと同様、避けられないことだ。しかしそれでも、生存者は残る。タイタンたちはすでに、衝突のさいのエネルギ

ーを無効にする、強力な人工の時間バリアで守られたシェルターの設計にとりかかっている。そうしたシェルターのいくつかは——ふたつ三つは——たぶん生き残るだろう——きちんとした装備さえ整っていれば。だから、すべてが終わったあとにも、ひと握りのタイタンが生き延びて、想像もつかないほど荒廃した地球に、なにかを再建しようとするだろう」

「その、時間流の分割は——いつはじまるんだ?」

「もうはじまっている」アスカーがいった。「おれがタイタンどもに見つかって、赦《シユー》の観測室からひきずりだされたときには、もうはじまっていた」

アムラック居留区にいる友人たちは、もう環境の変化に気づいているだろうか、とソブリーは思った。アムラックの文化が滅びないですむ——そのことがわかっただけでもよかった。


タイタン少佐ブルルンは、右手をひと振りして、テーブルの上に並ぶ内線映話機《ヴイドカム》の列を払いのけた。もうだれも、報告をよこさない。

いま、ブルルンは自分のオフィスにひとりきりだった。副官はすでに、外のバリケードの防衛に手を貸すよう命じて、送り出してある。どうやら、最後の抵抗の時が来たようだ。

ブルルンは大股に、オフィスから歩み出た。彼の知るかぎり、この本部は、まだ陥落していない唯一の戦略拠点だった。いつ攻撃がかけられてもおかしくない。

ギャラリーのような長いコンコースが、ブルルンが総司令部に選んだビルの前方に延びている。防御にはうってつけの位置だ。身を隠す場所などひとつもない長い大通りを、敵は通ってこなければならない。しかし、このチンクどもが使う手管《てくだ》の前には、そんなことはほとんど役に立たないだろう。

その大通りに設置された鋼鉄のバリケードまで来て、ふたことみこと兵士たちに激励の言葉をかけていたとき、攻撃がはじまった。

チンクたちは、あらゆる場所に同時にあらわれた。バリケードのこちら側に五、六人があらわれ、ブルルンの部下たちが至近距離で激しく応戦しはじめている。ほかの者は、通りの先のほうに向かってでたらめに発砲している。ブルルンはまたしても、ホカの恐るべき効果を目《ま》のあたりにすることになった。しかしさいわい、チンクどもは数の上では劣勢だ。

それから、ブルルンは通りの向こうに視線を投げた。そこに、彼らがいた。青い軍服、つばの広いヘルメット。ちらちらと、あらわれたり消えたりをくりかえしながら、影の亡霊のように、コンコースをこちらに進んでくる。意のままに姿を消せる敵と、彼らは相対しているのだ。

とつぜん、ブルルン少佐は荒っぽい、歓喜の声とさえ思えるような雄叫《おたけ》びをあげた。銃の台座まで駆け寄ると、射手をつきとばし、重機関銃を三脚架から持ち上げた。ふつうはふたりがかりで運ぶそのマシンガンを、ブルルンはバリケードごしに持ち上げて、弾帯をうしろに引きずりながら、腰だめで連射した。

「こんなところにしゃがみこんでいても無駄だ、おまえら！」ブルルンは部下たちに叫んだ。「出てきて、やっつけろ！」

巨大でぶかっこうな武器を発砲しつつ、ブルルンはよろよろする足で通りを進み、見え隠れするチンク兵士たちのただなかへとつっこんでいった。これこそ、おれのとるべき道なのだ、とブルルンは心の中でいった。亜人間の群れと息絶えるまで戦いぬいて、男らしく死ぬのだ。

首のうしろに手がふれ、こと切れたときも、タイタン少佐ブルルンは、まだマシンガンを撃ちつづけていた。


青い服を着た兵士たちが、バルコニー前の広場に群がっていた。バルコニーに立つのは、蘇《スー》夢《ムン》、ソブリー、文悟《ウエンウー》首相と、その閣僚たち。蘇夢《スームン》は、神経質に唇をなめている。

これは、蘇夢《スームン》のアイデアだった――娯楽レトルトの内閣閣僚全員を、勝利に酔う兵士たちの前に勢ぞろいさせよう、というのは。尊敬すべき政府高官たちは面目を失し、彼らもまた、弱点の多い、ただの人間でしかないことが明らかになる。労働者たちは、みずからの権利を奪われていたことに気づくだろう……。

しかし、文悟《ウエンウー》は、意外にも、この対面式を喜んで受け入れた。蘇夢《スームン》の意図するところにはまるで気づいていないらしく、それどころか、その手配をしてくれたことに対して、上品に感謝の言葉をのべさえしたのである。文悟《ウエンウー》には、もっとはっきりしたいいかたをしておくべきだったな、と蘇夢《スームン》は思った。

なぜなら、文悟《ウエンウー》首相はいま、抑揚たっぷりのよく響く声で、タイミングよく攻めこんできたことについて、生産レトルトの労働者たちを称揚しているのだ。

「きみたちの、市民としての義務をはたそうとするその誠実さには、つくづく感服させられた」

長い前置きにつづいて、文悟《ウエンウー》はいった。その貴族的な相貌は、驚くほど無表情だ。

「いま、外世界の野蛮人たちが追い払われた以上、われわれはみな、それぞれに割り当てられた場所にもどり、秩序ある社会の完璧な調和をとりもどすことができる」

文悟《ウエンウー》は一歩しりぞいて腕を組み、蘇夢《スームン》と、片側に立つ生産レトルト監督官たちに、柔和な笑みを向けた。それから、バルコニーのうしろへと後退した。

文悟《ウエンウー》が場をさらっちまったな、とソブリーは思った。蘇夢《スームン》のやつもかわいそうに。

生産レトルトの監督官が進み出て、文悟《ウエンウー》のほうに軽く会釈し、それからふたことみこと、群衆に、街を救ったことへの満足を表明する言葉をていねいな口調で述べた。

労働者たちは、邪念のかけらもない表情で、目をまんまるにして監督官を見上げている。なにもかも秩序正しく、平和そのもの。ソブリーは、彼らが文句ひとついわず、下レトルトへ、工場へ、おそまつな娯楽へともどろうとしているのを知って、軽いショックを受けた。

監督官が舞台を下りた。蘇夢《スームン》はまごついているようだ。革命家としては、こいつはいまもってネンネだ。社会の変革をいかにして引き起こすか、その手がかりさえ持っていない。勝手に変わるものだと思いこんでいる。

しばらくためらったあと、蘇夢《スームン》は一歩進み出た。が、ソブリーがそれを押しとどめ、先に舞台の中央に立った。

この連中の頭を変える大仕事の手はじめには、いったいなんといえばいいんだろう? 万人の平等へとつづく道の第一歩を踏みださせるには、なんといえばいいのか?

ソブリーは、革命声明文を無数につめこんだ頭の中の図書館をさぐり、最後に、いちばん古いスローガンにつきあたった。伝説的、いや神話的とさえいっていいほど古い、有史以前の時代から口伝えで伝わってきたスローガン。

ソブリーは、握り締めたこぶしをふりあげた。

「万国の労働者よ、決起せよ。きみたちには、その足枷《あしかせ》以外、失うものはなにもないのだから……」

14

彼らの足音は、巨大な地下洞窟の中に響きわたった。副官や衛兵たちにつき従われた惑星指導者リムニッヒは、複合オフィスのドアのすぐ外で、長身で冷静なブラスク大佐の出迎えを受けた。

「メッセージは受けとったか？」あいさつのあと、リムニッヒはそう切りだした。「ことの重大性は理解しているだろうな？」

「理解しています、惑星指導者閣下」

ブラスクはドアを開き、リムニッヒを招じ入れた。

惑星指導者は、部下たちに手を振って待つように合図し、ひとりで中にはいった。リムニッヒは、憔悴《しょうすい》しきっているように、革張りのゆったりしたアームチェアに深々と身を沈めた。

「暗号通信が必要だったわけはわかるだろう。これほどの問題になると、映話連絡は信用できん……最近では、秘密保持は努力を要するものになっている……」

リムニッヒは目をしばたたき、それから鼻を鳴らした。寒気とふるえを感じる。しかし、ほとんどの場所が疫病に汚染されているという知識がもたらす幻想にすぎないのはわかっていた。

ウイルス研究所は、つぎからつぎへと出現する新しい疾病《しっぺい》——エイリアンが引き起こしたものであることは、ほぼまちがいない——の洪水と、総力をあげて闘っている。しかし、ひとつ抗体を見つけるたびに、また新しいウイルスが出現するような状況だった。

「メッセージの内容を確認する時間はおありでしたか、指導者閣下？」とブラスクがたずねた。

リムニッヒはうなずいた。

「ああ、まちがいない。地域全体が、地図からあっさり消え失せた。おそらく、エイリアンの新兵器だろう。しかし、いったいどのような兵器が、人間、建物、植生のすべてを、あとかたもなく殲滅《せんめつ》させることができるのか、地球母《マザー》のみぞ知る、だ。放射能もなにも、まったくない。ただ、裸の土壌だけだ」

「しかし、消え失せた土地のほとんどは、異種居留区《デヴ・リザベーション》ですね？　いささか奇妙ではありませんか？」

リムニッヒは肩をすくめ、

「おそらく、テストに好都合だとエイリアンどもが考えたのだろう。わがほうのやったことではない、それだけは断言できる。しかし、状況がいかに深刻なものであるかはわかるはずだ。C大隊の準備はできているか？」

「はい、惑星指導者閣下。第一波は、あと二、三分で出発します」

ブラスクは、大型スクリーンのスイッチを入れた。時間戦闘服に身を包んだハンサムな男たちが、飛行前の式典を終え、背筋をのばして散開してゆく。リムニッヒはその姿をじっと見守り、彼らの勇気と、任務への献身ぶりに感嘆した。

　リムニッヒの当初のもくろみとはちがって、もはや、クロノス軍団が最終攻撃にふさわしい力をつけるまで待つ時間はなかった。時間戦士たちに、生き延びて帰還するチャンスを与える手段を考案する時間もなかった。スクリーンに映しだされているのは、特攻作戦に赴く兵士たちであった。各機に数十個ずつ搭載された水素爆弾を、万難を排しても投下するのが彼らの任務だ。なじみ深い安心感のようなものを抱いて、リムニッヒは彼らの決意に満ちた顔をながめた。数時間前に、彼らはそれぞれ、冷凍保存するための精子を供出している。みずからの種子が、種《しゅ》の血に貢献しつづけるという事実が、彼らの名誉となる。

「惑星指導者閣下、もうしわけありませんが、すでに定めた計画にしたがい、わたくしはこれでおいとまさせていただきます」

　ブラスクはボタンを押した。若い将校がひとり、オフィスにはいってきた――最近のタイタン軍団で重用されている、頭のいい若者たちのひとりだった。

「ご指示のとおり、第二波が出発するまでのあいだは、わたくしにかわってこのゴール大佐が作戦を指揮します」

　リムニッヒがおざなりにうなずいてみせると、ブラスクはふたりに最後の敬礼をして、部屋をあとにした。

　惑星指導者は、スクリーンの中で、ブラスクが部下たちとともに位置につくのを見守った。司令機のブラスクを含めて、兵士たち全員が時間旅行機に乗機する。

「いつかは、彼らの生還を可能にする方法が見つかる」リムニッヒが、ゴールに向かっていった。「それまでは、これでいい」

「はい、惑星指導者閣下」

飛行大隊は、雷鳴のような音とともに、いっせいに消え失せた。くぐもったハム音をたてながら、彼らは、喜びいさんで未来へと向かう。積み荷は、死、死、さらに多くの、死。

著者覚え書き

この作品のバックグラウンドとして用いた時間理論は、『時間の実験』An Experiment With Time の著者、J・W・ダンとの対話、および、わたしが第9章で扱った回帰問題について書かれた彼の著書、『連続宇宙』The Serial Universe に、いくぶんかを負っています。

そうした議論から抽出してわたしがつくりだした時間の説明は、もちろん粗雑な、架空のものですが、しかしながら、現在という瞬間が、はたして物理学者リアド・アスカーが最初信じていたように宇宙全体に同一の広がりを持つものなのか、それとも、レトルト・シティの科学者たちがいうように局所的なプロセスにすぎないのか、という問題を提起することはできます。わたし自身は、後者の説が真実に近いのではないかと考えていますが、時間が生物系に関連しているのか、それとも銀河系のようなもっと大きなものに関連しているのか、あるいは、たとえば観測可能な恒星間宇宙すべてを含むようなさらに巨大な構造に関連しているのかは、未解決の問題です。

——BJB

訳者あとがき

バリントン・ベイリーはアイデアの人である。

彼の独創性は現代SFの中では並ぶものがない。われわれは、アイデアと無限の可能性を持つ文学と関わり合いを持つことに誇りを感じる。だが、この誇りが想像力を失わせてしまう。SFが自ら課したクリシェ、ステロタイプが、本当はいかに奥の深いものであるかを、そして、分水嶺《ぶんすいれい》を越え処女地をのぞきみようとする試み自体、いかにまれなものであるかを、われわれはしばしば失念してしまう。このステロタイプを、簡単に、しかもさりげなく越えられるような作家——つまり堅実な、想像力豊かな、発明の才のある作家はほんのひと握りなのだ。

ベイリーのアイデアの扱い方は騎士道的である。メロドラマチックでさえある。「永遠なる謎」に心をとらわれ考えこむことはまずない。——ベイリーには活力がある。勢いに乗って書く。あなたはけっして退屈することがない。

ブライアン・ステイブルフォード「バリントン・ベイリーを語る」VECTOR no.83
（鈴木博也訳・京都大学SF研究会〈中間子〉3号より）

「校正のためにゲラを読み返したときでさえ、傑作だという確信は揺るがなかった」というのは、ディックの最高傑作のひとつに数えられる『アンドロイドは電気羊の夢を見るか?』に浅倉久志氏が寄せた訳者あとがきの一節なのだけれど、ぼくはいま、そのおなじ言葉をここでくりかえしたい誘惑にかられている。いや、もちろん、本書は『電気羊』のような、一点の非のうちどころもないバランスのとれた名作ではない。香り高き文学性や陰影のあるキャラクターとはまったく無縁。時間と時間の正面衝突を真正面から描き上げた、SF以外の何物でもありえない、武骨そのものの長編である。バカなアイデアを思いついたんだけどさあ、と酒を飲みながらSF仲間に滔々《とうとう》とまくしたて、翌日にはきれいさっぱり忘れてしまっているような、途方もなくぶっとんだ時間理論に真っ向から挑みかかる、ほとんどドン・キホーテ的な蛮勇の産物。現代文学にも現代科学にも、本書がつけくわえるものはまったくないだろう。だがしかし、いやそれだからこそ、手前みそのそしりもかえりみずこう断言したい。ゲラを読み返したときでさえ、傑作だという確信は揺らがなかった、と。

舞台は遠未来の地球。人類は、〈真人〉と呼ばれる白人種によって支配されている。白人以外の人種はすべて〈異常亜種〉と呼ばれ、人間扱いされず、特別居留区でほそぼそと生き永らえているだけ。その〈真人〉の頂点に立つのが〈タイタン軍団〉なる軍事独裁政権。彼らは異常亜種との戦争にことごとく勝利をおさめ、いまや事実上、地球全土を制覇《せいは》している。タイタンにとって残された脅威は、異星人侵略者のみ。八百年前、地球文明は謎の異星人に侵略され、大崩壊の憂《う》き目を見たのである。どの星からやってきたのか、なにが目的だったのかもわからない以上、いつまた彼らが地球を襲ってこないともかぎらない。そのためタイタンは、異星人の残した遺跡を調査し、その実態を解明すべく全力を傾けていた。

主人公のひとり、ロンド・ヘシュケは、そうした異星人遺跡のひとつを調査する民間人考古学者。あるとき彼のもとに奇妙な写真が届けられる。三百年前に撮影された写真なのに、そこに写っている遺跡の姿は、現在のそれより古びているのだ。この写真が正しいとすると、遺跡は年を追うごとに新しくなっているということになる。そんなばかな……。トリックにちがいない。しかし、だれが、なんのために？　おりしもそのとき、ヘシュケはタイタンの行政本部に呼び出され、極秘の使命を依頼される……。

このミステリアスな事件を発端として、ベイリーお得意のメタフィジカル・タイム・オペラが幕を開ける。つぎからつぎへとくりだされる目を剝《む》くような時間理論、エイリアンの航時機による攻撃、中国人だけのスペース・コロニー、時間の中を斜めに進む超知性、あやしげなガジェットの数々……。まさに、疾走する奇想のローラー・コースター。

そしてなによりも、この、わずか三百ページちょっとの長編には、SFのエッセンスが驚くほどの密度で凝縮されている。余計なものはまったくない。コーカソイドによる有色人種支配という基本設定さえもが、本書の中では百パーセントSF的なアイデアに昇華されている。S

Fであることが最重要課題であって、現実の社会問題はSFに奉仕しているのである。まさにサイエンス・フィクションの鑑《かがみ》といえよう。

SFマガジン一九八九年七月号で組まれた〈奇想SF特集〉に解説を書いたとき、ひそかに念頭にあったのが本書だった。

「（前略）病膏肓《やまいこうこう》状態におちいったすれっからしSFマニアにとって、驚けるSFというのは、それだけでダイヤモンドのように貴重な存在である。なんと、まだこんな話があったのか！という喜びで、またSFを読みつづける気力が猛然と湧いてくる――そういう傑作のことを、われわれはバカSFと呼ぶ。たしかにお利口なSFも悪くはない。りっぱな文章、気のきいたストーリー・テリング、スマートなアイデア処理、魅力的なキャラクター……だがしかし、それがぜんぶ合わさって、お手本のようなSFができたとしても、八〇点しかあげられない。あっと驚く衝撃。頭をがつんと殴られるようなショック。これなくしてなんのSFであろうか。（中略）

SFの神髄は、とほうもない奇想、究極の馬鹿アイデアにこそある。」

そして、このアジテーションに完璧にあてはまる、古今東西最高の馬鹿SF、奇想SFこそ、本書『時間衝突』であると、ぼくは信じている。『カエアンの聖衣』や『禅銃《ゼンガン》』でさえ、本書の前では、スマートでこぢんまりとまとまった、完成度の高いお上品な長編に見えてしまう。この破天荒さかげんに匹敵するのは、おそらく、ワイドスクリーン・バロック史上に燦然と輝くクリス・ボイスの『キャッチ・ワールド』くらいのものだろう。

私事にわたって恐縮だが、ぼくがこの小説と出会ってから、早いものでもう十年を超えた。安田均氏が、ベイリーはすごい、『カエアンの聖衣』はすごいと叫んでいたのに触発されて本書を手にとり、とにかくぶったまげたことを覚えている。若気のいたりというやつで、SFを読んで驚くことなんてもうあるまい、センス・オブ・ワンダーなど過去の遺物だと信じこみ、LDG《レイバー・デイ・グループ》なんぞと呼ばれるソフィスティケートされたライフスタイルSFにうつつを抜かしていた大学生のぼくにとって、本書はまさに、目からウロコを落とさせてくれた作品だった。まだまだSFは使い尽くされたわけではない、めちゃめちゃなスケールの破天荒な傑作が不可能になってしまったわけではないということを教えてくれたのが『時間衝突』なのである。一部で評判になった久保書店の『時間帝国の崩壊』につづいて、『カエアンの聖衣』が、『禅銃《ゼンガン》』が、短編集『シティ5からの脱出』が、ハヤカワ文庫SFからつぎつぎに出版され、予想どおりの絶賛を博したあとも、まだベイリーのほんとうのすごさは知られていないと信じつづけ、SF大会や地方コンベンションで、SF仲間とベイリーの話になるたびに、この本の粗筋《あらすじ》を無理やり話してきかせていた。ぼくにとって、『時間衝突』は、そのくらい愛着のある作品だった。

　本書を訳したいばかりに翻訳者になった、というのはいささかかっこよすぎるにしても、いつかは自分の手で訳してみたいと心中ひそかに決意をかためていた作品であることはまちがいない。その『時間衝突』がとうとうこうして出版されることになって、正直、いったいどんなふうに受け止められるのだろうかとどきどきしているのだけれど、あとは読んでくださったみなさんの審判を待つほかない。願わくは、ぼくがはじめてこの本を読んだときとおなじ興奮と驚きを、みなさんが感じてくれますように。

最後に、本書の翻訳にあたってお世話になったかたがたの名を記して、感謝の言葉としたい。英語の疑問点についてはサンフランシスコ在住の日本マンガ翻訳家、トーレン・スミス氏に、中国系の人名の漢字表記については関東海外ＳＦ研究会の笹川桂一氏に、それぞれご教示いただいた。また、文科系の頭では理解に苦労した時間理論解釈については、東大ＳＦ研ＯＢの曲守彦氏に相談に乗っていただいた。もちろん、勘違いによる過ちがあった場合には、すべて訳者の責任である。

また、ベイリーを師とあおぐブルース・スターリング氏には海の向こうからすてきな序文を、ハードＳＦ通の大野万紀氏には箱根の関所の向こうから懇切丁寧な解説を、多忙にもかかわらずお寄せいただいた。また、スターリング氏との交渉に当たっては、氏の古い友人であり翻訳者である小川隆氏に仲介の労をとっていただいた。

そして、本書の翻訳の機会を与えてくれた（そして、大学時代には〈中間子〉ベイリー特集を世に出した）創元ＳＦ文庫編集部の小浜徹也氏には、最大級の感謝を。本文庫からは、このあともベイリーの作品がつぎつぎに刊行される予定なので、今後ともごひいきに。

一九八九年十一月十六日

新装版への付記

『時間衝突』の邦訳が創元SF文庫（当時は創元推理文庫SF分類）から初めて刊行されたのは一九八九年十二月のこと。さいわいにも好評を得て、翌年の星雲賞海外長編部門を受賞。売れ行きも上々で、何度も版を重ねた（旧版の最後は、たぶん十一刷）。ちなみに、福岡大学のジェファスン・M・ピーターズ教授が書いたベイリーの評伝（*Dictionary of Literary Biography* 所収）によると、いちばん売れたベイリーの著書はDAWブックス版の『時間衝突』で、その実売が四万一千部＋αだったというから、日本版はその倍くらい売れている。英語以外に翻訳されている作品数では日本語がいちばん多く、もしかするとベイリーのSFが読まれている国ナンバー1は、イギリスでもアメリカでもなく、この日本かもしれない。

その後、同じ創元SF文庫から、九一年に坂井《さかい》星之《せいじ》訳で『永劫回帰』（*The Pillars of Eternity*, 1983）が刊行。九二年には第一長編『スター・ウィルス』（*The Star Virus*, 1970）、九三年には『ロボットの魂』（*The Soul of the Robot*, 1974）と『光のロボット』（*The Rod of Light*, 1985）のロボット二部作が、いずれも大森望訳で出たものの、諸事情あってベイリーの邦訳刊行はそこでストップ。英語圏では、今世紀に入って再評価の気運が高まり、旧作が次次に復活したほか、お蔵入りしていた長編二冊も刊行されたが、日本では邦訳書のほとんどが品切になっていた。そして二〇〇八年、思いがけない訃報が届く。バリントン・J・ベイリー、七十一歳。消化器系の癌による合併症を起こし、十月十四日に死去したという。この知らせを受けて、ベイリーの熱烈な支持者だったミステリ作家・殊能将之《しゅのうまさゆき》は、ウェブ日記の「a day in the life of mercy snow」にこんなふうに書いている。

バリントン・J・ベイリーはSFのある本質を体現した作家のひとりだった。／文章は下手、キャラは平板、プロットは破綻《はたん》し、奇想は思いつき程度で整合性がなく、大風呂敷《おおぶろしき》を広げてもたたむことができない。／そんな小説がおもしろいはずがないのだが、読むと無類におもしろいのだ。なぜかというと「SFだから」としか理由づけのしようがない。／ベイリーは間違いなく、わたしと同世代の濃いSF読者のアイドルだった。わたしも邦訳が出るたび読みふけり、熱狂的に支持したものだ。

しかし、こういう小説は継続できないのだよ。／SFのある本質が薄まると、たんなる下手くそな小説になってしまう。正直、近作長篇はたいしておもしろくなかった。／かといって、ベイリーの作風では文学や物語に逃げることができない。純粋SF作家の栄光というか、不幸というか。

ふと「本格ミステリの価値と小説の価値は異なる」という主張を思いだした。ついでにヴァン・ダインの「優れた長編ミステリは生涯6冊以上書けるものではない」という言葉も。

本書『時間衝突』が、生涯に六冊以上は書けない優れた長編SFのうちの一冊であることは間違いない。そのうちのもう一冊にあたる『カエアンの聖衣』（冬川亘《ふゆかわわたる》訳／ハヤカワ文庫SF／*The Garments of Caean*, 1976）も、やはり長く品切になっていたため、同書にインスパイアされたTVアニメ『キルラキル』が二〇一三年～一四年に放送されて大人気を博した結果、古書価が高騰する事件も起きた。その後、同書は、早川書房創立七十周年記念「ハヤカワ文庫補完計画」の一環として、大森望の新訳で二〇一六年三月に復活。ベイリーを知らない新しい読者の間でも大評判になり、たちまち重版決定。ベイリー人気の健在ぶりを示した。

それに続き、こうして新装版がお目見えした本書は、ベイリー流ワイドスクリーン・バロックの最高峰。初版から四半世紀以上経つこともあり、訳文には全面的に手を入れたが、なにしろ年齢がいまの半分（二十八歳）のときの翻訳なので、文体まで直しはじめるとキリがない。当時の勢いはそのままに、細かいまちがいの訂正や表現の微調整でブラッシュアップにつとめた。お世話になった東京創元社編集部期待の新鋭、笠原沙耶香さんに感謝する。

さて、付記に必要なことは以上なんですが、まだ若干ページがあるので、この場を借りて、〝ベイリーとわたし〟について少々。以前、SFマガジンの連載コラムでも書いたとおり、僕が初めて読んだベイリー作品は、〈季刊NW－SF〉十四号（七八年八月号）に訳載された

「災厄の船」（大和田始《おおわだはじめ》訳／*New Worlds* 1965/06 初出）だった。意外にもこれがベイリーの初邦訳。その媒体が〈NW‐SF〉というのは、今となっては不思議な気もするが、当時はベイリーも立派な〈ニュー・ワールズ〉作家だった。「災厄の船」は、滅びゆく種族エルフの操る船があてどなく海をさまよう重厚なファンタジー（人類文明の勃興《ぼっこう》以前に存在したエルフ文明がその歴史ごと消えてゆくさまを描く多世界SFとも読める）。もっとも、当時のベイリーがそういう小説ばかり書いていたわけではない。ベイリーは、二歳下のムアコック（一九三九年生まれ）とまだ十代の頃に出会って親友となり、短編を合作したり、同じ家に同居したりする仲だった。ムアコックが〈ニュー・ワールズ〉誌の編集長となってからは、主力作家として同誌や姉妹誌に短編を書きまくる。ムアコック編の同誌傑作選最終巻 ***Best SF Stories from New Worlds 8*** には、「地底潜艦〈インタースティス〉」「大きな音」「空間の大海に帆をかける船」など、ベイリーならではの奇想に満ちた短編が四編も採録されているほど（なお、これらの短編を含む日本オリジナル編集のベイリー短編傑作選『悪の種子』［仮］がハヤカワ文庫SFから二〇一六年十月に刊行予定なので乞うご期待）。

しかし、「災厄の船」が訳された段階では、日本におけるベイリー評価は、まだ、〝無数にいる日本未紹介の英国作家のひとり〟だった。それが一変するのは、SFマガジン八〇年一月号に安田均《やすだひとし》訳の「オリヴァー・ネイラーの内世界」が掲載されたとき。

〈ネイラーはぶらぶらとリビング・ルームの窓へと向かい、それから外をのぞいた。何百万という銀河系がC[186]（光速の一八六乗）という速度で、無限に向かって宇宙を飛び去っていた〉という一節が、ひねた大学生SFマニアを一発でノックアウトした。

ネイラーの住まいは〝特殊推進住宅〟で、最高速度は光速の三〇〇乗近い。なぜもっと速度を上げないかというと、「一八六以上だと目的地を見過ごして、通り越してしまうおそれがある」から。どうやら特殊推進というのは一種の思想エンジンらしい……というネタは、山田《やまだ》正紀《まさき》『エイダ』などにも影響を与えている気がするが、それはまた別の話。

同じ八〇年七月、《久保書店SFノベルズ》から、ベイリーの邦訳初長編『時間帝国の崩壊』(*The Fall of Chronopolis*, 1974) が刊行される。帯にいわく、〈数世紀の時間帯を支配する時間帝国と覇権大国の領土争奪!!〉。圧倒的なかっこよさは、冒頭から明らかだ。

〈鈍い反響音とともに、第三航時艦隊は吹きさらしの原野に姿を現わした。時間都市の巨大な造船所で建造された帝国ご自慢の五十隻の航時船は、あっという間に湿った草原に勢ぞろいした。まるで一つの小さな町が忽然《こつぜん》と荒野に出現したかのようだ。船内を照らす灯《あか》りが薄暗がりの中に四角い窓の列を浮かび上がらせているため、一層その印象が強まった〉

訳者は中上守《なかがみまもる》(川村哲郎《かわむらてつろう》)。もっとも、実際に訳したのは、弟子の東江一紀《あがりえかずき》氏だったらしい。師匠の中上さんは原稿に赤字も入れず、右から左へ本になった——と、むかし東江さんに聞いた覚えがある。このあとも、〈ヘイトは垂直時間軸を横切って過去方向へ進むよう指示した。歴史領域を百五十年遡《さかのぼ》ったところで彼は艦隊に待機を命じた。旗艦はほどなく直交時間に同調した〉など、ベイリー節はのっけから全開。いつか新訳を……と言いながら四半世紀経ってしまったが、近々ぜひ実現したいと思います。すみません。

とまれ、これで一挙に高まった僕のベイリー熱にとどめの一撃を与えたのが、〈奇想天外〉八〇年十二月号の安田均「新・クレージー・プラネット」。〝超SF作家バリントン・ベイリイ〟と銘打って、『カエアンの聖衣』を大々的に特集。その枕として、十行ほどで短く紹介されていたのが、他ならぬ『時間衝突』だった。これは読むしかないとベイリーのペーパーバックを買えるだけ買い込み、片っ端から読みはじめた。

このベイリー熱は、当時僕が在籍していた京大SF研全体に蔓延《まんえん》し、八二年夏には、機関誌〈中間子〉の復刊三号をベイリー特集とすることが決定。三年がかりで完成したとき、編集人のS氏はすでに大学を卒業していたため、デザインと仕上げは、一年後輩の小浜徹也氏が担当した。特集の内容は、ベイリーの短編三編（「大きな音」「ブレイン・レース」「神銃《ゴッド・ガン》」）のほか、Foundation 誌掲載のSF論、Arena 誌掲載のインタビュー、ブライアン・ステイブルフォードのベイリー論に、未訳長編全レビュウおよびビブリオグラフィという、きわめて本格的なもの。いま見ても、学生ファンジンとは思えないほどしっかりしている。

翌八六年、東京創元社に入社した小浜氏は、SF部門の担当編集者となり、やがてベイリー長編の邦訳を五冊担当することになる。その最初の一冊が、八九年に出た『時間衝突』だった。初めて自分から売り込んだ企画ということもあり、訳者にとってもきわめて愛着の深い一冊。初刊から二十六年後に、それがこうして新たな装いで刊行されることは素直にうれしい。本書が『カエアンの聖衣』同様、新しい読者に楽しんでいただけることを祈る。

二〇一六年八月　大森望

時間線がいっぱい

大野万紀

――時間の本性に対するわれわれの見方が時代とともにどう変わってきたか、それをこれまで見てきた。今世紀はじめまでは、絶対時間が信じられていた。つまり、どのできごとにも、〝時刻〟と呼ばれる数値のラベルを一意的に貼ることができ、正常な時計はすべて、二つのできごとの時間間隔について一致するはずだというのである。しかし、すべての観測者にとって、彼がどんな運動をしていようと光速は同じに見えることが発見され、相対性理論が生みだされた――この理論の導入によって、一意的な絶対時間があるという考えは放棄せざるをえなくなった。各々の観測者は絶対時間のかわりに、そのたずさえている時計で測られる独自の時間尺度をもつことになった。異なる観測者のたずさえている時計は、かならずしも一致する必要はない。時間はこのようにより個人的な、それを測定する観測者にとって相対的な概念となった。

重力と量子力学を統一しようとするときには、〝虚時間〟の考えを導入しなければならなかった。虚時間は空間の方向と区別できない。空間では、北に進むこともできれば、回れ右をして南に向かうこともできる。これと同じく、虚時間は前向きに進むこともできれば、回れ右をして後向きに進むこともできる。これは虚時間の前向きと後向きの方向の間には、重大な差異がないことを意味する。一方、〝実時間〟をながめると、前向きと後向きの方向の間には、だれでも知っているように非常に大きな違いがある。過去と未来のこの違いはどこから生じたのだろうか？　われわれは過去を覚えているのに、なぜ未来を思い出せないのだろうか？

（スティーヴン・W・ホーキング『ホーキング、宇宙を語る』林一訳より）

本書はイギリスのSF作家、バリントン・J・ベイリーの一九七三年の長篇 Collision with Chronos（アメリカ版では Collision Course）の全訳である。邦訳されたベイリーの長篇としては四作目にあたるが、発表年代はその中で最も古いものである。本書と、その後に発表され邦訳もある『時間帝国の崩壊』The Fall of Chronopolis（1974）の二作は、いずれも時間に関する壮大なSF的架空理論をメインテーマとする、ワイドスクリーン・バロック型のSFだ。とりわけ、本書のとてつもない時間理論には、相当年季の入ったSFファンといえども、開いた口がふさがらなくなるのではないだろうか。なにしろ、二つの時間線どうしが正面衝突するというのだから！

時間線が衝突する？　いったい何のこと？　こう思ったあなた、正常です。ははあ、タイムトラベルを前提に、二つの時代にわかれて存在する帝国どうしが戦う話だな。そう思ったあなた、SFマニアです。『時間帝国の崩壊』は確かにそういう話だった。

本書はもっとすごい。なにしろ、文字どおりに時間線どうしが正面衝突するのだから。でもその話をする前に、ちょっとおさらいをしておこう。

時間をテーマとするSFは多い。しかし、時間とは何かということを、真剣に考察して書かれたSFはさすがにそう多くはない。タイムトラベルやタイムパラドックスの面白さを追及したものが大半で、それをもっともらしく見せるために、平行宇宙やタキオンといった概念を取り入れたというものが多数をしめる。時間をもっと思弁的に扱ったものとしては、フレッド・ホイルの『10月1日では遅すぎる』（ハヤカワ文庫SF）、グレゴリイ・ベンフォードの『タイムスケープ』（ハヤカワ文庫SF）、ジェイムズ・P・ホーガンの『未来からのホットライン』（創元SF文庫）などをあげることができよう。またこれらと傾向は異なるが、カート・ヴォネガット・ジュニアの『スローターハウス5』（ハヤカワ文庫SF）も時間論をテーマとしたSFとして読むことができる。このように、時間論を正面から扱うSFが少ないのは、それがどうしても難解になってしまうからだろう。先にあげたような作品はそのあたりがうまく解決されていて、SFとしても大変面白く読めるように書かれている。

さて、それでは本書はどうか。

先にあげた作品がいずれも真面目でリアルな読後感のある（ヴォネガットはちょっと違うが、それでもその背後にはシリアスな問題意識がはっきりと見える）作品であるのに対し、本書はそういう（SF的な）リアリズムとは一線を画している。ひとことでいえば、ばかばかしいまでのイマジネーションというところか。これはベイリーの作品すべてについてもあてはまるし、一般にワイドスクリーン・バロック型と呼ばれるSFについてもあてはまる。アイデアがまず第一にあるのだ。物語はそれをひきたたせ、説明するためにある。登場人物も重要ではない。そんなところに興味はないのだ。また、そのアイデアのすごさを科学的な言葉で語ることはあっても、厳密な意味での科学性は重視されない。アイデアのすごさとはむしろ審美的なものだ。この種の作品において、美しいアイデアを成立させるためならば、多少の論理的矛盾は取るに足りないものとなる。したがって、同じようにアイデアを重視しても、いわゆるハードSFとはずいぶん異なっている。このことからも、ワイドスクリーン・バロックが、成功させるのに難しいものだとわかるだろう。一歩間違うと、本当にばかばかしい、読むに耐えない作品となってしまうのだ。ワイドスクリーン・バロック型SFには、SFファンの心をそそる魅力がある。けれど、それが書けるのは本当に少数の作家だけなのだ。ベイリーは間違いなくその一人なのである。

ベイリーはアイデアにこだわる作家である。本書ではそのアイデアとは時間の本質に関する観念的な思索である。ある意味で、彼の思索はアマチュアっぽく、科学的というよりもオカルトや疑似科学の雰囲気がある。でも、そこにうさんくささはない。彼はそれを読者に信じろといっているわけではないからである。彼はそれを笑って読みとばすことのできるSFとして書く。しかし、その思索は本物である。たとえ科学的には矛盾があっても、ベイリーは様々な書物を自分で読み、自分で理解し、自分で考えてアイデアを構築するのである。そこらの科学解説書をひきうつして、科学者の語る新しいアイデアをつまみ食いするようなＳＦより、はるかにサイエンス・フィクションだということができるだろう。そして、これは偶然なのかも知れないが、ベイリーが直感的な思索によって構築した時間理論は、本当の科学者たちが到達しようとしている時間理論と、少なくともその表面的な姿においてずいぶんと似ているのである。冒頭にあげたスティーヴン・ホーキングからの引用にもそれは現われている。もちろん、時間について、科学的にこれが正解だという完成した理論があるわけではないだろう。だが、現代世界最高の理論物理学者の一人であるホーキングのいうことには傾聴する価値があるはずだ。ホーキングによれば、物理的な時間には過去と未来に本質的な差はない。しかし、宇宙論的な時間には過去のビッグバンから未来へと向かう方向がある。そしてわれわれが意識する時間（因果律的な、すなわち熱力学的な時間）にも方向がある。その方向とは、決して絶対的なものではなく、人間原理によって、いいかえれば、今たまたまここにわれわれが生きていることによって、そのように観測されるものなのである。

本書に描かれたベイリーの時間論はより直感的で、厳密さには欠けるものである。けれども、時間の方向というのがその中に生きる生物の意識によって決定されること、過去や未来の時間はいわば死んだ時間であり、そこには生物の意識は存在せず、因果関係もないこと（したがって、タイムパラドックスなんてものは初めから存在しないのだ）、生物の意識が存在できる瞬間が〝現在〟であり、それが生きた時間の波となって物理的時間の上を進行していくこと——

こういったイメージはSFに支配的な安易な平行宇宙的時間論よりも、はるかに刺激的だといえる。そこから逆方向に進行する二つの時間線の衝突というとんでもないアイデアが、それなりにもっともらしく理解されるのである。まあ、それにしても、時間が〝斜め方向に〟進む〈斜行存在〉だとか、そういう勝手な方向に進むローカルな時間線がこの宇宙に無数にあるなんて考えになると、ちょっとついていけなくなるのだが。もっとも、このあたりになるとベイリーお得意のブラック・ユーモアと解釈した方がいいのかも知れない。

本書をはじめとする時間理論SFを書くに当たってベイリーが参考にしたというJ・W・ダンについて、わかる範囲で書いておこう。ジョン・W・ダンは今世紀前半に活躍したイギリスの航空技師（イギリスで最初の軍用機を設計した）であり、哲学者である。彼の時間論を中心とする哲学的な著作は当時ベストセラーとなったらしい。もっとも、その内容は予知夢の研究から心と時間の関係を考察するといったものらしく、いささかあやしげな印象を受ける。ただ、その中でベイリーが影響を受けたと思われる点がいくつかあり、その一つが本書でも議論されている〈回帰問題〉である（こういう言葉が使われているのかどうかは知らないが）。これはかのニュートンにまでさかのぼるパラドックスだ。ニュートンの定義した絶対時間とは、具体的な出来事とは無関係に過去から未来へと一様に流れる時間である。問題は「一様に流れる」ということで、時間が〝流れる〟スピードを考えるならば、それはこの時間より一つレベルが（次元が）上の時間を考えねばならなくなる。そうすれば、さらにその上の時間を考える必要があり、同様にして一つずつ高次に上がっていく無限の時間の系列を考えねばならなくなる。

ダンはこの問題を超越者の存在とからめて論じたらしいが、ベイリーは中国の仙人みたいな赦博士《シュー》に「宇宙は全体として、時間を持っていないということだ」などと語らせてわれわれをけむにまいてしまうわけだ。

本書に描かれたアイデアは確かに難解だ。しかし表現されたそのイメージは強烈で、理屈ではなく感覚的にわかった気にさせる。そしてSFの根元的な面白さに満ち満ちているのである。「マニアのアイドル」ベイリーではあるが、ぜひマニアでないあなたにも読んでいただきたい。だって、面白いんだから！

バリントン・J・ベイリーは一九三七年にバーミンガムに生まれた。様々な職業についた後、五四年にSF作家としてデビュー。本格的な長篇を書き始めたのは七〇年代に入ってからで、初めはあまり注目されなかったが（主として通俗スペースオペラ中心の叢書から出版されたので）、やがてシリアスなファンや批評家の目にとまり、熱狂的といっていい評価を受けるようになった。わが国でも短篇集を含めてすでに四冊の翻訳が出ているが、いずれも高く評価されている。これからももっと訳されてほしい作家である。

訳者紹介　1961年高知県生まれ。京都大学文学部卒。翻訳家，書評家。2014年，編著の《NOVA書き下ろし日本SFコレクション》で第34回日本SF大賞特別賞を受賞。主な著書に『21世紀SF1000』，主な訳書にウィリス『航路』他多数。

検印
廃止

時間衝突

1989年12月22日　初版
2009年3月27日　12版
新版　2016年9月23日　初版
2021年1月15日　再版

著者　バリントン・J・ベイリー

訳者　大《おお》森《もり》望《のぞみ》

発行所（株）東京創元社
代表者　渋谷健太郎

162-0814/東京都新宿区新小川町1-5
電話　03·3268·8231-営業部
03·3268·8204-編集部
URL http://www.tsogen.co.jp
振替　00160-9-1565
工友会印刷・本間製本

ISBN978-4-488-69706-8　C0197

時間SFの先駆にして最高峰たる表題作

The Time Machine and Other Stories◆H. G. Wells

ウェルズSF傑作集1

タイム・マシン

H・G・ウェルズ

阿部知二 訳 創元SF文庫

◆

推理小説におけるコナン・ドイルと並んで
19世紀末から20世紀初頭に
英国で活躍したウェルズは、
サイエンス・フィクションの巨人である。
現在のSFのテーマとアイデアの基本的なパターンは
大部分が彼の創意になるものといえる。
多彩を極める全作品の中から、
タイムトラベルSFの先駆にして
今もって最高峰たる表題作をはじめ、
「塀についたドア」、「奇跡をおこせる男」、
「水晶の卵」などの著名作を含む
全6編を収録した。